말 馬

헌마공신 김만일과 말 이야기

말 馬

헌마공신 김만일과 말 이야기

[역사소설]

권무일 지음

평민사

차 례

역사소설 _ 말(馬)

작가의 말

··이 장편소설 『말, 헌마공신 김만일과 말 이야기』를 구상하면서, 나는 9년 전 제주도에 건너와 정착하게 된 것을 백 번 잘했다는 생각을 했다.

나는 호기심이 많은 기질로 태어났기 때문에 제주도에 와서도 풍광만 즐기며 살 수는 없었다. 그래서 제주 사람들이 살아왔던 이야기, 사는 이야기에 관심의 창문을 열어놓고 제주에 관한 책을 읽고 유적지를 찾아다니고 자연이 살아 숨 쉬는 산과 들과 바다를 쏘다녔다. 제주의 땅은 유적지가 아닌 곳이 없을 정도로 밭과 못과 내에도 전설이 묻어 있었다.

그러던 중에 400여 년 전에 제주에 살았고 무려 10,000마리의 말을 키운 그 사람, 김만일(金萬鎰) 공의 행적을 찾기 시작했다. 마치 문화유산을, 아니 값진 유물을 발굴하는 심정이었다. 그에 대한 자료는 별로 없었으나, 그가 활동하던 무대, 즉 그가 말을 키우던 평원은 제주에 그대로 남아 있었다.

그가 키우는 말들은 한때 제주의 국마목장 전체에서 키우는 말의 수와 버금가거나 그 수를 능가하기도 하였다. 그는 요즘으로 말하면 대기업의 총수였다.

그는 왜 그 많은 말들을 키웠을까? 단지 돈을 벌기 위하여, 부자가 되기 위하여, 명예를 얻기 위하여 말들을 증산한 것은 아니었다. 당시 말은 국력의 상징임을 알았던 그였기에, 그의 시선은 대평원을 넘어서 나라의 현실과 장래로 향하고 있었던 것이다.

나 또한 자료의 부족에 전전긍긍하지 않고 시야를 넓혀서 당대의 나라 사정과 국제정세로 시야를 넓혀 나갔다. 나는 역사적인 관점에서, 인문학의 관점에서, 김만일과 말 이야기를 전개하면서 학문적 접근을 시도하고 싶었다. 그러나 고증할 수 없는 사실들을 놓고 이론을 세울 수는 없었기 때문에 역사적 사실의 바탕에서 역사적 상상력을 발휘하여 행간을 채워나갔다.

나는 이 소설에서, 다가올 전란에 대비하여 군사양성과 전마육성을 주장한 율곡 선생을 떠올렸고 욱일승천하는 만주세력을 염려하여 성숙한 외교정책을 폈던 광해군을 재해석했다.

또 토박한 땅에 살면서 끊임없는 자연재해로 힘든 날들을 보내야 했던 제주 사람들이, 관리들의 착취와 가렴주구로 인하여 더 큰 고통을 당해 왔던 역사적 사실을 이 소설에서 고발하려 했다.

나는 몇 가지 역사기록을 눈여겨보면서 이 소설에서 준마(駿馬)를 소재로 다루기로 하면서, 고사(故事)와 전설에서 소설의 실마리를 풀기 시작했다. 준마를 소재로 다룸에 있어 그렇지 않다고 부정할 수 없는 여러 단초와 정황이 있기에 나의 역사적 상상력은 생명력이 있는 것이다. 김만일이 종마를 보존하려는 피나는 노력과 전마(戰馬)를 생산하여 국가에 바친 흔적으로 볼 때 『말(馬), 헌마공신 김만일과 말 이야기』는 이 나라의 전쟁사라 해도 무방할 것이라고 생각한다.

이 소설을 쓰기 위하여 자료를 발굴하는 동안 내내, 나는 제주가 낳은, 제주에 뿌리내린 인물들이 제주에 다녀간 사람들에 비하여 주목을 받지 못하고 있는 인색한 정서에 의아심을 가졌다. 이 세대, 아니 다음 세대라도 누군가 나서서 제주를 빛낸 많은 인물들을 발굴해 주기를 진심으로 바란다.

끝으로 내게 『말(馬), 헌마공신 김만일과 말 이야기』를 써보도록 권했고, 내가 이 소설을 쓰는 동안 실마리를 못찾아 좌절하다가 방황할 때 내게 용기를 북돋아 주신 김형수(金亨受, 전 서귀포시장)님께 감사의 마음을 보낸다.

2012년 11월
제주도 대정고을에서 권무일 쓰다.

이 역사의 잔해에 피를 돌게 하다

−『말(馬)』, 역사의 안장을 얹어 타고 −

양영길 (문학평론가)

1

제주 삶의 정신은 어디에 있을까. 온갖 수난의 역사 속에서 '도전'과 '응전'의 역동적인 힘이 반복적 지속적으로 쌓여 있는 땅과 바다에서부터 찾아야 할 것 같다. 그 속에서 제주 사람들이 살아 숨 쉬면서 몸과 마음에 새겨진 내공이 제주 정신이 아닐까 싶다.

제주는 거칠고 드넓은 바다 한가운데 있다. 이러한 격절성 때문에 해석이 요구되는 곳이기도 하다. 그래서 소우주적 정신세계를 간직한 또 다른 상상의 구조를 가지고 있어 아직도 표층의 역사를 조금만 걷어내면 장기지속적인 심층의 역사를 엿볼 수 있다.

역사 서술은 과거의 메마른 형해에만 관심이 있는 것이 아니다. 권무일의 장편소설 『말(馬)』은 제주 지역 근대사를 펼쳐 현재의 역사 인식세계를 살찌우고 미래의 가치를 전망하게 하고 있다. 제주 백성들의 삶을 조명하는 정신사적 근간을 바탕으로 살

아 있는 역사 서술을 통해 생동하는 문제로 지역문학의 새로운
인식지평을 열어 주었다. 이는 지역의 정체성을 뿌리내리게 하고
지역의 가치를 새로이 이끌어 나가는 원동력의 근간이 되고 있
다.

2

　제주의 역사를 한 마디로 표현하면 '수난의 역사'라 해도 과언
이 아니다. '시간이라는 체'를 통해 걸러진 역사 중에는 살아남
는 방법으로써의 '아픔'과 '상처'의 잔해가 제주 산야의 크고 작
은 돌멩이처럼 여기저기 널려 있다. 권무일의 장편소설 『말(馬)』
은 김만일(1550~1632, 명종 5년~인조 10년)의 일대기를 중심으로 흩어
져 있는 제주 수난의 역사를 집대성하고 있다.

　조선 13대 명종시대부터 선조, 광해군, 인조시대를 관통하며
전마(戰馬)와 관련한 이야기를 풀어내고 있다. 율곡 이이의 소위
'부국강병론'인 〈만언봉사(萬言封事)〉와 〈시무6조(時務六條)〉를 바
탕으로 변방으로만 여겼던 제주 사람들이 나라의 위기에 어떻게
대처했는가를 보여주면서 제주 사람들의 정신세계에 흐르는 면

면을 강건한 문체로 서술하고 있다.

선조 25년(1592)부터 무려 7년에 걸친 왜란에서 육지의 왜적을 물리친 것은 사람의 힘만으로는 역부족이었다. 왜적을 물리칠 수 있는 기동력이나 전력은 '말'에서부터 나왔다. 제주 사람 김만일은 그 말의 종자를 찾아 보전하고 제대로 관리하면서 키우고 훈련시키는 것이 나라를 위기에서 구해내는 길이라는 우국충정의 큰 뜻을 품고 갖은 어려움을 이겨내며 무려 10,000마리의 말을 키우고 전마를 훈련시켰다.

제주 정신에 관류하는 삶의 원리는 '작가의 말'처럼 '말은 국력의 상징'임을 일찍이 깨닫고 '나라의 현실과 미래'를 걱정하는 역사 인식에 그 뿌리를 두고 있다. 다소 전기적 연대기적 서술의 한계가 있지만, 제주 지역사의 강인하면서도 유연한 힘을 잘 담아내고 있다.

제주 땅에 새겨진 이야기, 제주 사람들이 땅과 함께 살아온 이야기, 그러나 400년 세월이 흐르는 동안 그냥 땅 속에 묻혀 잔해만 남아 있는 이야기를 파헤쳐 하나하나 뼈마디를 맞추어 나가듯 이야기를 전개하고 있다. 제주 신화의 면면에서부터 자연 재해의 황량한 산야, 그리고 왜구의 침략과 약탈, 관리들의 억압과 갖은 수탈을 어떻게 이겨내고 있는가를 함께 풀어 놓고 있다. 제주적인 정신과 제주적인 삶의 원리를 온갖 수난 속에서 살아남는 방법으로서의 힘에서 찾아내고 있는 것이다.

제주 지역사는 그동안 중앙 중심적 인식에 갇혀 지방적 피폐함과 지방적 수동성의 한계를 안고 있었다. 그러나 권무일은 『말(馬)』을 통해 '제주의 말'이 바다 건너 한반도 구석구석을 비롯한 만주벌판까지 누비면서 제주 지역문학의 인식 지평을 새로이 열어 나가며 이러한 피폐함이나 수동성을 어느 정도 극복해 나가고 있다. 제주 지역 삶의 특수성과 독자성을 폭넓게 읽어내고 있어 메마른 실증주의적 역사에 새 살을 돋게 하고 피를 돌게 하여 살아 숨 쉬는 역사 속으로 말을 타고 힘차게 달려나가고 있다.

제주 지역 사람들이 살아왔던 역사와 그 속에 숨 쉬고 있는 정신 구조를 밑그림으로 하여 새로운 문제를 제기하고 쟁점화함으로써 생동하는 문학사를 개척하여 역동성을 불어 넣고 있다. 제주가 아니면 어느 지역에서도 담아낼 수 없는 제주 지역문학으로서의 변별성을 보여주고 주변적 인식 차원을 뛰어넘고 있는 것이다.

역사 서술을 과거 사실을 설명하는 서술, 현재의 가치를 판단

하게 하는 서술, 미래를 전망하게 하는 서술로 나눌 때, 권무일의
『말(馬)』은 현재의 가치를 재조명하게 하고 미래를 실천하게 하는
역사 서술이라 할 것이다.

3

　조선시대 전란사를 응축시켜 제주에서부터 만주벌판까지를 무
대로 역사적 상상력을 생동감 있게 풀어 놓은 『말(馬)』은, "절해고
도 제주(濟州)"를 '고을 건너라는 변방'에서 '조선 경내'로 그 인
식 체계를 한 단계 뛰어넘고 있다.

　작가의 의식 속에는 '국난극복'은 있어도 '분단의식'은 아예
없는 것 같다. 전라, 경상, 충청, 한양을 거쳐 고려의 도읍지였던
개경, 평양, 함경도는 물론 임진강과 압록강을 건너 옛 고구려 땅
까지 우리 민족의 웅혼한 기상을 떨치던 땅덩이가 다 작가의 무
대가 되고 있다. 그만큼 분단의 답답함을 뛰어넘는 초월적 의지
를 '제주 말'을 빌어 역사의 안장을 얹어 타고 우리 강토를 누비
고 있다.

　"역사는 역사가에 의해서 제기되고 세워진 가설 없이는 존재

하지 않는다. 역사가 존재하는 것은 아니다. 역사가가 존재하는 것이다."(페브르)라는 이야기처럼, 역사는 역사가의 사관에 의해 인식되고 서술하지 않으면 땅 위를 흘러가다가 땅 속으로 스며들고 마는 물처럼 영영 잊혀져버릴 수도 있다.

한라산을 뛰놀던 말들의 심장소리가 멀리서부터 우리 강토를 박차고 달리는 말발굽 소리가 되어 우리들의 가슴 가까이로 달려오는 듯하다.

한라산

청명한 날, 멀리서 바라보는 한라산은 손에 닿을 듯 가깝게 느껴지고, 자애로운 어머니의 가슴처럼 포근하다. 그러나 별이 총총한 밤, 희뿌연 한라산을 올려다보면 은하수의 한 줄기를 잡아당기고 있는 듯 저 높은 하늘에 닿아 있다.

바람이 분다. 제주도(濟州島)에 바람이 분다. 바다에 너울을 일으키던 바람이 한라산으로 몰려간다. 금세 하늘이 구름으로 가려지고 거세진 바람은 풀과 나무를 흔들어놓는다. 조금 전만 해도 포근하게 느껴지던 한라산이 갑자기 표독스런 여인의 모습으로 바뀌어 버린다. 귀곡성 같은 바람소리가 천지를 흔들더니 다음날 새벽이 되면 언제 그랬냐는 듯 잔잔한 바람으로 바뀌어 있다.

한라산은 남태평양에서 불어오는 태풍의 매를 정면으로 맞는다. 한라산이 되받아친 태풍이 동쪽의 성산포로 비켜 가면 일본을 때리고 서쪽의 모슬포로 방향을 돌리면 반도의 서해안을 친다. 한라산이 있어 반도가 안전하다. 그러나 반도에 사는 사람들은 한라산의 고마움을 모른다.

한라산을 오르자면 멀고 길고 지루하고 때로는 가팔라 오를수록 높아지고, 오르다가 정상을 우러르면 우러를수록 까마득하고 경이롭다.

한라산 정상에 둥글게 파인 백록담은 털빛이 눈처럼 흰 백록이 물을 마시고자 이 연못을 찾아다녀가곤 한다고 해서 붙여진 이름이다. 그러나 전해 내려오는 이야기에 의하면 털빛이 푸른 듯 흰 용마도 더러 백록담을 찾아든다고 한다.

옛 중국 문헌에 이르기를 중국 동쪽에 삼신산(三神山)이 있는데 영주산, 봉래산 그리고 발해에 있다는 방장산을 말함이다. 영주산은 곧 한라산이요 봉래산은 금강산의 다른 이름이다. 특히 한라산에는 신선이 살고 있고 신선이 먹는 불로초가 있다고 전해져 왔다.

제주설화에서는 한라산을 설문대할망이 만들었다는 거대담론을 담고 있다. 한라산의 창조여신 설문대할망은 옥황상제의 셋째 딸로 몸집이 높은 산만큼이나 컸다. 그녀는 지상에 내려와 살게 되었는데, 흙을 날라다 한라산을 만들었고, 나르다 흘린 흙덩이가 수백 개의 오름이 되었다. 그녀는 한쪽 다리를 오조리 식산봉에, 다른 한쪽 다리를 성산일출봉에 걸쳐놓고 오줌을 누곤 했는데 그 오줌이 바다를 이루어 우도가 저만치 밀려 나갔고, 그 거센 오줌발로 인해 성산포와 우도 사이의 물결이 세다고 한다. 그녀는 오백 아들을 낳았는데 그 아들들은 다 장군이 되었고 한라산 산록의 윗세오름을 떠받치는 장군바위로 남아 있다고 한다.

한라산에 올라 멀리 사방을 둘러보면 하늘과 맞닿아 어디까지가 바다인지 구별이 되지 않는 무변대해가 시원하게 눈에 들어온다. 한라산에서 올려다보는 하늘은 땅과 바다가 아울러 받치고 있어 과연 크고 넓다.

한라산에서 북쪽으로 눈을 돌리면 바다 건너 월출산이 그림처럼 희미하게 보이고, 그 뒤로 지리산, 금강산, 그리고 백두산이 마음의 눈에 아른거린다. 한라산에 오르는 이는 문득 천하를 호령하고픈 기개가 가슴으로부터 벅차게 솟아오른다.

백록담을 두른 둔덕에서 아래로 내려다보면 남북으로 천야만야한 절벽이 매달려 있고 절벽 아래로 길고 완만한 능선이 주름져 있다. 절벽 아래로, 높다란 능선의 비탈을 따라 울창한 숲이 산을 두르고 그 아래에는 드넓은 평원이 드리워진다. 능선을 따라, 그리고 평원 여기저기에는 올망졸망한 오름들이 어미닭의 품속에서 삐져나온 병아리들처럼 봉긋봉긋 솟아 있다.

수십만 년 전부터 반도의 남쪽 먼 바다에서 폭발하듯 불길이 솟더니, 어느 순간 그 불길이 식으면서 쏟아져 내려와 바다에 큰 섬이 생겼고, 다시 섬 가운데에서 간헐적으로 불이 뿜어져 나오면서 한라산은 더욱 더욱 높아졌다.

한라산에서 불을 뿜던 불구덩이가 백록담이다. 이 불구덩이에서 하늘 높이 솟아오른 용암이 떨어지면서 식어, 분화구를 막아버리자 지하에서 부글부글 끓으며 용트림하던 용암이 고름 터지듯 넓은 평원 여기저기로 삐죽삐죽 뚫고 나오는 바람에 섬 전체가 불꽃놀이의 현장이 되었다. 그때 이 장엄한 불꽃놀이는 하늘에 떠있는 별들만이 보고 있었으리라.

이때 생긴 368개의 기생화산을 제주도 사람들은 오름이라고 부른다. 오름은 한라산을 닮아 산정에 둥근 분화구를 가지고 있거나, 뜨거운 용암이 오름의 어느 한쪽 변두리를 무너뜨리고 내리닫다가 말굽 같이 생긴 분화구를 형성하기도 한다.

백록담에서 강물처럼 쏟아져 내려오던 용암은 능선과 계곡을 만들고 지하로 뚫고 흐르던 용암은 천연동굴을 만들었다. 계곡은 계곡이되 물이 줄기차게 흐르지 않고 지하로 스며든다. 다만 비가 억수같이 쏟아질 때면 계곡은 천둥 같은 소리를 내고 빗물은 하류로 치닫는다.

오름이 생길 때 하늘로 치솟던 용암이 식으면서 비 오듯 떨어져 사방에 흩어진 돌멩이와 바위덩어리는 송이석이 되기도 하고 화산탄과 화산공이 되어 오름 주변에 황무지를 만들었고 여기에 나무와 덩굴 따위가 우거진 곳이 곶자왈이다. 곶자왈은 태고의 신비를 간직한 곳으로 지질과 식생의 보고(寶庫)다.

한라산 산록에는 태곳적부터 흰 사슴이 살면서 불로초를 뜯고 백록담의 물을 마시며 살았었고 한라산을 두른 곶자왈과 오름에는 푸른 털빛을 띤 사슴이 살면서 한라산 중턱의 노루샘과 오름의 분화구에 고인 물을 마시며 살았다고 한다.

흰 사슴인 백록은 빠르기가 비호같고 더욱이 한 해의 반쯤 한라산을 덮은 눈으로 인해 발견하기란 쉽지 않았다. 그러나 명포수들은 백록을 잡아 그 뿔을 나라님과 욕심 많은 관리들에게 바치곤 하는 터라 백록은 한라산에서 사라져가고 있었다. 푸른 털빛을 가졌다고 해서 청장(靑獐)이라 부르는 노루는 관리들과 한량들의 사냥감이 되곤 했다. 한라산에는 호랑이 등 맹수가 살지 않았지만 이들 짐승들에게는 사람이 천적이었던 것이다.

한라산을 두른 드넓은 평원은 완만한 경사를 타고 바다로 이어지는데 산록의 고원과 중산간의 평원에는 황무지나 다름없는 곶자왈리-빌레(너럭바위)가 깔려 있는가 하면 푸른 초원도 펼쳐져 있다. 곶자왈의 군데군데에 화전민들이 떠난 자리에는 잡초가 우거지고, 달걀처럼 둥그스름한 오름의 분화구에는 풀들이 싹을 틔우고 온갖 야생화가 꽃을 피운다.

중산간에 펼쳐진 평평한 목장에는 말과 소들이 한가롭게 풀을 뜯는다. 해안지대와 하천 주변에는 농부들이 농작물을 가꾸고 해안을 낀 바다에서는 잠녀(해녀)들이 물질을 하여 전복과 미역을 딴다.

그러나 한라산 동서남북으로 뻗은 고지대의 저 넓은 평원은 아직껏 산짐승들의 땅일 뿐 사람으로 따지면 주인이 없다. 무주공

산이다. 사람들은 단지 해변이나 저지대에 삶의 터전을 마련해 살아왔고 중산간에는 말과 소를 놓아 먹였지만 고지대에 펼쳐진 평원을 차지할 엄두를 내지 못하고 있다. 그러나 한라산, 그리고 그 턱밑에 펼쳐진 저 높고 넓은 평원은 누군가 다가오기를 기다리고 있다. 설문대할망의 가슴만큼이나 크고 넉넉한 저 평원은 수만 년 동안 자신을 껴안을 통 큰 주인을 기다리고 있었다.

마왕

제주도 정의현성과 서귀포의 중간지대, 서귀포에서 약 40리 되는 곳에 위치한 의귀리 마을은 조선조 태종 때부터 정의현 서중면에 속한 마을이었는데 마을 이름을 의귀 또는 옷귀라 부르게 된 시기가 어느 때인지 분명하지 않다.

이곳에 한 귀인(貴人)이 있어 이웃에 덕을 쌓고 나라에 의로운 일을 하여 임금이 옷을 하사한 일을 기려 이 마을을 의귀리(衣貴里)라 불렀다고 전해지고 있다.

의귀리는 제주의 남쪽 해안에서 두어 마장 떨어져 있는 중산간 마을로 수망리 남쪽에 자리 잡고 있다. 마을 뒤쪽으로 나지막한 동산이 홀로 서 있고 한라산으로부터 발원한 작은 개천인 섯내가 북쪽으로부터 이 동산의 동쪽으로 휘돌아 흐르고 있다. 이 동산을 넉시오름이라고 부른다.

오름이란 기생화산의 제주어(濟州語)이며 넉시오름은 어미소가 등성마루에 앉아서 섯내로 떠내려가는 송아지를 넋 놓고 내려다보던 오름이라고 하여 붙여진 이름이라고 한다.

넉시오름은 비고가 50m 정도의 낮은 동산으로 한라산 줄기를 타고 내리지르던, 지형이 크고 넓게 펼쳐진 평원에 외롭게 솟은 작은 오름이다. 말하자면 옛날 용암을 쏟아내던 한라산의 분화구가 막히자 땅속의 용암이 여기저기로 비집고 나왔는데 이곳에도 불쑥 튀어나와 만들어낸 오름이다. 넉시오름은 경사가 완만하여 노인이나 어린아이도 쉽게 오를 수 있고 등성마루는 펑퍼져 마을 사람들의 휴식처이기도 하고 달 구경 하는 동산이기도 하다.

이 오름에 오르면 남쪽으로는 한 마장 앞의 해안에서부터 멀리 수평선까지 바다가 훤히 내려다보이고, 북서쪽으로는 한라산 영봉이 우뚝 서서 위용을 자랑한다.

섯내의 북쪽 언덕에 자리잡은 산하마을에는 이십여 호의 집들이 옹기종기 모여 있다. 김이홍(金利弘)이 사는 마을이다. 김이홍의 고조할아버지가 여기에 정착했고 이 마을은 대대로 여기에 뿌리를 내리고 사는 경주 김씨 집성촌이며 모든 가구가 농사를 짓고 살아왔다.

김이홍은 이성계가 조선을 창업하고 왕위에 등극할 때 1등 개국공신이었던 김인찬(金仁贊)의 7세손으로, 김인찬 장군은 이성계가 조선을 건국하기 전, 고려 공민왕 때 함경도에서 발탁한 무장이었다.

이성계는 공민왕 5년(1356) 원나라를 공격하여, 빼앗겼던 동북면(함경도)을 되찾았고, 나아가 공민왕 18년에는 압록강을 넘어 옛 고구려의 수도인 올라산성(졸본성)을 점령하여 원나라를 멀리 내쫓고 우리의 영토를 회복하였다. 그때 이성계는 오른팔처럼 김인찬을 데리고 다녔고 김인찬은 여러 싸움에서 혁혁한 무공을 세웠다.

고려 우왕 때에 이성계가 최영의 명으로 요동을 점령하러 나섰다가 위화도에서 회군할 때 김인찬은 이성계를 따랐고 그 후 조선을 건국할 때까지 항상 이성계의 곁에 있었다. 그는 정도전, 배극렴 등과 더불어 이성계를 보위에 오르도록 진언하였고, 이성계가 등극하여 조선을 창업하자 중추원사의 직임을 받아 개국 일등 공신으로 봉해졌다. 그러나 안타깝게도 이성계가 태조로 등극한지 한 달도 못되어 그는 세상을 떠났다. 태조(이성계)는 그의 공훈을 잊지 못하여 의정부 좌찬성을 추서했다.

그의 아들 김검룡(金儉龍)은 태종이 제주도의 마정조직을 개편할 때 제주에 감목관으로 파견되어, 제주의 행정을 총괄하는 도지관(都知官)에 이르렀으며 태종 3년에는 준마 6마리를 조정에 바친 기록이 있다. 김검룡은 제주에 정착하여 경주 김씨 입도조(入道祖)가 되었고, 말년은 오조리에서 살았으며, 종달리에 산소가 있다. 김검룡의 자손들은 대대로 제주에서 농사를 지으며 살아왔다.

말이 농사이지 제주도의 땅은 어디나 그렇듯이 화산회토라서 척박한 땅인데다가 비가 온다 해도 하루 이틀이면 빠져 버리기 때문에 농민들은 가난에서 벗어나기가 어려웠다. 어느 해는 가뭄으로 곡식이 타서 죽고, 어느 해는 모진 태풍이 불어 닥쳐 농작물을 쓸어버리곤 했다. 그래도 산 입에 거미줄 치랴마는 시도 때도 없이 몰려오는 왜구들의 약탈은 사람의 목숨까지도 앗아가고 있던 상황에서 여기 의귀리도 제주의 다른 지역처럼 늘 좌불안석의 땅이었다.

젊은 김이홍이 부친에게서 물려받은 농토는 다른 이들의 것보다는 넓었고, 그는 완력이 세고 글줄이나 알기 때문에 동네에서 지도자로 행세했다. 또한 그는 말(馬)을 한 마리 부리고 있어 평상시에는 그 말을 부려 농사를 짓고 짐을 나르지만, 유사시에는 왜구와 싸우는 전마(戰馬)로 훈련되어 있었다. 김이홍은 왜구에 대처하는 예비군의 일종인 속오군(束伍軍)에 편입되어 일만 터지면 수시로 말을 타고 출동하곤 했다.

조선조 명종 7년(1552) 5월 하순 어느 날, 들에 땅거미가 깔린 저녁 무렵, 마을의 동쪽 한 마장 거리에 있는 토산봉의 봉수대에서 봉홧불이 치솟았다. 산하마을에서도 이 봉홧불이 보였다.

보리 수확을 끝내고 집에 돌아와 막 저녁상을 받던 김이홍은 부리나케 넉시오름으로 달려 올라갔다. 오름에서는 동네 사람들이 남녀노소 할 것 없이 몰려들어 봉홧불을 건너다보며 웅성거리고 있었다.

"왜구가 몰려온 게야."

"멀리 있는 오름의 봉수대마다 봉홧불이 오르고 있는 걸 보면 틀림없는 일이지."

"저 동쪽 해안의 천미연대에서 연기가 자욱하게 피어오르고 있군. 정의현성 주변에 난리가 난 게 분명해."

마을 사람들은 불안한 기색으로 우왕좌왕하고 있었다.

제주는 조선반도와 중국으로 뻗은 뱃길의 길목이었기 때문에 수천 년간 왜구의 침입을 받으며 살아왔다. 특히 농사가 안 되는 척박한 섬, 대마도에 사는 왜구들은 연례행사처럼 제주도의 해안에 밀고 들어와서 식량을 탈취하고 살상을 일삼기도 하였다. 조선 초기에 김사형과 남재가 대마도를 점령했고 세종 때에 이종무가 대마도를 쳐서 복속시켰지만 그 후에도 제주도는 왜구들의 표적이 되곤 했다. 제주 사람들은 태어날 때부터 봉홧불만 오르면 으레 왜구의 침입임을 훤히 알고 있었다.

봉홧불이 꺼지지 않고 더욱 불길이 크게 오르고 먼 오름에서도 봉홧불이 오르고 있는 것을 보면 이번 왜구의 침입이 좀도둑에 지나지 않은 것이 분명했다. 어스름이지만 정의현성의 초입인 천미연대에서 시커먼 연기가 계속 솟아오르는 것이 보였다.

이런 일에는 이골이 난 사람들이라서 여자들과 노인들은 벌써 어린 것들을 들쳐 업고 꼬리에 꼬리를 물며 중산간으로 난 오솔길로 접어들고 있었다. 그들은 하나같이 크고 작은 솥단지를 들고 있었다.

해안의 주민들에게는 왜구의 약탈은 다반사로 겪는 일이기 때문에 항상 여러 개의 솥에 곡식을 넣어두고 있다가 식구들의 완력에 맞춰 들고 뛰는 것이다. 곡식과 솥만 있으면 산속의 어디에서든지 밥을 해먹을 수 있기 때문에 이는 오랜 경험에서 배운 지혜였다.

김이홍은 모여든 젊은이들에게 소리쳤다.

"여러분은 호미(낫의 제주어)건 쇠스랑이건 무기가 될 만한 것을 들고 요 앞의 공터로 모이세요. 왜구는 우리가 막아야지요. 관군을 기다릴 수는 없는 노릇 아닙니까?"

김이홍은 일단 주민들에게 지시를 내리고 집으로 돌아왔다. 김이홍의 아내는 세 살 난 아들을 안고 안절부절 못하고 있었다.

김이홍의 아들 만일(萬鎰)은 명종 5년(1550)에 태어났다.

"당신은 아이를 업고 수망리의 말 목장으로 피신하세요. 나는 왜구를 물리치러 떠나야 하오."

김이홍은 마구간의 말을 풀어 올라타고는 휑하니 달려나갔다. 넉시오름 앞 공터에는 많은 청년들이 모여 있었고 말을 탄 대여섯 명의 청년들이 활과 창을 비껴들고 있었다. 이들은 속오군 중에서 말을 타는 사람들로 조직된 마대(馬隊)에 속한 사람들이다. 김이홍이 이끄는 마대는 가시리의 넓은 평원을 거쳐 정의현성으로 달려가고 있었다.

성 안에는 해안가에서 피난하여 온 사람들과, 싸움을 돕기 위하여 근처의 목장과 여러 마을에서 달려온 사람들로 북새통을 이루었다.

표선 앞바다의 호수같이 둥근 만(灣)에 7척의 왜선들이 정박해 있고 수십 명의 왜구들이 이미 천미포로 물밀듯이 몰려와 농어민들을 살상하고 재물을 약탈하고 있었다.

천미포는 한라산에서 발원한 물이 표선만을 통하여 바다로 빠지는 하천의 입구로 내끼(내끝), 개로천, 또는 진순내라고 부르기도 한다. 하천 주변은 토지가 비옥하여 넓은 농토가 조성되어 있고 꽤나 큰 마을이 내 양쪽으로 들어서 있었다.

정의현감 김인(金仁)이 목청을 돋우고 있었다.

"저 표선 앞바다에 7척의 왜선이 정박해 있고 이미 왜구들은 거룻배를 타고 천미포로 들어와 많은 재물을 약탈하고 많은 사람들을 살상하고 있소. 제주목과 각 방호소에 파발마를 띄웠으나 그들이 여기에 도착하자면 하루 거리가 넘을 거요. 상황이 급하오. 인민의 피해가 더 크기 전에 왜구들을 막아야 하오."

"왜구는 몇 명이나 된답디까?"

누군가 물었다.

"첩보에 의하면 왜구는 전부 200명가량이며 그 중 70명 정도가 육지를 밟은 것 같소."

"그 정도야 여기 수백 명이 못 당할 리가 있겠습니까? 어서 나가 싸웁시다."

모두가 대수롭지 않게 생각하는 분위기였다. 김인 현감은 공을 세울 때는 이때다 싶어 수백의 농군들을 앞세워 적군을 향해 짓쳐 나갔다. 그러나 농군들은 무기도 변변히 갖추지 못하고 쇠스랑 등의 농기구를 가진 오합지졸에 불과했다.

농군들이 해안을 향하여 우르르 몰려나갔고 창과 활을 든 마대는 농군들의 양옆으로 포진하여 흩어지는 왜구들을 추격할 기세였다.

왜구들은 천미포 해안에 일렬로 서서 꿈적도 않고 버티고 있었다. 농군이 대부분인 아군이 노도같이 달려들자 갑자기 왜구 쪽에서 포탄이 터졌다.

"탕! 탕탕탕!"

왜구들은 제주 사람들이 일찍이 보지도 듣지도 못한 화약총인 조총을 쏘아대고 있었다. 총소리에 놀란 아군들이 혼비백산하여 뒷걸음질치더니 서로 밟고 밟히며 쏟아지는 물처럼 사지 사방으로 흩어졌다. 말들도 마찬가지였으니, 힝힝거리면서 앞발을 휘저으며 치솟다가는 몸을 돌려 줄행랑을 치고 말았다. 말에 탄 사람들이 말에서 떨어져 뒹굴었고, 아군 쪽에는 사상자가 셀 수 없을 만큼 속출했다.

김이홍이 이끄는 마대가 천미포에 가까이 이른 때는 이미 아군 진영이 아수라장이 되었고 왜구들은 점점 가까이 다가오고 있었다. 김이홍은 오는 길에 합류한 마대 30명의 장정으로 돌격대를 조직했다. 김이홍의 마대는 사정없이 말을 몰아 왜구들을 짓밟았다. 왜구들은 느닷없는 공격에 미처 총알을 장전할 겨를도 없이 흩어졌다. 그들을 더 쫓기에는 밤이 너무 어두운지라 김이홍과 더불어 진격하던 마대는 정의현성으로 발길을 돌렸다.

참담한 패배로 많은 사상자를 낸 김인 현감은 우선 안도의 한숨을 쉬며 공격을 멈추고 지원군을 기다릴 수밖에 없었다.

제주목의 김충렬 목사와 판관, 그리고 각 방호소의 조방장들이 관군을 이끌고 하루 늦게 나타났다. 새로 편성된 아군이 반격을 시작했다. 싸움은 3일간 지속됐다. 아군의 화포와 불화살에 놀란 왜구들이 흩어지기 시작했다. 40여 왜구들이 배로 돌아간 반면 30여 명은 한라산으로 숨어들었다. 이 싸움에서 아군은 군민을 합쳐 수십 명의 사상자를 냈지만 왜구의 시체는 한 구도 발견되지 않았다.

조정에서는 기껏 200여 명의 왜구들을 격퇴하지 못하고 인민에게 크게 피해를 입힌 안이한 대처에 책임을 물어 김충렬 목사와 김인 현감을 해직시켜 유배형에 처하고 후임으로 남치근(南致勤)을 제주목사로 임명했다.

김이홍은 천미포 왜란에서 왜구들을 흩어버린 용맹이 인정되어 남치근 목사에 의하여 정병(正兵)으로 임명되었다. 마대는 난리가 있을 때마다 자발적으로, 또는 차출되는 예비군이지만 정병은 정규군이라 할 수 있다. 김이홍은 토벌대에 차출되어 30명의 왜구들을 잡기 위하여 한라산으로 향했다.

수백 명이 이 잡듯 한라산을 샅샅이 뒤졌으나 잔당들은 그 넓고 험한 한라산에서 종적을 발견할 수가 없었다. 잔당들이 밤중에 민가에 나타나 식량을 도둑질하는 바람에 제주 전역이 한동안 불안에 휩싸였다. 토벌대는 겨우 왜구 한 명을 잡는데 그쳤다. 나머지 왜구들이 한라산에 숨어버렸는지 제주를 빠져나갔는지는 알 수가 없었다.

김이홍이 한라산을 뒤져 왜구의 잔당을 수색하는 동안은 가족을 돌볼 겨를이 없는 터라 아내와 아들 만일은 수망리 목장에 눌러앉아 있었다. 김이홍은 며칠에 한 번 수망리 목장에 나타났지만 아들이 자고 있는 밤에 나타났다가 새벽에 사라졌다.

그로부터 3년 후인 명종 10년(1555), 다시 왜구들이 제주성에 들이닥쳤다. 이번에는 그 규모가 엄청나고 대단한 전력을 갖춘 군단이었다. 이들 왜구들은 전라도를 침입하여 달량포, 이전포를 점령하고 나아가서 영암까지 손아귀에 넣었던 강력한 집단이었다. 전라도 절제사 원적과 장흥부사 한온이 저들을 치다가 전사하기까지 하였다.

수십 척의 배가 1,000여 명을 싣고 화북포로 사정없이 밀고 들어오고 있었다. 별로 저항을 받지 않고 화북포에 상륙한 왜구들은 곧장 제주성 동쪽 높은 언덕으로 쇄도했다. 그들은 지난날처럼 약탈을 목표로 한 것이 아니고, 제주를 완전 점령하여 조선과 중국을 치기 위한 전진기지를 만들 심산인 듯했다.

1,000여 명의 왜구들은 산지천 동쪽, 제주성이 훤히 내려다보이는 언덕에서 성 안을 향하여 불화살을 날리고 조총을 쏘아댔

다. 성 안의 초가집들이 화염에 휩싸이고 사람들이 조총의 조준 사격으로 퍽퍽 쓰러졌다. 그야말로 아비규환이었다.

당시 제주성을 지키는 군사들은 500여 명에 불과했고 그들이 가진 활과 창검은 먼 거리에서 날아드는 총탄 앞에서는 무용지물이라, 제주성은 뚫릴 위기에 처하게 되었다.

정의현, 대정현, 그리고 제주 전역 방호소의 군사들이 제주성의 외곽으로 달려왔다. 정의현에 머물며 왜구의 잔당을 쫓던 김이홍도 한라산을 넘어 제주성으로 달려갔다. 그러나 각지에서 달려온 군사들도 이미 고지를 점령한 왜구를 바라만 볼 뿐 속수무책이었다.

제주목사 김수문(金秀文)은 군사들이 성 안에서 옥쇄하여 목숨을 잃기보다는 나가 싸우다 죽는 것이 낫다고 판단했다. 김수문은 제주목사로 오기 전 북쪽의 변방 종성에서 여진과 싸워 여진의 포로가 된 군사들을 구한 역전의 노장이었다.

김수문 목사는 우선 성안의 주민들을 남문과 서문으로 빠져나오게 했고, 뒤이어 남아 있던 군사들도 모두 빠져나왔다. 그는 지원군 중에서 말 탄 군사와 속오군의 마대를 중심으로 별동대를 조직했다. 김이홍도 별동대의 일원이 되었다.

200여 마군들이 적진을 향하여 돌진하기 시작하자 왜구의 총구가 별동대의 마군을 향하여 불을 뿜기 시작했다. 아군은 화살을 날리며 맞서고 있었다. 전쟁은 밤낮을 가리지 않고 3일간 계속되었다. 왜구들의 일부는 제주성을 점령하고 미처 피신하지 못한 사람들을 잡아 무릎을 꿇리고 가정집을 뒤져 약탈을 자행하고 있었다.

조총을 가진 왜구들은 동쪽 언덕에서 한 발짝도 물러서지 않고 아군을 향하여 끊임없이 총탄을 날리고 있었다. 아군들은 지쳐가고 있었지만 왜구들은 대장의 호령 속에서 일사불란하게 움직였다. 일대의 군사들이 일제히 조총을 쏘고 장전할 때는 다른 군사들이 조총을 쏘아대는 바람에 빈틈이 없었다. 말들이 주춤거리고 있었다.

역전의 노장인 김수문 목사지만 아무리 머리를 굴려도 신무기를 가진 왜구들을 물리칠 방도가 없었다. 지원군을 기다려야 소용없는 일이고 저 왜구들이 성을 장악하고 성 안의 비축미를 차지하고 있으니 쉽게 물러나지도 않을 것이었다. 왜구의 사기가 저렇게 왕성하니 제주도 전역이 곧 초토화될 위기에 처하게 된 것이다. 김수문 목사는 일단 별동대를 뒤로 물려서 전열을 가다듬고 있었다.

그때였다. 4마리의 말이 아군진영의 뒤쪽에서 비호같이 달려오고 있었다. 여느 말과는 다른 거대한 말이었다. 온몸이 숯불처럼 붉고 갈색의 말갈기가 휘날렸다. 다리가 쭉쭉 뻗고 말 잔등의 높이가 보통 말의 두 배나 됨직했다. 4마리의 말이 순식간에 적진을 향하여 쏜살같이 돌격하자 조총을 쏘던 적들이 지레 겁을 먹고 놀라 자빠졌다. 조총을 장전하려던 적들도 눈이 휘둥그레져서 손을 놓고 있었다.

말들은 적진을 뛰어넘지도 않고 하늘로 치솟지도 않고 다만 적군을 발로 치고 밟으며 내달았다. 말발굽에 치어서 죽는 자들, 도망가다가 서로 밟고 밟히는 자들이 무더기를 이루었다. 마상에 탄 사람들은 창을 좌우로 휘둘러 적을 쓰러뜨리고 찔러댔다. 적군의 목이 추풍낙엽처럼 나가 뒹굴었다. 이를 기화로 전열을 가다듬던 별동대가 흙먼지를 일으키며 적진을 마구 유린했다. 결국 왜구들은 수백 명의 전사자를 내고 줄행랑을 쳤다.

언덕에서 바라보던 사람들이 환호성을 질러댔다.

"신마(神馬)다!"

"용마(龍馬)다!"

"마왕(馬王)이다!"

이 변란을 을묘왜변이라 하고 이 왜변은 제주도 사람들이 왜구를 대거 물리친 최고의 쾌거였다.

그 거대한 말을 타고 적진을 공격한 사람들은 문시봉(文時鳳), 김성조(金成祖), 김직손(金直孫), 이희준(李希俊) 등으로 현직군인이 아니었다. 그들은 애월의 어느 목장에서 목자로 일하면서 전시에 차출되는 예비군격인 별아병에 소속된 사람들이었다.

돌진하는 거대한 말과 이름 없는 장수들을 바라보는 김이홍은 너무 놀라서 숨이 막힐 지경이었다. 이렇듯 크고 용맹스러운 말이 이 세상에 존재한다는 것을 김이홍은 듣기는 했으나 보지는 못했었다. 김이홍은 궁금증이 나서 못 견딜 지경이었다. 전쟁이 끝나 집으로 돌아오는 김이홍의 머릿속에는 그 거대한 용마가,

마왕이 뇌리에서 떠나지 않고 가물거리고 있었다.

그 후 김이홍은 밥상머리에 앉기만 하면 어린 만일에게 그때의 일, 그때의 그 마왕에 대한 이야기를 골백번도 넘게, 귀가 아프도록 얘기해주곤 했다.

아마

　왜구들이 물러가고 왜변이 끝나자 김이홍은 고향을 향해 발길을 옮기고 있었다. 돌아오는 길에 그는 수망리 목장에 들러 오랜만에 아내와 아들 만일을 만났다. 만일은 6살이었다.

　수망리 목장은 문서봉(文瑞鳳)이라는 사람이 국유지를 빌려 개인적으로 말을 사육하는 목장으로 약 300마리의 말이 방목되고 있었다. 김이홍과 문서봉은 어깨동갑으로 평소에 절친하게 지냈기 때문에 김이홍은 두 난리를 평정하러 떠나면서 문서봉에게 가족을 맡겼었다.

　어린 만일은 수망리 목장의 초원에서 뒹굴며 자랐고 가끔 망아지들을 쫓아다니곤 했다. 마침 문서봉에게는 만일과 비슷한 또래의 계집아이가 있어 둘은 오누이처럼 뛰고 놀았다. 더러는 문서봉이 두 아이들을 말 등에 태우고는 고삐를 잡고 초원을 거닐기도 했고 잘 길들여진 말에 태워 초원을 한 바퀴 돌게 하기도 하였다. 만일은 말 타는 재미가 너무 좋았다.

가족을 데리고 고향으로 돌아온 김이홍은 농사에 전념하기로 마음먹었다. 왜구가 혼쭐이 나서 도망친 터라 당분간은 왜구의 침입이 없을 것이고 무엇보다도 아내를 고생시키지 않으면서 가족의 호구지책을 마련해야 하기 때문이었다. 그에게는 물려받은 땅도 있었지만 더 많은 농사를 짓고 싶은 욕망이 생겼다.

김이홍은 곶자왈을 개간하여 농토를 넓히기 시작했다. 곶자왈에 엉클어진 가시덩굴을 베어내고 땅에 흩어진 돌을 고르고 모아 밭담을 쌓았다. 밭담을 쌓는 일은 간단하지 않았다. 굵은 돌을 망치로 쳐서 적당한 크기의 돌로 만들어야 하고 결코 가볍지 않은 돌을 들어 올려 얼기설기 쌓아야 하기 때문이다. 밭담은 바람을 막아주는 역할도 하지만 밭에 박히거나 굴러다니는 돌을 쌓아놓는 장소이기도 하다.

억척스런 그의 아내도 그를 도와 덩굴을 베고 돌을 나르곤 했다. 처음에 마을 사람들은 헛수고만 할 뿐이라며 거들떠보지도 않았다. 혼자서 큰 돌을 깨서 운반하는 일은 너무도 힘들었다. 그러나 강인한 체력과 굳건한 마음을 가진 김이홍은 포기하지 않았다. 1,000여 평의 밭을 일구어 나가자 마을 사람들도 합류했다.

돌을 들어내니 모래알 같은 송이가루와 화산재가 드러났다. 그러나 이것들은 푸석푸석하고 빗물이 금세 빠져버릴 뿐만 아니라 영양분을 품고 있지 않기 때문에 작물을 심고 가꾸기에는 적합하지 않았다.

김이홍은 수망리 목장의 문서봉에게 부탁하여 야간에는 수십 마리의 말을 몰아왔다. 말을 밭담 안에 가두고 말의 똥을 받아 땅에 영양분을 공급하기 위함이었다. 이를 바령한다고 하며 그런 밭을 바령팟이라고 부른다.

그는 밭에 보리를 심었다. 그리고 돼지똥과 보릿짚을 섞어 돗거름을 만들어 주었다. 보리가 늦가을에 새싹이 나더니 초겨울에는 제법 파릇파릇하게 자라났다. 초봄에는 뿌리가 뜨는 것을 눌러주기 위하여 말들을 불러들였다. 망으로 입을 묶인 말들이 일렬로 다니면서 보리밟기를 했다.

보리를 수확하고 나면 조를 심었다. 미세한 좁씨가 바람에 날아가 버릴까봐 다시 말떼를 불러들였다. 말들이 조밭을 밟는 일을 조밧발림이라고 한다.

밧발림을 할 때는 으레 늙수그레한 노인이 말떼를 끌고 온다. 그는 문서봉의 목장에서 일하는 테우리 오동팔이다. 테우리는 제주어로 말이나 소를 모는 사람을 일컫는다. 오동팔 노인이 말을 시켜 밭을 밟게 할 때, 어린 만일은 밭담에 앉아서 많은 말을 일렬로 세워 나가게 하고 말을 모는 테우리의 구성진 소리에 매료되곤 했다.

설렁 설렁 걸어 보자

나광 혼디 걸어나 보자

오러러러 어러러러 어러

높은 디랑 볼라가멍

낮은 디랑 븝지 말곡

펜치갱이 잘 볼르라

어러러러 어러러러 러러

우리 뭉생인 잘도 볼람쩌

쉼나절이 촐 하영 먹곡

쉬지 말고 잘 볼르라

　김이홍이 곶자왈을 일궈 조성한 밭은 해가 갈수록 늘어갔다.
김이홍의 손바닥은 거북의 등껍질같이 갈라지고 굳은살은 돌덩
이 같았다. 밭담은 태풍이 불어도 끄떡 없었다. 김이홍이 수년에
걸쳐 일군 밭은 수천 평에 이르렀다. 언제부턴가 마을 사람들은
이 밭을 '반드기왓' 이라고 불렀다.

　밭을 개간했다고 해서 많은 수확을 내는 것은 아니었다. 제주
도의 화산회토는 물을 머금지 못하고 금방 새어나가기 때문에 조
금만 가물어도 곡식이 말라죽는 경우가 비일비재했다. 내의 물도
말라버리기 때문에 물을 대서 농사를 지을 수 있는 것도 아니었
다. 그래서 많은 밭을 소유하고 뼛골이 빠지도록 일을 해도 입에
풀칠을 하기 어려운 해도 많았다.

만일은 어린 나이에도 아버지를 도와 돌을 나르기도 하고 어머니가 파종을 할 때나 검질(김의 제주어)을 맬 때는 어머니의 손을 덜어드리기도 했다. 그러나 김이홍은 아들이 농사일을 돕는 것을 달가워하지 않았다.

만일이 열두 살이 되던 해 늦가을, 아버지는 꼭두새벽부터 콩, 조, 그리고 산디(밭벼) 등 곡물들을 가마니에 담고 있었다.

"해마다 말을 빌려주어 우리 밭에 바령해 주고 조밧밟림을 해준 수망리 농장 문서봉 어른께 사례를 하러 가는 길이다. 더구나 늘 말을 몰고 수고를 아끼지 않은 테우리들에게도 곡식을 나누어 주어야지."

김이홍은 해마다 이맘때쯤이면 수망리 목장으로 곡식을 실어 가곤 했지만 이번에는 훨씬 많은 분량이었다.

김이홍은 아들의 손을 잡아끌었다.

"아들아, 오늘은 너도 데려갈 참이다. 네가 이만큼 컸으니 어린 조랑말을 한 마리 사줄 생각이다."

만일은 뛸 듯이 기뻤다. 꿈에도 그리던 말을 갖게 된다니, 더욱이 어릴 적 아버지가 왜구와 싸우러 갈 때에 피신하였던 그 목장에서 지내던 일, 그리고 더불어 소꿉장난하던 덕이를 볼 생각을 하니 가슴이 콩닥콩닥 뛰었다.

짐을 바리바리 실은 두 마리의 소와 한 마리의 말이 앞장서고 김이홍이 탄 말이 뒤를 따랐다. 만일은 아버지 등에 매달려 있었다. 말과 소들은 목장으로 난 오솔길을 천천히 걸었다.

이윽고 돌담이 둥그렇게 쳐진 목장이 눈에 들어왔다. 목장의 살채기문(싸리짝문)을 열고 들어가니 끝도 없이 넓은 초원이 펼쳐 있고 초원에는 수백 마리의 말들이 혹은 마른 풀을 뜯고 있고 혹은 누워서 오수를 즐기고 있었다. 더러는 초원을 경중경중 뛰어 다니는 말이 있는가 하면 어미 곁에 붙어 있는 아마(兒馬) 즉 망아 지들도 보였다.

초원의 한쪽에 초가집이 보이고 그 곁으로 줄을 이어 새(이엉의 재료로 쓰는 풀)로 엮은 마구간이 늘어서 있다. 마구간 저편으로 건 초더미가 산같이 쌓여 있다.

문서봉이 달려나와 일행을 맞는다.

"이 많은 곡물을 가져 오시다니요?"

"덕분에 작년 농사는 풍년이었습니다. 조금 가져왔습니다."

테우리들이 달려들어 짐을 풀고 있는 동안 김이홍은 아들을 데 리고 방안으로 들어갔다. 만일이 큰절을 했다.

"이 아이가 벌써 이렇게 컸군요. 우리 집에 와서 걸음마 하던 때가 엊그제 같았는데…."

문서봉이 훨씬 큰 만일을 바라보며 말했다. 덕이는 빼꼿 열린 창문으로 방안을 들여다보더니 만일과 눈이 마주치자 부끄럼을 타는지 얼른 고개를 돌리고 헛간으로 사라졌다.

"그렇지 않아도 제 자식에게 무술을 가르쳐 장차 무과에 응시 하도록 할 작정이지요."

만일로서는 처음 듣는 이야기였다. 그간 아버지가 말은 안 해도 아들의 장래를 염두에 두고 있음에 만일은 놀랐다.

"암 그래야지요. 우리 제주는 왜구의 침략이 빈번하니 이에 대비하기 위해서는 무술을 가르쳐야겠지요. 무사가 되려면 우선 말을 탈 줄 알아야 하고요."

"그래서 말입니다. 우리 아들이 탈 어린 조랑말 한 필을 사고자 합니다."

"사시다니요. 이제 막 젖을 뗀 망아지 한 마리를 그냥 드리지요. 지금부터 길들이면 어린아이도 탈 만합니다."

오 영감이 만일의 소유가 될 어린 말을 끌고 왔다. 피부가 매끄럽고 털빛이 검으며 미간에 흰 무늬가 있는 귀여운 말이었다. 오 영감은 말의 갈기를 쓰다듬어 주면서 달래주고 있었다. 만일은 급한 마음에 어린 말의 잔등에 기어오르려 했다. 그러나 말이 몸을 빼버리는 바람에 만일은 뒤로 나가떨어졌다. 저쪽에서 말을 타고 달려오는 덕이가 까르르 웃었다. 김이홍과 문서봉도 큰 소리로 웃었다. 만일은 계면쩍어 얼굴을 붉혔다.

김이홍이 그 망아지를 살펴보면서 말했다.

"암말이군요. 이 망아지가 커서 새끼를 낳기 시작하면 우리 만일인 더 많은 말을 가질 행운이 생기겠군요."

문서봉은 만일을 찬찬히 뜯어보더니 김이홍에게 시선을 옮겼다.

"이 아이에게 말 타는 법을 가르치려면 당분간 여기에 남겨 두시지요. 모름지기 승마의 기술은 어려서부터 가르쳐야 합니다.

또한 말도 어려서부터 가르쳐야 하고 사람과 말이 호흡을 같이 하려면 둘 다 어릴 때부터 친구가 되는 것이 바람직하지요. 아무래도 의귀리는 땅이 협소하고 농토가 많아서 말을 훈련시키기가 부적절하고 더욱이 어른께서는 농사일에 바쁠 것이니 아이에게 승마를 가르칠 여유가 없겠지요. 우리 목장의 테우리인 오동팔 영감이 잘 가르쳐줄 것입니다. 또 이 아이가 제 딸년과 동년배이니 심심치도 않을 것입니다."

문서봉은 이윽고 오동팔을 시켜 은백색의 망아지를 끌어오게 하더니 덕이를 손짓으로 불렀다.

"만일이 당분간 우리 목장에서 살기로 했다. 너는 친구가 생겨서 좋겠구나. 너에게도 망아지 한 마리를 선물로 주겠다."

문서봉은 만일과 덕이를 번갈아보며 말을 이었다.

"망아지들에게 이름을 지어주어야겠다. 덕이의 백마는 순풍(順風), 만일의 흑마는 추풍(秋風)이라고 지으마. 말은 원래 바람을 가르고 달리는 짐승이니 바람 풍(風)자를 붙였다. 너희들 힘으로 잘 키우고 말과도 친구가 되어라."

만일이 말고삐를 받아 쥐고 앞으로 당겨보았으나 추풍은 앞다리를 버티고 서서 꿈쩍도 하지 않았다. 그러나 덕이는 순풍을 끌고 초원을 가뿐가뿐 걷고 있었다. 오 영감이 웃으며 말했다.

"말은 다가서기에 앞서 자신이 말의 주인이라는 것을 인식시켜야 한다. 그냥 주인이 아니라 친구 같은 주인이 되어야 하는 거란다. 그래서 말과 사람이 호흡을 같이 하고 말이 주인의 말을 알아듣고 눈치를 볼 정도가 되어야 그 말을 타기도 하고 부리기도 한단다."

만일이 오 영감의 말대로 추풍의 등을 쓸어주니 그 망아지는 순순히 만일을 따라 걸었다. 초원을 한 바퀴 돌면서 주위를 둘러보니 형형색색의 말들이 노닐고 있었다.

목관으로 돌아온 만일이 오 영감에게 말했다.

"저 말들의 털빛이 형형색색으로 같은 털빛이 없는 것 같군요."

"그렇단다. 말은 같은 씨를 받고 같은 배에서 태어나도 색깔이 천차만별이고 색깔에 따른 명칭도 다양하단다. 가령 추풍과 같은 검은 말은 가라, 순풍은 백마, 밤색의 말은 적다, 회색의 말은 총마, 점박이 말은 부루… 그밖에도 부르는 이름이 무수히 많다. 털빛으로 말의 우열을 가릴 수는 없지만 색깔이 예쁜 말이 눈에 띄기 마련이지."

수망리 목장에 남겨진 만일은 자신의 소유가 된 망아지 추풍을 자신만큼이나 사랑하여 들로 산으로 데리고 다니며 풀을 뜯게 했고 말을 타고 초원을 달렸다. 덕이도 순풍을 타고 만일과 더불어 달렸다. 그 둘이 검고 흰 말을 타고 초원을 달리는 모습은 그림처럼 아름다웠다. 그들은 초원의 촐(꼴)을 베어다 헛간에 쌓아두어 말이 실컷 먹을 수 있게 했고 건초더미도 넉넉히 쌓아두었다.

만일과 덕이는 자신의 말들뿐만 아니라 목장의 말들을 몰아 풀이 무성한 곳으로 데려다 놓기도 하고 물이 있는 곳으로 이끌어가기도 하였다. 말을 타고 초원을 누비며 오름을 가볍게 오르내리기도 하였다. 그들은 점점 능숙한 목동이 되어가고 있었고, 그야말로 신명나는 나날이었다. 그렇게 2년의 세월이 흘렀다.

추석이 다가오고 있었다. 만일이 부모님을 뵈러 집으로 돌아가는 길이었다. 으레 명절이나 제삿날에 집에 가긴 했어도 이번에는 특별한 귀갓길이었다. 아버지가 사주고 자신이 훈련시킨 추풍을 타고 나선 길이었기 때문이다.

수평선 위로 몇 줄기의 구름이 피어오르고 있었다. 스산한 바람이 먼 바다로부터 불어오는가 싶더니 검은 구름이 점점 하늘자리를 넓혀가고 있었다. 만일은 심상찮은 기운을 느끼며 귀가를 서둘렀다. 집에 이를 때쯤에는 거친 바람이 나뭇가지와 풀들을 흔들고 있었다. 시간이 갈수록 바람이 거세지더니 나뭇가지가 꺾여 나뒹굴고 모래와 자갈이 날아들어 얼굴을 때린다. 대낮인데도 사위가 밤처럼 어둡고, 새까만 구름이 하늘에서 요동치고 벼락이 산 너머에 떨어져 작열하고 천둥이 떡메 치듯 산야를 울린다. 멀리 보이는 바다에는 흰 파도가 집채 만한 너울이 되어 바닷가 바위를 때린다. 앞으로 나아가길 망설이는 말의 고삐를 움켜잡고 만일은 천신만고 끝에 집에 당도했다.

밤새, 그리고 다음 날 하루 내내 바람은 요동치고 바람이 몰고 온 빗발이 춤을 춘다. 김이홍과 가족들은 옴짝달싹하지 않고 방안에 엎드려 있었다. 쏴아 하는 바람소리, 바람이 들판을 때리며 내는 귀곡성, 덧창이 덜컹거리고 우두둑 뚝딱 나뭇가지가 부러지는 소리.

다음 날 오후에 바람은 한라산을 넘어 북쪽 바다로 몰려갔다. 태풍이 지나간 흔적은 참담했다. 지붕은 날아가 뒷곁 돗통(돼지우리)에 걸려 있고 지붕의 이엉은 벗겨져 서까래가 드러나 있다. 길은 끊어져 내(川)가 되고 밑동부터 넘어진 나무가 가로막고 있었다. 내가 있던 곳은 상류에서 쓸려 내려온 돌과 흙과 나뭇가지로 범벅이 되어 있었다.

수년간 일궈온 반드기왓에는 밭담이 무너져 돌들이 아무렇게나 흩어져 있고 수확기를 맞은 조와 메밀은 뿌리째 떠내려가서 흔적도 보이지 않았다. 바닥의 흙까지도 쓸려 내려가서 밭은 해골처럼 바위가 드러나 있었다.

집 주위와 밭을 돌아보고 온 김이홍은 허탈한 웃음을 웃었다.

"십 년 고생이 나무아미타불이로다. 그러나 우리 식구가 목숨을 건진 것만도 천행으로 생각해야지."

집에는 먹을 양식이 없어서 가으내(한가을 내내) 겨우내 멀건 풀죽으로 연명해야 했다. 김이홍은 냇가에 밀려온 흙을 퍼 날라서 밭을 돋우었다. 그러나 흙이란 흙은 대부분 바다로 쓸려 내려가 밭을 돋는 일은 개간하는 이상으로 힘든 일이었다. 만일은 아버지를 도와 열심히 흙을 구해 나르고 밭의 흙을 다졌다. 만일은 목장으로 돌아가지 않고 아버지를 도와 일했다. 그러나 아버지는 아들이 애쓰는 모습이 안쓰럽기보다는 자식을 저렇게 촌구석에서 썩힐 생각을 하니 아들에게 기대했던 꿈이 갈기갈기 찢겨나가는 것 같아 가슴이 아팠다.

만일 또한 마찬가지였다. 아버지가 황폐한 땅을 옥토로 만들기 위하여 밤을 지새우며 애쓰는데 수수방관할 수는 없는 일이지만 마음은 콩밭에 가 있었다. 만일은 말과 더불어 달리고 뛰놀던 목장이 그리웠다.

그나마도 흙을 돋아 보리를 심은 몇 뙈기의 밭에 보리가 싹을 틔우고 겨울의 밭을 파랗게 물들이고 있던 어느 날 만일은 아버지 곁에서 보리밭을 밟고 있었다.

"아버지, 겨울에는 밭 밟기 말고는 크게 할 일도 없으니 제주를 한 바퀴 돌고 싶습니다. 그동안 저는 수망리의 작은 목장과 여기 의귀리 작은 동네만을 보고 자랐습니다. 넓은 세상을 보고 싶습니다."

"우리가 살아온 이곳이 대륙에서 동떨어진 섬에 지나지 않고 넓은 곳도 아니지만 우선 섬 전체를 돌아보는 것도 중요한 일이지. 넓은 세계를 보지 않으면 마음도 좁고 옹졸해지는 법이다. 나도 그 생각을 하고 있었다. 제주도를 한 바퀴 돌면서 해안과 농촌의 사는 모습도 눈여겨보고 한라산을 빙 두른 목장도 두루두루 살펴보아라."

국마목장

15세 되던 해 정초, 만일은 자신의 애마 추풍에 몸을 얹고 유랑 길을 떠났다. 만일은 동이 트기가 무섭게 집을 나와 남쪽의 바닷가로 향했다. 두어 마장을 가니 넓은 바다가 눈에 들어왔다. 바다는 떠오르는 태양을 받아서 금빛으로 반짝이고 있었다. 바닷가 마을에서는 밥 짓는 연기가 피어오르고 있었다. 동쪽으로 방향을 잡아 해안가를 따라 천천히 걸었다. 해안의 바위가 울퉁불퉁하고 돌들이 아무렇게나 뒹굴고 있어 만일은 말에서 내려 걷기도 하였다.

표선의 바닷가에 이르니 한 떼의 잠녀들이 어깨에는 태왁과 빈 망사리를 걸머메고 다른 손에는 호미(낫)와 빗창을 겹쳐들고 집을 나서고 있었다. 아침 공기도 쌀쌀하고 바닷물도 찰 텐데 그녀들은 불턱(해녀들이 물질을 하면서 옷을 갈아입거나 쉬던 장소)에 도착하자마자 망설임 없이 바다에 뛰어들었다.

만일은 바위 언덕에 앉아서 잠녀들의 모습을 한참이나 지켜보고 있었다. 잠녀들은 바다에 꽂히듯 거꾸로 뛰어들더니 한참 만에 물 위에 올라 태왁을 안고 숨비소리를 낸다. 참았던 숨을 한꺼번에 몰아 내쉬는 소리다. 휘파람소리 같기도 하고 돌고래소리 같기도 했다. 건져낸 전복 등을 망사리에 담으면서 잠시 숨을 고르더니 그녀들은 다시 물속에 잠긴다. 태왁만이 물에 둥둥 떠 있다.

만일은 몸을 일으켜 걸었다. 계속 걸었다. 편편한 길에서는 말을 타기도 했다. 해가 중천에 있을 때 천미천에 닿았다. 천미천 주변으로 수십 채의 농가가 있었고 넓고 사래긴 밭이 눈에 들어왔다. 사람과 말이 떼를 지어 보리밭을 밟고 있었다. 밭밟림을 하기 위하여 중산간의 국마목장에서 말들을 잠시 빌려온 것이라고 어떤 농부가 귀띔을 해주었다. 밭밟림을 하면서 부르는 농부들의 노랫가락이 구성지다. 마침 점심때라 만일은 밭두렁에 앉아서 농부들이 인심 좋게 나누어주는 밥을 염치없이 얻어먹었다.

만일은 또 걸었다. 성산포에 이르니 해가 뉘엿뉘엿 지고 있었다. 만일은 산기슭으로 오르다가 나지막한 동굴을 발견하고 짐을 풀었다. 제주에는 크고 작은 용암동굴이 어디에나 있어 바람을 피하거나 하룻밤을 지내는 데는 별 어려움이 없었다.

다음날 희붐한 새벽, 첫닭이 홰를 치자마자 만일은 잠에서 깨어 득달같이 일출봉을 향해 달린다. 일출봉에 오르니 동쪽 하늘이 연분홍색으로 밝아지더니 하늘가에서 붉은 태양이 솟는다. 불같은 용이 바다를 뚫고 솟아오르는 것 같다. 만일은 가슴이 용광로처럼 달아오르는 느낌을 갖는다.

만일은 성산포와 섭지코지의 해안가에서 한가로운 시간을 보내고 해가 중천에 떠있을 무렵에 북서쪽으로 발길을 돌렸다. 완만하게 경사진 들길을 말을 타고 오르니 검은 돌담이 농경지와 목장의 경계를 이루며 길게 뻗어 있다. 돌담은 목장의 말이 저지대의 농경지로 들어가 농작물을 해치지 않도록 목장의 하단에 석 자 정도로 쌓은 담으로 이를 잣, 잣성 또는 잣담이라고 한다. 또 말들이 산간이나 한라산으로 넘어가지 못하게 상단에 잣을 쌓았는데 이를 상잣, 하단의 것을 하잣이라고 부르기도 하였다.

잣을 끼고 돌자 나무로 얼기설기 엮은 살채기문이 만일의 눈에 들어왔다. 돌기둥에 〈국마목장 일소장(國馬牧場 一所場)〉이라고 쓴 글자가 음각되어 있었다.

만일은 목장으로 들어섰다. 만일이 집을 떠날 때 아버지가 혹 그 쪽을 지나게 되면 꼭 찾아보라고 당부하던 말이 생각났기 때문이다. 목장에 들어서니 경사가 완만한 넓은 평원이 펼쳐져 있는데 바위나 돌이 없고 대부분 초지가 조성되어 있어 마른 풀들이 바람에 일렁이고 있었다. 목장 안으로 깊이 들어가니 한 오름의 남쪽 기슭에 목관이 있고 그 주위에는 건초더미가 산처럼 쌓여 있었다. 목장에는 많은 말들이 노닐고 있었다.

만일이 목관에 이르니 열 살쯤 되어 보이는 사내아이가 말 옆구리의 털을 대갈퀴로 긁어주고 있었다. 소년은 만일을 흘끗 보더니 묻지도 않은 말에 혼잣말처럼 대답했다.

"진드기를 훑어내고 있는 중이야. 말에는 진드기가 많이 붙어 있어 말을 성가시게 하거든."

"나는 마감 어른을 뵈러 왔다만 너는 누구냐?"

"나는 마감의 아들로 좌영수(左永樹)라고 해."

좌영수가 안으로 쪼르르 들어가더니 아버지를 모시고 나왔다. 중년의 사나이는 1소장의 좌석태(左錫太) 마감(馬監)이다. 그는 김이홍과 더불어 천미포왜란과 을묘왜변에 참여하여 왜구와 싸운 적이 있고 그때에 각별히 교분을 쌓았던 사이였다. 좌석태 마감은 원래 말의 각종 병을 고치는 마의(馬醫)이기도 했다. 만일이 꾸벅 절하고 자기소개를 했다.

"김이홍 어른의 아들이 멀리까지 웬 걸음이냐?"

"세상구경을 하고 싶어서 집을 떠나 유랑 길에 들어섰습니다. 수일간 제주의 여러 곳을 편답하고자 합니다."

좌 마감은 만일의 애마 추풍을 유심히 살피더니 만일을 돌아보며 물었다.

"몇 살이냐?"

"저 말입니까? 열다섯 살입니다."

"너 말고 말 말이다."

"세 해 전에 수망리 목장의 문서봉 어른께서 갓 태어난 망아지를 주셨습니다."

"그럼 사수매로구나. 온몸의 털이 흑요석처럼 검게 빛나고 발목과 이마가 흰 것을 보니 세종대왕이 개발했다는 오명마의 후예 같구나. 더욱이 목이 짧고 몸집이 통통하고 다리가 훤칠하니 수말을 잘 만나면 준마를 낳을 재목이로구나. 내년이면 흘레를 붙여야겠어."

만일은 늘 곁에 있어온 자신의 애마에 대하여 미처 그런 생각을 못하고 그냥 친구처럼 동생처럼 지내왔던 것인데 좌 마감의 칭찬을 듣고 보니 문득 자부심이 생겼다.

좌 마감은 이윽고 자별한 시선으로 만일을 돌아보며 말했다.

"아버지께서 굳이 너를 내게 보낸 것은 필히 깊은 뜻이 있어서일 게다. 그러니 너는 며칠간 여기 머물면서 목장의 일을 잘 배워두도록 해라."

좌 마감은 만일을 데리고 목장을 한 바퀴 돌고 목장 전체가 한눈에 보이는 백약이오름을 올랐다. 만일은 목장의 광활함과 셀수 없이 많은 말들을 내려다보며 놀라움을 감추지 못했다.

"이 목장의 넓이는 어느 정도이며 말들은 몇 마리나 되나요?"

"여기 1소장은 거리가 남북으로 18리, 동서로 20리 가량 되니넓이가 약 200만 평쯤 된단다. 제주도 10개의 국마목장 중에서 가장 넓고 말의 수도 제일 많은 축에 들지. 자세히는 알 수 없으나대충 1,500마리쯤 될 것이다."

좌 마감이 우쭐해서 대답했다.

"방금 삼촌께서 10개의 국마목장을 언급하셨는데 제주도의 국마목장에 대하여 듣고 싶습니다."

제주에서는 웃어른을 공경하는 뜻으로 촌수와 관련 없이 삼촌이라고 부른다.

"내려가자꾸나. 여기서 한 마디로 얘기하기보다는 목장지도를 펴놓고 설명해야겠구나."

방안에 자리를 잡은 좌석태는 문갑에서 커다란 지도책을 꺼내서는 한 장 한 장 넘기며, 그림을 하나하나 짚어가며 길고 차분하게 이야기를 늘어놓았다.

제주도에는 태곳적부터 말이 존재했다. 야생마도 있었고 가축으로 키우는 말도 있었다. 제주도의 옛 이름인 탐라에서는 선사시대부터 말을 가축으로 사육하여 왔다는 기록이 있다.

〈삼성신화〉에 의하면 태초에 탐라에 처음 정착한 고을나, 양을나, 부을나가 오곡을 파종하고 말과 소를 길렀다는 기록이 있고 『동국여지승람』에 의하면 선사시대부터 야생우마가 한라산 밀림지대에서 농경민들과 더불어 유목생활을 하였다는 기록이 있다.

탐라는 천문지리로 볼 때 이십팔수(二十八宿)의 별자리 중 말의 수호신인 방성(房星)에 해당하는 땅이다. 그래서 사람들은 탐라를 중국의 명마 생산지인 기북(冀北)과 더불어 말 생산지로 최적의 땅이라고 믿어왔다. 자연환경으로 보더라도 탐라는 사시사철 기온이 온화하고 풀이 무성하며 산간에 넓은 평원이 있고 호랑이가 없는 곳이라 말을 방목하기에 적합한 곳으로 알려져 왔다. 애초에 탐라의 말 사육은 대량으로 이루어졌다기보다는 농경에 이용하던 말로 짐작된다.

탐라에서 말이 본격적으로 사육되고 목장이 형성된 것은 아무래도 몽고가 고려를 복속시키고 탐라를 자치령으로 만든 때로부터라고 할 수 있다. 고려 원종 때 '삼별초의 난'을 평정하고 제주도를 둘러보던 몽고는 탐라의 넓은 평원과 온화한 기후가 말을 방목하기에는 매우 적절하다고 판단했고 더욱이 일본과 남송(南宋)을 공략할 전진기지로 탐라가 적합하다는 결론에 이르렀다. 몽고 즉 원나라는 아예 탐라를 고려에서 떼어 직할령으로 만들어 고려의 지배를 받지 않도록 했고 탐라를 자기네 말 목장으로 만들 야욕을 가졌다.

원나라는 고려 충렬왕 2년(1293)에 탐라의 동쪽 수산리에 목장을 설치하고 168마리의 몽고 말을 실어다 방목하기 시작하고 말들을 감독하기 위하여 몽고인으로 목호(牧胡)를 두었다.

처음에 몽고에서 들여온 말들이 증산을 거듭하면서 목장의 말은 기하급수로 늘어나 한때 40,000마리를 능가했다. 이에 탐라에는 고원지대를 제외하고 대부분의 땅이 말 목장으로 화했다. 탐라의 농경지는 거의 자취를 감췄고 대부분의 주민들은 말 목장에 의존해서 살았다. 몽고가 탐라를 100년 지배하는 동안 몽고는 매년 수만 마리의 말을 징발하여 영토를 넓히기 위한 전방에 투입하였다.

그 후 원나라를 멸망시킨 명나라는 탐라가 100년간 원나라의 영토였으니 당연히 원나라를 이어받은 명나라가 지배해야 된다고 고집을 부렸고 원나라에 바치던 말을 자기네로 보내달라고 요청했다.

그러나 고려의 공민왕은 탐라를 명나라에 넘겨주길 거부했다. 결국 명나라는 탐라의 지배권을 고려에 양보하면서 대신에 탐라에서 생산되는 말을 명나라에 보내 원나라의 잔당들을 공격하는 데 사용하기로 했다.

고려의 관리들이 명나라에 보낼 말을 간택하기 위해 탐라에 도착했을 때 탐라의 토호들과 몽고의 목호들은 이에 강력히 항의하고 파견된 관리들을 모두 잡아 죽였다. 이에 공민왕은 문하찬성사 최영을 시켜 제주도를 정벌하기에 이르렀다.

최영은 전함 314척, 병사 25,605명의 대군단을 이끌고 추자도를 거쳐 탐라 정벌을 단행했다. 당시 탐라의 인구는 20,000명도 안 되었다고 추정된다. 최영은 탐라의 인구를 능가하는 군대를 이끌고 명월포로 상륙하여 탐라를 덮쳤다. 명분은 목호의 난을 평정하고 몽고인인 목호와 그 추종자들을 섬멸하기 위한 정벌이었다.

목호가 이끄는 3,000여의 기마병이 맞서 싸웠지만 역전의 용사들인 정규군을 어찌 감당하겠는가. 목호의 기마병은 후퇴를 거듭했다. 그때 어름비 평원과 새별오름 등에 '칼과 방패가 바다를 뒤덮고, 간과 뇌수가 땅을 가렸다'는 기록이 있는 걸 보면 얼마나 처참한 살육전이었을까. 짐작컨대 어찌 몽고인과 그 추종자뿐이랴. 고려사의 여러 기록에는 몽고 출신의 목호와 그 추종자들을 일망타진했을 뿐, 탐라의 주민이 피해를 보았다는 기록은 없으나 과연 그랬을까? 아마도 당시 탐라 백성들의 태반이 참변을 당했을 것이다.

이야기를 이어가던 좌석태 마감은 이쯤에서 불현듯 회상에 잠긴 듯 눈을 지그시 감고 한참이나 앉아 있더니 다시 입을 열었다.

"여기 제주에 사는 우리 좌씨들은 입도조 휘(諱) 좌형소(左亨蘇)의 후예란다. 좌씨는 중국 노(魯)나라 좌구명(左丘明)을 시조로 한다. 공(公)은 공자의 역사서 『춘추』를 집대성한 『춘추좌씨전(春秋左氏傳)』으로 유명한 인물이지. 이렇듯 공은 본래 한인(漢人)으로 송나라 사람이었다. 그러나 어떤 이유에선지 공은 몽고가 제주에 말목장을 개설할 때 제주로 따라 들어와 목호 밑에서 말의 질병을 치료하는 마의(馬醫)로 일했지. 최영 장군이 몽고 출신의 목호들을 칠 때 나의 조상은 송나라 출신이었기 때문에 목숨을 구할 수가 있었고 아예 고려에 귀화하였다.

입도 2세 휘(諱) 좌자이(左自以)는 마의로 일하던 중 의술이 뛰어나서 사람의 병도 치료했다고 한다. 공의 의술이 세상에 알려지자 조정에서는 왕비의 불치병을 치료하도록 공을 궁궐로 불러올렸다는구나. 왕비의 병을 치료해준 대가로 공은 저 아래 한동리 목장을 하사받아 몇 대에 걸쳐 세습하였다는 이야기가 전해 내려오고 있다. 당시의 목장을 사람들은 좌가장(左팟場)이라고 불렀다.

우리 조상들은 전가(傳家)의 보도(寶刀)처럼 마의의 끈을 놓지 않고 자손들에게 물려주었단다. 한동리에는 지금도 우리 조상들의 산소가 보존되어 있다. 그런데 어느 땐가 조상들의 생활터전이 곽지리로 옮겨지게 되었다. 내가 조상의 묘역도 지킬 겸 1소장의 마감을 자청하였지. 물론 지금도 마의의 기술은 유지하고 있고 내 어린 자식에게도 전수하고 있는 중이지."

그때 좌영수가 끼어들었다.

"나는 장차 마의(馬醫)가 될 작정이야. 원래 아버지도 마의셨기 때문에 아버지께로부터 의술을 전수받고 있는 중이지. 말은 초원에 방치되어 있기 때문에 병충해의 피해가 많고 과식을 하는 경우가 있어 배앓이를 하기도 하지. 특히 전염병이 돌면 많은 말들이 죽어가곤 해. 말은 키우는 것도 중요하지만 병을 예방하는 것도 중요하지."

좌석태는 어린 아들이 대견한지 머리를 쓰다듬어주고 있었다. 그는 이윽고 만일을 쳐다보며 말했다.

"내가 어디까지 얘기했더라. 가문의 내력을 말하다가 실마리를 놓쳤구나."

좌 마감은 다시 이야기보따리를 끌러놓고 있었다.

최영 장군이 제주를 평정한 이래 고려 말까지 20,000여 마리의 말이 탐라에서 키워져 명나라로 보내졌다. 조선시대에 들어와서도 말의 수요가 급격하게 늘고 명나라가 전마(戰馬)의 진상을 끈질기게 요구함에 따라 제주도의 쓸만한 땅은 모조리 목장으로 화하였다. 탐라 사람들은 삶의 터전인 농토까지도 말 목장으로 내주어야 했으므로 그 삶은 비참했다. 탐라가 제주로 명칭이 바뀐 것은 조선 태종 때부터다.

제주는 독특한 지형의 땅이라 농사는 해안가에서만 지을 수 있는데 해안가까지 목장이 되는 바람에 농민들은 폐농을 하지 않을 수 없었다. 원나라가 망하고 고려가 탐라를 영토로 회복시켰지만 말의 수는 줄어들어도 목장은 전과 다름없이 농경지를 잠식하고 있었다.

세종 때에 제주 사람 고득종(高得宗)은 높은 벼슬에 있으면서 제주 백성들의 삶을 잘 알고 있었기 때문에 목장을 국영화하고 목구를 10개로 나눌 것을 주창했고 농경지를 보전하고 목장을 합리적으로 획정할 것을 건의하였다. 세종은 고득종의 건의를 받아들여 목장조직을 체계화했다. 말하자면 해안지대를 농경지로 정하고 목장을 중산간으로 올리게 하여 농경지와 목장 사이에 잣을 쌓게 했다.

국마목장은 한라산을 정점으로 해발 200~400m의 중산간을 빙 둘러 펼쳐진 넓은 평원에 10개의 목구를 설치하여 국마목장을 만들었고 이를 10소장(所場)이라 불렀다. 10개 소장은 후에 제주의 행정구역과 비슷하게 되었다.

1소장은 구좌에, 2소장은 조천에, 3소장은 제주성 인근에, 4소장은 제주성 서쪽 주변과 애월에, 5소장은 애월에, 6소장은 한림과 한경에, 7소장은 대정에, 8소장은 안덕에, 9소장은 서귀포와 남원에, 10소장은 표선과 성산포에 각각 설치되었다. 이들 소장은 지세와 지형에 따라 그 규모가 천차만별이지만 평균으로 칠 때 각 목장의 둘레가 약 50리에 달한다.

각 소장에는 적게는 500마리, 많게는 1,500마리를 능가하는 말을 방목했고 또한 소도 키웠다. 제주의 국마목장에는 통틀어 10,000 내지 20,000마리의 말들이 있었다.

각 소장은 몇 개의 자목장(字牧場)으로 구성되었는데 말에 천지현황(天地玄黃)…의 천자문을 낙인하여 관리했기 때문에 그렇게 불렀다. 자목장마다 암말 100마리, 수말 15마리로 군을 이루고 있었다.

제주의 목장은 제주목사가 총괄·관리하였고 소장마다 한두 명의 감목관 또는 마감을 두었으며 자목장에는 한 명의 군두(群頭), 두 명의 군부(群副), 네 명의 목자(牧者)를 두었다. 목자는 최하위 직급으로 말의 양육과 생산을 담당하였는데 토착민 중 양인으로 채워졌다. 목자는 흔히 테우리라 부른다.

만일은 좌석태 마감과 더불어 열흘 가까이 1소장에서 지냈다. 그 사이 만일은 목장의 관리방법, 각 직급의 사람들이 하는 일을 주의 깊게 살폈고 좌영수로부터 말의 생리와 말의 질병에 대하여 듣기도 하였다.

만일이 떠날 채비를 하고 있을 때였다. 좌 마감이 소매를 잡고 말렸다.

"이왕 온 김에 불구경이나 하고 떠나면 어떻겠나? 곧 방애가 있을 것인데."

"방애가 무엇인가요? 들어보지 못한 말입니다."

"두고 보면 알 것이지만 간단히 말하면 목장에 불을 놓는 일로 화입(火入)이라고도 한다. 매년 정월 보름이 되면 저 넓은 목장에 불을 놓는데 이는 초원의 진드기 등 해충의 유충을 태워 없애고 아울러 마른 풀과 덤불을 태워 그 재로 영양분을 만들기 위한 것이다. 그래서 일시적으로 말을 원장(園場)이라 부르는 큰 울에 가두어야 한다."

보름달이 동쪽 바다로부터 떠오르기 시작하자 달맞이를 위해 오름의 정상에 엮어놓은 달집에서 시뻘건 불이 활활 타오른다. 초원에서는 횃불들이 도깨비불처럼 왔다 갔다 하더니 달집이 타오르는 것을 신호로 테우리들이 들고 있던 횃불이 초원의 마른 풀에 당겨진다. 불은 서서히 바닥을 기는듯하더니 따닥따닥 소리를 내면서 무서운 기세로 타들어간다. 불은 넓은 평원으로 퍼져나간다. 장관이다. 요원의 불길이다. 온 천지가 불바다다.

불은 밤새 초원을 태우더니 다음날 새벽이 되어서야 잔불이 꺼지면서 스러져가는 연기가 구수한 냄새를 풍기고 있다. 풀잎은 재가 되어 바람 따라 사라졌으니 봄이 되면 풀뿌리에서 아무 방해도 받지 않고 새싹이 움을 틔울 것이다.

만일은 좌 마감과 작별하고 1소장을 나왔다. 그는 조천의 2소
장을 두루 살펴보고 조천포로 향했다.

조천포 부두에는 수십 마리의 말들이 열병하는 병정들처럼 일
렬로 늘어서 있고 한 마리씩 격군에게 이끌려 조운선에 태워지고
있었다. 격군(格軍)은 말을 운송할 때 곁에 따라붙어 온갖 수발을
하는 사람을 말한다.

한 사람이 고삐를 바싹 움켜쥐고 배의 갑판과 연결한 널빤지로
말을 끌고 다른 사람은 뒤에서 말 엉덩이를 밀어 말을 배에 태우
고 있었다. 뚜껑이 달린 배의 밑창으로 말이 들어가 자리를 잡으
면 다른 말이 뒤따랐다.

만일은 부둣가에 멀찍이 서서 추풍을 세워두고 그 광경을 물끄
러미 바라보고 있었다. 옆에 30대 중반으로 보이는, 턱수염이 더
부룩한 사람이 팔짱을 끼고 서 있다가 만일에게 말을 걸었다.

"그 말, 참 미끈하고 멋지게 생겼군. 말 주인은 근처에서 처음
보는 청년인데 뉘시오?"

"저는 다만 지나가는 과객으로 김만일이라 합니다. 말을 싣는
모습을 보고 있었습니다."

"자네의 그 잘난 말 간수 잘하게. 욕심 많은 관리들이 건듯 보
고 빼앗아 갈라."

그 텁석부리의 사나이가 만일에게 다가와 묻지도 않는 말을
했다.

"나는 제주목의 호방(戶房)으로 말을 조정에 실어가는 격군의

대장이란다. 해마다 수없이 말을 육지로 실어 나르지. 원래는 바람이 없는 초여름에 배를 띄우지만 시도때도없이 말을 배에 태워 보내기도 한단다."

"일 년에 몇 마리의 말을 실어 보내나요?"

"국마목장에서 키운 말을 국가에 바치는 것을 공마(貢馬)라고 하는데 제주 목사의 책임 하에 매년 200마리를, 매 3년마다 식년(式年: 子, 卯, 午, 酉)에 600마리를 바치네. 삼명일(三名日), 즉 임금의 탄신일, 동지, 정초에 각각 20마리를 보내지. 저기 조운선에 싣는 30마리의 말은 정초에 보내는 명일진상마이지만 날씨 탓에 조금 늦은 거라네. 원래 20마리를 보내게 되어 있지만 뱃길이 워낙 험한지라 늘 여유 있게 보내곤 하지."

호기심이 많은 만일은 계속해서 질문을 해댔다.

"조정에 보내는 말은 누가 어떤 기준으로, 어떤 절차를 거쳐 보내나요? 말을 여기 조천포에서만 반출하나요?"

호방은 들은 체도 아니하고 말 싣는 현장으로 급히 달려가서 격군들에게 손짓을 하며 무언가 호통을 치더니 만일 곁으로 돌아왔다.

"그래, 나도 시간이 좀 있으니 네 궁금증을 풀어주마."

텁석부리 호방이 말을 이어갔다.

"원래 공마의 수가 정해져 있지만 조정에서는 필요에 따라 그 수를 늘리기도 하고 목장의 형편에 따라 감해주기도 한단다. 아무튼 조정에서 명령이 떨어지면 제주 목사는 마적(馬籍)을 참조하여 각 목장에 공마의 수를 배정하고 함덕에 있는 서산장으로 끌고 오도록 한다. 참 너는 1소장과 2소장을 지나왔다고 했지? 오는 길에 서산장을 들렀느냐? 안 들렀겠지. 나중에 가 보아라. 서산장에서는 말의 나이, 키, 털빛, 건강 상태를 점검하여 최종적으로 합격 여부를 결정한다. 그리고 능숙한 조련사들로 하여금 출항할 때까지 조습을 시킨다. 또 무슨 질문을 했었지? 그렇지 여기서만 보내느냐고? 주로 조천포에서 보내지만 말의 숫자가 많을 때에는 화북포를 이용하기도 한다. 그러나 종종 바닷가의 여러 포구에서 보내는 일이 자주 일어나는데 그것은 탐관오리들이 말을 착취하거나 헐값으로 사서 자신의 고향으로 빼돌리거나 고관들에게 뇌물로 바치는 경우란다."

30마리의 말이 승선을 마치자 호방은 조운선에 올라 만일에게 손짓을 하고는 미끄러지듯이 포구를 빠져 나갔다. 배가 멀리 사라질 때까지 바다를 바라보다가 만일은 발길을 돌려, 호방이 일러준 대로 서산장을 찾았다. 그러나 거기에는 말들이 대부분 빠져나가고 10여 마리만 남아 있었다.

목장에는 한 젊은이가 말을 다루고 있었다. 그는 달리는 말을 쫓아가서는 발걸이를 잡지도 않고 말 잔등을 잡는가 싶더니 말 잔등에 풀썩 내려앉는다. 다시 말갈기를 휘어잡으면서 말 위에 곤두서서 달린다. 말 잔등을 잡고, 달리는 말에서 물구나무서기도 한다. 말은 비호같이 달리지만 그는 끄떡도 않고 서 있다. 다시 그는 두 손으로 안장을 잡고 몸을 허공에 날려 말 등의 좌우로 넘나든다.

이윽고 말에서 뛰어내리더니 긴 장대를 들고 말에 올라서는 좌우로 장대를 휘두르다가 상공으로 높이 던지더니 말을 몰고 쫓아가 받아 쥔다. 말은 비호와 같고 기수는 흡사 곡마단원 같다.

만일은 귀신에 홀린 듯 정신 나간 사람처럼 바라보고 있었다. 그가 말에서 내리자 사람도, 말도 땀으로 흠뻑 젖어 있다. 그가 먼저 만일에게 말을 걸었다.

"형씨는 누구시며 무슨 일로 말들이 떠난 목장을 찾았소?"

기가 죽은 만일은 그 청년을 감탄의 눈으로 바라보며 대답했다.

"저는 의귀리 사는 김만일이라 합니다. 유랑 길에 우연히 형의 솜씨를 보게 되었습니다. 용서하십시오."

"나는 강준걸(姜俊傑)이라 하오. 나는 여기 서산장에서 수령들이 의뢰한 예차마(預差馬)를 훈련시키고 있지요."

"예차마라니요?"

"예차마는 체임마(遞任馬)라고도 하는데 수령들이 부임하면 우선 몸집이 크고 털빛이 아름다운 명마를 목장에서 징구하지요. 목사와 판관은 각 3마리, 대정현과 정의현의 현감은 각 2마리의 수말을 받아 불알을 깐 후 서산장에 맡겨 훈련을 시키도록 하지요. 그들이 돌아갈 때는 그 말들을 육지로 반출하는데 임금께 바쳐도 되고 그들이 개인 소유로 하기도 합니다."

강준걸은 만일보다 5살 많은 20세의 청년이었다. 만일은 그를 형이라고 부르기로 하였다.

"형은 이렇듯 놀라운 무예를 가졌으니 무과시험에 응시할 일 아닙니까?"

"그럴 형편이 못 되네. 나는 천민의 씨를 타고 났다네."

강준걸은 만일의 말을 자세히 살피더니 말했다.

"좋은 말을 가졌구나. 그러나 말은 훈련시키지 않으면 일이나 시키고 느린 걸음으로 타고 다니기나 할 뿐이네. 말을 타는 사람도 마찬가지로 승마의 기술을 익혀야 말을 제대로 탈 수가 있네. 당분간 여기 남아 말도 훈련시키고 자네도 더불어 승마 기술을 익히게나."

그렇게 강준걸과 함께 보름을 보냈다. 더 배울 것이 많았지만 집을 떠난 지 한 달 가까이 되는지라 만일은 후일을 기약하고 강준걸과 헤어져 나머지 여로를 향하여 발길을 옮겼다. 2월 초였다.

만일은 추풍을 타고 삼양의 검은 모래 해안을 걷고 있었다. 갑자기 돌개바람이 불어 닥친다. 그는 추풍에서 떨어지듯 급히 내렸다. 바람은 만일을 등 뒤에서 밀어 앞으로 내던질 기세다. 추풍도 바람에 떠밀리고 있다. 바람은 사방으로 요동치며 모래먼지를 일으켜 얼굴을 때린다. 추풍이 주춤거리고 있다. 영등바람이 몰려오고 있는 것이다. 제주에는 2월 초, 겨울이 지나가는 봄의 길목에서 해마다 어김없이 영등바람이 찾아온다. 영등할망이라는 여신이 제주 동쪽 끝 우도에서 바람을 이끌고 나와 제주의 해안을 돌며 바람을 일으킨다. 사람들은 영등할망에게 제사도 지내주고 굿도 한다. 영등할망의 심기를 달래야 태풍도 제주를 비껴가고 풍년도 온다고 제주 사람들은 믿고 있다.

만일은 바람에 밀리면서 영등할망이 자신을 넓은 천지로 밀어올리고 있다고 생각했다. 만일의 마음은 상상의 나래를 펴고 멀리멀리 날고 있었다.

만일은 제주성을 향해 달렸다. 동쪽 언덕에 도착하여 성 안을 내려다보았다. 아버지가 을묘왜변 때 왜구와 싸워 물리친 이야기가 생각났다. 만일은 아버지가 마왕이라고 일컫던 거대한 말이 언덕으로 사정없이 달려오고 있는 환상에 사로잡혔다.

만일은 애월의 4소장에 아직도 그 말들이 살아있는지 확인하고 싶은 생각이 들었다. 아니면 그 후예라도 보고 싶었다. 그러나 용맹을 떨치던 문시봉, 김성조, 김직손, 이희준 등은 무관으로 특채되어 고향을 떠났고 그 마왕의 후예도 4소장에서는 찾아볼 수가 없었다.

만일은 임금이 타는 어승마를 기르던 〈어승생악〉을 찾았다. 그러나 기대할 만큼 큰 말을 발견할 수는 없었다. 조선 초기에는 여기서 어승마를 길러 임금에게 진상했으나 말이 점점 왜소해지는 바람에 지금은 만주에서 수입하여 어승마에 충당하는 형편이라고 한다.

만일은 여타의 국마목장을 주마간산하듯 돌아보고 집으로 돌아왔다. 한 달 닷새만이었다.

한 달여 만에 집에 돌아온 아들을 반가이 맞이하며 김이홍이
물었다.

"제주의 여러 곳을 편답했다니 장한 일이구나. 그동안 무엇을
보았고 무엇을 느꼈느냐?"

"1소장의 좌석태 마감으로부터 국마목장의 내력에 대하여 들
었고 조천포에서는 말을 진상하기 위하여 배에 태우는 현장을 보
면서 호방(戶房)으로부터 어떤 말을 얼마나 조정에 보내는지를 알
게 되었습니다. 그리고 서산장의 습마꾼(習馬軍) 강준걸을 만나 보
름 동안 승마를 배우고 익혔습니다. 4소장에 이르러서는 아버지
께서 들려주신 을묘왜변 때의 마왕의 후예를 찾으려 했으나 찾지
못했고 〈어승생악〉에는 옛날에 보내던 어승마의 씨가 마른 사실
을 알고 가슴이 아팠습니다."

김이홍이 온화한 낯빛을 하며 물었다.

"네 말을 들으니 대충 짐작은 간다만 네 장래의 꿈은 무엇이
냐?"

만일은 서슴지 않고 대답했다.

"말을 키우겠습니다. 목장을 개발하여…."

05

테우리

김이홍이 만일의 말을 막으면서 허탄한 웃음을 웃었다.

"그 암말 한 마리를 가지고 말이냐? 말을 키울 땅도 없으면서? 달걀 한 알을 손에 쥐고 앉아서 부자가 되는 꿈을 꾸던 장님의 이야기가 생각나는구나. 이루지 못할 꿈은 꾸지 않는 게 좋다. 이 아비한테는 조그만 밭뙈기나마 네게 물려줄 농토가 있다. 차라리 나와 더불어 여기서 더 많은 농토를 일구자꾸나. 네가 용력이 있으니 무과시험에 도전하는 것도 괜찮다. 그런다면 말릴 생각이 없다. 고래로 무지렁이 백성으로 태어나 신분 상승하려면 세 가지 길밖에 없다. 공부를 잘하거나 완력이 있거나 부잣집에 장가가는 것이다. 그도 저도 없다면 국으로 앉아서 조상에게서 물려

받은 밭뙈기를 갈면서 그냥 그런대로 사는 것이다. 너는 학문을 닦기에는 이미 늦었고 부잣집에 장가들 처지는 못 되지 않느냐? 다만 너는 무인의 후예라 기골이 장대하고 힘이 장사라 나는 네가 무술을 배워 무과시험에 응시하기를 은근히 기대했다. 그래서 왜구의 침략이 빈번한 제주의 일각이나마 지켜주기를 바라고 있었다.”

“아버님, 외람된 말씀이지만 대장부가 15살이면 알 만큼 알 나이이고 미래의 꿈을 꿀 나이입니다. 천 리 길도 한 걸음부터라고 했습니다. 저는 주어진 현실에 안주하지 않고 둔덕으로 오르고자 합니다. 진흙탕에 빠지고 남의 발에 밟혀도 저는 무릎을 짚고 일어나 둔덕을 향해 오를 것입니다. 아직 구체적인 계획은 없으나 저는 제가 갈 길을 스스로 만들겠습니다.”

“그렇다면 당장 무엇을 할 것이냐?”

“국마목장으로 가서 테우리부터 시작하겠습니다.”

“테우리가 얼마나 고된 직업인 줄 아느냐? 테우리가 목장주가 되었다는 이야기는 들어보지도 못했다. 목장에서 성실히 일하여 능력을 인정받으면 군두나 마감이 될 수 있을지는 모르나 목장주가 될 수는 없지 않느냐?”

“저는 농사를 배우기보다는 말 치는 법을 배우겠습니다. 그러기 위해서 저는 테우리 생활부터 시작하겠습니다. 그리고 나서 적당한 곳을 찾아 목장을 만들겠습니다. 제주에는 아직 버려진 땅이 많습니다.”

만일은 고집을 꺾지 않았다.

"자식을 이기는 부모는 없다고 하였거늘. 네가 우선 테우리가 되겠다는 생각을 말릴 생각은 없다. 말을 다룰 줄 알면 무사가 되는 데도 도움이 될 것이니 말이다. 목장주가 되건 무사가 되건 나중에 생각해도 늦지는 않을 것이다."

아버지와 아들은 동상이몽을 꾸고 있었다.

며칠 후 저녁나절 오동팔(吳東八) 영감이 김이홍의 집을 찾아왔다. 아침부터 주안상을 준비하라고 김이홍이 아내에게 당부한 것으로 짐작컨대 아마도 김이홍이 초청한 것일 게다.

오 영감은 오소리 털로 만든 감태를 머리에 쓰고 개가죽으로 만든 가죽발레를 입고 있었다. 보기에는 우스꽝스럽지만 겨울에 말을 몰고 들판을 다닐 때 추위와 바람을 막아주는 옷이다.

김이홍과 오동팔은 술상을 앞에 놓고 한참 동안 대화를 나누고 있었다. 방안으로부터는 웅얼웅얼 말소리가 들리더니 껄껄 웃는 웃음소리도 들렸다. 이윽고 장지문이 열리더니 김이홍이 손짓하여 아들을 불러들였다.

"오동팔 삼촌께 인사 올려라. 네가 어렸을 적 너에게 말을 태워주는 등 너를 보살펴주신 어른 아니냐?"

만일은 오동팔에게 큰절을 했다.

"네가 벌써 이렇게 컸구나. 불과 3년 전에는 소년티가 역력했는데 이제는 어른이 다 되었네."

만일의 잘 생긴 얼굴과 부리부리한 눈을 올려다보며 오동팔이 말했다.

"오동팔 삼촌으로 말할 것 같으면…."

김이홍은 아들을 술상머리에 앉히고 오동팔의 살아온 역정을
들려주었다.

오동팔은 젊은 시절, 제주의 서남쪽 대정현에서 농사를 지으며
남부럽지 않게 살았다. 당시 대정현 성 안에는 이세번(李世蕃)이라
는 사람이 유배와 있었다. 그는 중종 때 의금부도사로 있던 중 조
광조가 급진적인 정치개혁을 시도하다 좌절되어 죽임을 당했던
사건인 기묘사화에 연좌되어 유배형을 받은 사람이다. 이세번은
문무를 겸비한 사람으로 특히 역사에 밝았다. 그는 많은 젊은이
들에게 학문을 가르쳤는데 오동팔도 그에게 가르침을 받을 기회
를 가졌고 틈틈이 책을 읽어 해박한 지식을 갖게 되었다.

이세번이 유배생활 중 병이 들자 두 아들이 내려와 봉양했고
이세번이 제주에서 생을 마치매 두 아들은 제주에 눌러앉았다.
이세번은 고부 이씨의 입도조다.

오동팔의 동생 오동구는 인근의 국마목장에서 테우리로 일하
고 있었다. 오동팔은 동생의 테우리 일을 위하여 기꺼이 보인(保
人)이 되어 동생의 생계에 도움을 줄 뿐만 아니라 동생이 목장에
끼치는 손해에 대하여 책임을 지고 있었다.

오동구는 국마목장에서 25마리의 말을 맡아 키우고 있었다. 그
런데 그는 태풍이 몰아치던 어느 날 자신이 관리하던 말 25마리

중 10마리를 잃었다. 바람이 초원을 휩쓸고 곶자왈의 나무들이 사정없이 부러질 때 어떤 놈은 도망가다 계곡에 떨어져 죽고 어떤 놈은 부러져 넘어지는 가지에 맞아 다리를 다치기도 하였다. 10마리 중 7마리가 죽었거나 실종되었고 3마리는 다리가 부러져 쓸모없는 말이 되었다.

당시의 법은 말을 잃으면 털의 색이 같고 찢김이나 흠이 없는 말가죽을 대신 바쳐야 하는데 이를 동색마(同色馬)라 하였다. 이를 바치지 못하면 유실마로 취급되어 변상하지 않으면 안 되었다. 말 한 마리에 노비 세 사람의 값이 나가던 시절이라 오동구는 농토와 집, 그리고 가재도구를 팔아도 10마리의 값을 감당할 수가 없었다. 이제는 부모를 팔아야 되는 형편이라 오동구는 한라산의 깊은 계곡으로 몸을 던졌다. 그렇다고 책임이 면제되는 것은 아니었다. 결국에는 보인인 오동팔이 죽은 동생을 대신하여 테우리로 나서 몸으로 때울 수밖에 없었다. 글줄이나 알고 양반행세를 하던 그였지만 별 도리 없이 테우리의 신세로 전락하고 말았다.

오동팔은 열심히 일을 해서 동생이 진 빚을 다 갚고 자유의 몸이 되어 문서봉의 목장일을 도와주고 있었지만 그의 말 다루는 솜씨가 뛰어나 10소장에서 그를 군두로 데려간 것이다.

"네가 군이 테우리 생활을 하겠다고 고집을 부리기에 내가 오영감과 상의를 했다. 나는 네가 테우리로 말뚝 박고 일생을 보낼까봐 걱정을 했다. 너는 이 어른 밑으로 들어가 한두 해만 일하고 집으로 돌아오도록 하라. 나는 그 후에 네가 무인의 길로 갈 것을 바라지만 달리 길이 보이면 그때에 네 인생의 향방을 정해도 늦지 않을 것이다."

꽃피는 봄날 만일은 집을 나섰다. 그는 오동팔이 군두로 일하고 있는 10소장을 찾아가는 것이다.

만일은 10소장의 하잣을 끼고 천천히 말을 몰아가고 있었다. 하잣 아래 사래 긴 밭에는 청보리가 봄바람에 일렁이고 있었다. 눈앞에 목장의 입구가 나타났다. 큰 입석을 양쪽에 세운 문이 있고 〈靑山梁(청산량)〉이라고 쓴 현판이 높이 걸려 있다.

만일이 긴 나무를 수평으로 걸어놓은 살채기문을 열고 들어가니 영주산이 이마에 닿는다. 영주산 밑에는 20여 채의 초가집이 종기종기 모여 있다. 영주산 북쪽에서 영주산을 에돌아 남쪽으로 천미천이 흐른다. 천미천은 한라산에서 발원하여 제주 남쪽 바다로 흐르는 개천으로 가뭄에도 물이 마르지 않는 하천이다.

영주산을 돌아가니 광활한 목장이 눈에 들어온다. 초원의 한쪽에 귀틀집이 보였다. 오동팔은 이 집에서 생활하고 있는 것이다. 간단한 가재도구가 덩그러니 놓여 있었다. 오동팔이 만일을 반갑게 맞이했다.

"혼자 기거하십니까? 가족은 어디에 두고…?"

"한때는 단란한 가정을 꾸리며 마누라와 더불어 남부럽지 않은 생활을 했었네. 아들 하나를 두고 결혼을 시켜 며느리를 보았고 손자도 하나 얻었으니까. 그러나 갑자기 동생의 일로 어려움을 겪게 되자 마누라는 바다로 나가 물질을 했지. 그리고 어느 날 마누라는 시신으로 떠오르고 말았네. 설상가상으로 아들은 배를 타고 바다로 나가더니 영 돌아오지 않았다네. 주위의 이야기를 들어보니 육지로 내뺀 모양이더군. 지금은 며느리가 어린 손자를 키우며 대정현에 살고 있지. 겨울철에나 말미를 얻어 손자를 보러 간다네."

만일은 오 영감과 방을 같이 쓰기로 했다. 다음날 동이 틀 무렵, 오 영감은 만일을 깨워 영주산을 오르자고 한다. 영주산은 해발 326m, 비고 176m로 동쪽 사면을 빼고는 경사가 가파르며 동남향으로 터진 말굽형 분화구가 있다. 그들이 완만한 동쪽 사면을 통해 등성이에 오르니 멀리 보이는 성산일출봉에서 해가 떠오르는 것이 보였다. 장관이었다. 서쪽으로는 눈 덮인 한라산 영봉이 햇빛을 받아 영롱한 빛을 발하고 있었다. 오 영감이 사방을 둘러보며 입을 열었다.

"저기 서쪽에 보이는 오름이 어린아이를 안고 있는 어미의 모습을 닮은 모지오름이고, 다시 북쪽으로 시선을 옮기면 성불오름, 비치미오름, 개오름이 보인다. 성불오름은 부처님 모습이고, 비치미오름은 비상하는 꿩을, 개오름은 제기(祭器)의 뚜껑을 닮았다고 하여 붙여진 이름이란다. 또 멀리 동쪽에는 백약이오름, 좌보미오름, 동검은이오름이 나란히 서 있구나. 저 오름 안쪽으로 펼쳐진 평원이 바로 10소장이다. 둘레가 약 40리, 넓이가 50만 평가량 된단다. 제주의 국마목장 중에서는 가장 작은 편이지만 땅이 평평하고 중간에 마르지 않는 천미천이 흐르고 있어 말 방목지로는 적격이란다. 이 목장에서 방목하는 말은 1,000여 마리에 이른다."

영주산 등성마루에서 떠오르는 태양을 한참이나 바라보던 오 영감과 만일은 발길을 돌려 목장으로 내려왔다. 파릇파릇 돋아난 풀잎에 맺힌 이슬이 태양빛에 반사되어 은빛으로 반짝이고 있었다. 말들은 초원의 풀을 뜯고 있었다. 오 영감이 입을 열었다.

"저 말들은 한가롭게 풀을 뜯고 있으면서도 우리를 눈여겨보고 있는 중이고, 귀를 쫑긋거리면서 우리의 말소리에 귀를 기울이고 있다. 말은 시력이 사람의 몇 배로 뛰어나고 동공이 어느 동물보다 커서 한눈에 사방을 볼 수 있다. 말은 가만히 서 있거나 풀을 뜯으면서 드넓은 초원을 한눈에 담고 있는 것이다.

말은 뛰어난 청력을 가지고 있어서 먼 데서 나뭇잎이 바스락거리는 소리를 들을 수 있고 귀를 움직이지 않고서도 한 쪽 귀로 180도의 방향에서 나는 소리를 들을 수 있으며 귓바퀴를 가만두지 않고 계속해서 쫑긋거리면서 항상 경계를 늦추지 않는다. 말이 쭉 뻗은 다리와 예민한 눈귀를 가진 것은 맹수를 만났을 때 도망가기 좋도록 진화된 것이다.

말은 사랑받기를 좋아한다. 어미말은 새끼가 태어나자마자 입으로 털손질을 하는데 이는 사랑의 표시라 할 수 있다. 말을 다루는 사람도 말에게 털손질을 해주면 좋아한다.

말은 영리해서 동료이건 사람이건 첫눈에 서열과 상하관계를 결정한다. 어린아이나 겁 많은 여자를 보면 서열상 낮다고 판단하기도 하고 말에게 겁을 집어먹는 사람이 가까이 오면 머리를 흔들어 겁을 주며 금방 제압한다.

당근과 채찍이라는 말이 있다. 그러나 말을 다루는데 있어서는 항상 당근보다 채찍이 먼저다. 말은 때려야 말을 듣는 짐승이다. 그렇다고 줄 것을 안주면서 몰아붙이면 말은 엉뚱한 짓을 한다. 주인을 말에서 떨어뜨리거나 시키는 대로 하지 않고 어깃장을 놓는 등 심술을 부린다. 그래서 채찍과 당근을 겸용하여야 한다는 것이다.

말은 소나 양처럼 되새김질을 하지 않는다. 위가 하나인 반면 창자가 무척 길다. 그래서 말은 자주 풀을 먹어야 한다. 하루에 수백 리를 달리는 말도 수시로 쉬고 먹어야 한다.

말은 빨리 달리지만 알고 보면 게으른 짐승이다. 그래서 말을 하루 이상 쉬게 해서는 안 된다. 느즈러진 말을 일으키자면 엉덩이가 천근만근이다. 그래서 하루도 빼놓지 않고 말을 운동시켜야 하는 것이다.

말은 평균 29년을 산다. 암말은 4세부터 18세까지 생산을 할 수 있다. 따라서 네가 젊어서 말을 자기 것으로 만들면 한 세대 동안 네 자신의 애마와 더불어 세상을 풍미할 것이다.”

오동팔은 이야기를 멈추고 만일의 얼굴을 찬찬히 뜯어보더니 다시 입을 열었다.

“테우리로 살아간다는 일이 매우 고달프고 힘든 일이지만 다른 한편 보람도 있단다. 말은 매우 영리하고 의리가 있는 동물이다. 말은 자신을 사랑하는 사람을 사랑한다. 그래서 말을 다루는 사람은 말과 친한 친구가 되어야 하고 말과 호흡을 같이 하여야 한다.

늘 말의 거처를 편안하게 하고 물과 먹이를 제때에 주어야 한다. 겨울에는 따뜻한 곳으로 옮겨주고 여름에는 서늘한 그늘에 머물게 해야 한다. 털과 갈기를 잘 깎아주고 발굽이 손상되지 않도록 조심해야 한다. 말은 겁이 많은 짐승이라 자신의 방귀소리에도, 자신의 그림자에도 놀라 펄쩍 뛰곤 하기 때문에 말이 놀라는 일이 없도록 각별히 주의하여야 한다.

말을 다루는 자는 말이 달리고 멈추는 것을 훈련시켜야 하고 테우리가 말의 주인이라는 사실을 각인시켜 사람의 말이나 눈짓을 알아차리도록 하여야 한다. 말은 빠르고 힘이 세지만 지구력이 있는 것은 아니기 때문에 먼 길을 갈 때는 가끔 쉬게 하여야 하고, 말을 타고 다닐 때도 종종 내렸다가 탐으로써 말을 지치게 하여서는 아니 된다. 말들은 떼 지어 행동하기를 좋아한다. 말떼 중에는 항상 우두머리가 있어 무리를 이끈다. 보통 수말이 그 역할을 담당하지만 노련한 암말이 우두머리가 되는 경우도 있다. 따라서 말들을 관리하기 위해서는 그 우두머리를 손에 넣어야 한다."

태양이 좌보미오름 사이로 얼굴을 내밀자 초원이 은비늘처럼 반짝이고 있다. 어느 새 수십 명의 테우리들이 들판으로 말들을 몰아가고 있다. 말 모는 소리가 구성지게 들려온다.

워려려려허 허허러러 여여 어령 하려령 으어헝 허허허…
워리러허 러러려려려려! 휘휘휘휫!
여아 어려려헝 어려려허엇 령허러에 오에로로 헝 헛
워리러허리리리러려! 워려려허러려려려허힛!
령어기영허허허허허허허허
워리려려려 이녀리 말! 어어어어엇 워 려려려려
저것! 저것! 저것! 저것! 저것!
어려려려려렷 어려어 허아허령 어허잇 아허허허 허려어려려엇
워리러허려려려려려려렷! 려려에기영
어두리 두려마헛 워리러허려려려려 워워워워워워!
워리려려려려! 저 말 보라 저것! 저것! 저것!
어 려려려려려오오오오오 워허 려려려렷!

말들이 테우리의 구령소리에 맞춰서 순순히 앞으로 나간다. 뒤처지거나 딴 길로 빠지는 말도 없다.

"저 소리는 말 모는 소리란다. 사람은 알아들을 수 없어도 말은 알아듣는단다. 너도 곧 그 소리를 익혀야 할 것이다."

초원에 새 풀이 돋자 오동팔은 만일에게 암말 25마리, 수말 3마리를 배정해주면서 말했다.

"너는 어리고 경험이 일천하여 혼자 저 말들을 관리하기는 쉽

지 않을 것이다. 내가 특별히 신경 쓸 것인즉 염려하지 마라."

만일은 자신의 몫으로 주어진 말들을 끌고 초원으로 나갔다. 말들을 몰아 초지를 옮겨 다니기도 하고 먼 길을 걸어 샘가를 찾아다녔다. 만일은 말떼의 뒤꽁무니를 따라다니며 이탈하는 말들을 다스리곤 했다. 말들은 우두머리 말을 잘 따라다녔지만 먹음직한 풀을 보면 한눈을 팔기 때문에 만일은 이리저리 뛰어야 했다.

말은 되새김질을 하지 않기 때문에 끊임없이 풀을 뜯어야 한다. 초원에 풀이 고갈되면 곶자왈로 말을 몰아넣기도 하지만 말들 스스로 곶자왈로 들어가기도 한다. 곶자왈은 성한 풀이 많은 반면 잡목과 가시덤불이 우거져 말의 몸이 긁히고 가죽이 찢어지는 일이 허다했다. 어느 때는 덤불에 걸려 옴짝달싹도 못하는 말을 구해내느라 밤을 지새우기도 했다. 숲 속에서 죽어 자빠지는 말이 있는가 하면 수말이 잣성을 넘어가 암말을 달고 오기도 하고 반대로 바람난 암말이 새 서방 찾아 이웃 목장으로 사라지기도 한다.

만일은 테우리의 말 모는 소리를 익혀 자신의 말들에게 끊임없이 들려주었다. 곶자왈에 들어갔던 말들도 저녁때면 만일의 구령소리에 따라 돌아오게 마련이었다.

테우리들에게는 말을 살찌우는 일도 중요하지만 암말로 하여금 새끼를 낳게 하는 것만큼 중요한 것은 없다. 나라에서는 하나의 자목장에서 암말 100마리가 일 년에 60마리 이상의 새끼를 낳도록 규정하였고 80마리 이상에는 상을 주고 60마리 미만일 때는 군두, 군부, 테우리에게 태형을 가하고 심지어는 쫓아내기까지 하는 것이 국마목장의 규칙이었다.

말은 보통으로 3, 4월에 흘레를 한다. 임신기간은 약 330일이다. 모든 수말이 수태 가능한 암말에게 씨를 심는 건 아니다. 여러 마리의 수말이 암말을 차지하기 위하여 치열한 싸움을 벌이고 승자만이 암말을 차지할 수 있다. 패배한 수말은 홀아비 촌으로 쫓겨 가는 신세가 된다. 더러는 절치부심(切齒腐心)하여 권토중래(捲土重來)하는 말도 있다. 수망아지도 암말을 알 나이가 되면 아비에게 쫓거나 홀아비 촌으로 가야 한다.

만일이 키우는 25마리의 암말들이 발정을 시작하자 3마리의 수말들이 암말을 차지하기 위한 싸움을 벌였다. 결국 2마리의 수말이 꼬리를 내리고 싸움에 이긴 한 마리의 수말이 25마리 모두를 자기 것으로 만들었다. 나중에 보니 18마리의 암말이 수태를 했다.

만일은 회임한 말을 신주 모시듯 보살피며 영양가 있는 풀을 찾아다녔고 곶자왈이나 계곡으로 들어갈 때도 낙상하거나 낙태하지 않도록 열심히 돌봤다. 초가을이 되자 암말의 배가 불룩해지고 더욱이 무성한 풀로 인해 말들이 통통하게 살쪄갔다.

여름의 끝자락이며 동시에 가을의 문턱에 들어서는 7월 14일에는 백중제가 열리는 날이다. 이 날에는 백곡을 마련하고 돼지를 잡아 한라산의 목축신에게 제사를 지내고 백중굿을 하는 날이다. 그리고 테우리들의 잔칫날이기도 하다. 그래서 말테우리코시 (고사)라고도 한다. 이때 테우리들은 푸짐한 대접을 받으며 그간의 고된 일에서 벗어난다.

백중제에는 모든 테우리들이 방목하던 말들을 목장의 초원으로 몰아오고 말들의 수를 점검하는데 으레 몇 마리의 말들이 비게 마련이다. 말들이 상잣을 넘어 중산간의 곶자왈에 처박혀 있거나 한라산으로 올라갔기 때문이다. 군두를 비롯하여 모든 테우리들이 말을 찾아 나서야 한다.

오 영감의 자목장에도 몇 마리의 말이 돌아오지 않았다. 그러나 만일이 키우는 말들은 무사했다. 오 영감은 휘하의 테우리들을 동원하여 실종된 말을 찾으러 나섰다. 테우리들은 말을 후리기 위한 밧줄을 들고 한라산 중턱을 이리저리 뒤졌다. 만일도 아직 어리고 경험이 일천하지만 오 영감을 따라가기로 했다.

오 영감과 만일이 잃은 말을 찾아서 오름들을 뒤지고 다시 한라산 등성이를 타고 성널오름을 오르고 있을 때였다. 한 떼의 거대한 말들이 흙먼지를 일으키며 질풍노도같이 달려서 한라산으로 오르는 모습이 눈에 띄었다. 목장에서는 볼 수 없는 말들이었다. 키가 만일이 몰고 있는 조랑말의 두 배는 되는 것 같고 다리가 쭉 뻗고 무성한 갈기가 찰랑찰랑 휘날렸다.

"저 말들…! 세상에 저렇게 큰 말이 있다니?"

만일이 놀란 토끼눈을 하고 오 영감에게 물었다.

"야생마란다. 너는 처음 보겠지만…. 사람들은 저 야생마를 준마 중의 준마인 마왕이라고 부른다. 한라산에서 저 마왕을 본 사람은 있으나 잡은 사람이 있다는 이야기는 들어본 적이 없다. 원래 저 마왕은 서역의 대완마의 후예이거나 대완마와 몽고 말의 잡종이라고 할 수 있는데…."

오 영감은 말을 하다 말고 만일의 얼굴을 뚫어지게 쳐다보더니 알듯 모를 듯한 말을 했다.

"오르지도 못할 나무는 쳐다보지도 말아야지. 그만 내려가자. 찾은 말들이나 어서 목장으로 몰아넣어야지."

종마

목장으로 돌아온 만일은 궁금증이 나서 못 견딜 지경이라 밤이
늦었음에도 잠이 오지 않았다. 말의 역사에 대해서 해박한 지식
을 가지고 있는 오 영감에게 듣고 싶은 이야기들이 많았다. 더욱
이 만일의 아버지가 을묘왜변 당시 보았다던 거대한 말, 즉 마왕
에 대한 이야기를 귀가 닳도록 들어온 만일로서는 오늘 뿌리를
뽑고 싶은 심정이었다. 만일이 준비해 놓은 오매기술을 한 사발
쭉 들이켜고 나서 오 영감은 장광설을 늘어놓았다.

우리나라의 재래마는 본디 체구가 작은 말이었다. 재래마를 흔
히 토마(土馬), 향마(鄕馬), 국마(國馬)라고 불렀다. 중국의 문헌에서

는 말을 타고 과일나무 밑을 지나는 말이라고 해서 과하마(果下馬)라고 칭한 기록이 있다.

토마는 몽고의 달단마(韃靼馬), 서역의 대완마(大宛馬)와 비교되기도 한다. 고려 때 몽고가 탐라를 100년 지배하던 시절, 몽고는 달단마 즉 몽고마를 탐라의 넓은 평원에 풀어 방목하였고 서역의 대완국(지금의 우즈베키스탄)에서 수입한 대완마도 탐라에 보내어 사육하게 되었다. 특히 고려 여인으로 원나라의 황후가 된 기황후는 궁중에서 키우던 자신의 대완마 수십 마리를 탐라에 보내기도 하였다.

몽고가 탐라에 목장을 설치하기 전부터 탐라에서 사육하던 토마는 키(어깨 높이)가 3자 정도였고 주로 농경에 이용되었다. 그에 비하여 몽고말은 키가 4자 내지 4자 반쯤 되고 몸집이 통통하고 목이 짧으며 다리는 토마보다 길고 대원마보다 짧았다. 몽고말은 칭키스칸이 중국대륙과 서방을 정복할 때 사막과 평원을 누비던 전마의 후예다.

대완마는 키가 6 내지 7자쯤 되고 다리가 길고 몸집이 날렵한 말인데 일찍이 한무제가 대완국에서 사들여 중국에서 키우고 종자를 번식하였으며, 몽고가 서역을 점령하면서 탈취하거나 수입했던 말이기도 하다.

탐라에서는 이 세 종류의 말이 사육되면서 자연스럽게 교잡이 이루어졌고 여기서 태어난 말이 조랑말이다. 조랑말은 작은 말이라는 뜻이 아니다. 조랑말은 상하의 진동 없이 매끄럽게 달리는 주법을 의미하는 몽고어 '조로모리'에서 유래한 말이며 다른 말로 제주마, 또는 탐라마라 부르기도 한다. 고려 말, 조선 초에는 대완마, 몽고마, 토마 그리고 조랑말이 공존하고 있었을 것이다.

조랑말은 몽고말과 대원마의 우량유전인자 영향으로 체구가 크고 강건한 체질을 갖추고 있으며, 특히 발굽이 치밀하고 견고하여 암석이 많은 제주도에 오랜 세월에 걸쳐 적응되었다. 그러나 해를 거듭할수록 조랑말은 그 체구가 왜소해지고 있었다.

몽고가 탐라에 목장을 설치하고 또 목장을 탐라의 전 지역으로 확장하여 수만 마리의 말을 사육한 것은 남송과 일본을 공략할 전마를 생산하기 위한 것이었다. 그래서 탐라의 목장에는 준마라 부를 만한 전마가 생산되고 사육되었던 것이다.

최영이 25,000명의 병력으로 탐라를 점령하였을 때는 전리품인 양 탐라의 엄청난 준마를 배로 실어갔다. 실어간 말들은 개경(개성)의 북교(北郊)와 강화도, 대부도, 장봉도 등 인천 앞바다의 여러 섬에 나누어 사육하였다. 심지어는 고관들이 자신들의 전지로 가져가 사유화하기도 하였다. 양마 대부분을 빼앗긴 탐라는 민생이 도탄에 빠지고 말의 숫자가 현격하게 줄었으며 더욱이 준마의 씨가 마를 정도였다.

고려 말에 높은 관직에 있었고 나중에 이성계를 도와 조선 개국의 문을 열었던 정도전(鄭道傳)은 당시 개경 교외에서 방목하는 말들에 대하여 그의 「북교목마(北郊牧馬)」란 시에서 다음과 같이 읊고 있다.

드넓은 북교를 바라보니

봄 오자 풀 성하고 물맛도 좋구나

만 마리의 말이 구름처럼 모여 있고

목자는 제멋대로 서성이네

嬿彼北郊如砥 (섬피북교여지)

春來草茂泉甘 (춘래초무천감)

萬馬雲屯鵲嶂 (만마운둔작황)

牧人隨意西南 (목인수의서남)

　권근은 개경의 북쪽 교외에서 뛰노는 준마들의 모습을 「북교
목마(北郊牧馬)」에서 다음과 같이 읊고 있다.

풀 우거진 긴 들녘

맑은 시내 깎아지른 언덕

수없는 준마가 다투어 뛰니

무수한 오화마가 잇따랐네

언덕을 달리는 말발굽은 번개치듯 하고

바람에 우는 갈기 연기처럼 춤을 춘다

오직 일념 사심 없는 순수한 마음은

우수한 종자를 낳아 나라에 바치려는 생각뿐이다.

豊草長郊外 (풍초장교외)

清川斷岸邊 (청천단안변)

龍媒萬匹競騰騫 (용매만필경등건)

藹藹五花連 (애애오화련)

走坂蹄生電 (주판제생전)

嘶風鬣舞煙 (시풍렵무연)

無邪一念正超前 (무사일념정초전)

思欲獻駉篇 (사욕헌경편)

　최영에 대항하여 싸운 몽고인과 탐라인들이 말을 빼앗기지 않으려고 그 중에 우수한 말들을 한라산에 풀어놓았고 약 1,000명의 사람들은 말을 끌고 한라산에 숨어들어 산적이 되었다는 기록이 있지만 그 후의 정확한 행적은 알려지지 않았다. 그들이 끌고 간 말들은 야생마가 되어 스스로 종족을 퍼뜨렸는지 모르는 일이다.

　탐라의 준마로는 이성계의 응상백(凝霜白)이 유명하다. 이성계가 요동을 치러 갔다가 위화도에서 회군할 때의 말로 이성계가 타던 팔준마(八駿馬) 중의 하나였다. 응상백은 눈이 샛별처럼 빛나고 체형이 강하며 배가 불룩하고 목이 밭은 점으로 보면 몽고마를 닮았고 다리가 가늘고 훤칠한 걸 보면 빨리 달릴 수 있는 대완마를 닮기도 했다. 즉 몽고마와 대완마의 교잡종으로, 전마로서는 훌륭한 자질을 갖추었을 것이다. 후에 성삼문은 안견(安堅)이 그린 팔준마의 그림을 보고 다음과 같이 읊었다.

응상백은 힘으로만 칭찬할 것이 아니로다.

크고 강하고 슬기롭도다

압록강물 넘실넘실 강언덕은 천 척인데

흰 화살과 붉은 활은 번쩍번쩍

밤을 비치는 광경이 휘영청 밝으니

빽빽한 깃발이 발굽을 따라 가네

단번에 나라를 고통에서 구해냄은

응상백아! 바로 너의 덕택이네.

凝霜白匪稱力 (응상백비칭력)

大有顯剛且淑 (대유옹강차숙)

鴨水湯湯岸千尺 (압수탕탕안천척)

白羽晰晰彤弓赫 (백우절절동궁혁)

照夜光景輝相燭 (조야광경휘상촉)

央央義旆隨蜿足 (앙앙의패수완족)

一回三韓骨而肉 (일회삼한골이육)

凝霜白而無斁 (응상백이무두)

최영이 소위 목호의 난을 진압한 후 탐라의 좋은 말들은 육지
의 여러 목장으로 옮겨가거나 고관대작들이 자신의 개인목장으

로 실어가는 바람에 제주도에는 지스러기 말밖에 남지 않았다. 조선 초기, 종마를 보존하여 준마를 키우는 목장도 있었고 임금이 타는 어승마와 궁궐에 보관하여 왕자들과 공신들에게 나눠주던 내구마(內廐馬)를 키워 진상하던 목장이 남아 있기는 하였다. 그러나 조정과 고관대작들은 준마의 생산과 보존을 중요하게 여기지 않고 공용 또는 사용(私用)으로 준마만을 간택하여 반출하는 통에 말은 왜소해질 수밖에 없었다.

조선 건국 후 명나라는 제주도를 조선에 넘겨주면서 일 년에 우수한 준마 1,000마리를 바칠 것을 끈질기게 요구하였다. 명나라는 자기네들이 무상으로 가져갈 말을 조사하여 작은 말의 경우 퇴짜를 놓는 바람에 제주도의 말은 더욱 열등해질 수밖에 없었다.

세종은 우리나라의 말이 왜소해지는 현상에 개탄을 금치 못했다. 당시는 만주에서 준동(蠢動)하며 우리의 국경을 넘어와 약탈을 일삼던 여진족을 복속시키기 위하여 끊임없이 만주를 공략하던 때라 전마의 필요성이 절실했다.

이에 세종은 우수한 전마를 양성할 필요를 느끼고 사복시(司僕寺, 말을 관리하는 관청)에 말의 개량을 지시했다. 사복시에서는 거듭되는 실패와 간단없는 노력으로 준마를 탄생시켰다. 오명마(五明馬)와 철청준(鐵靑駿)이 그것이다.

오명마는 몸의 색깔은 흑색이면서 네 굽과 이마가 흰색이고 철청준은 온 몸의 털빛이 푸른 듯 검은색을 띤 말을 뜻한다. 이 말들

은 대완마, 몽고마, 그리고 토마를 여러 번 교배시켜 탄생시킨 것
이며 이 세 종류 말의 우성인자를 고루 갖추어 전마로서 손색이
없었다. 세종의 쾌거이며 야심작이었다. 세종은 이 종마를 제주
로 보내 대량으로 사육토록 하여 한편으로 명나라에 보내고 다른
한편 전마로 훈련하여 만주의 여진을 치는데 기여토록 하였다.

그 중 4소장 안에 있는 〈어승악〉에서는 준마, 특히 임금에게 바
칠 어승마를 키우고 있었다.

오동팔은 이 대목에서 말을 끊고 중천에 휘영청 떠 있는 둥근
달을 바라보고 있었다. 그는 이윽고 비장하게 입을 열었다.

"조선 초기에 정도전은 '말은 국력(國力)이며 또한 군력(軍力)이
니 목마정책을 강구하는 것은 진실로 오늘날의 급선무' 라 했거
늘…"

오동팔의 장광설은 계속되었다.

우리나라는 고조선 때부터 말을 키워 먼 거리의 이동, 물자의
운송, 그리고 전쟁에 이용하였다. 만주의 드넓은 벌판을 통치하
고 주변국과 수시로 전쟁을 치러야 하는 고조선으로서는 반드시
말의 힘을 빌어야 했다. 고조선은 말의 힘으로 조선반도와 요동
그리고 요서까지 아우르는 거대한 영토를 다스렸고, 고구려는 말
의 힘으로 고조선이 다스리던 영토를 대부분 차지하였고 그 영토
는 서로는 만리장성 가까이에 있는 조선하(朝鮮河)까지, 북으로는

흑룡강의 발원지에 이르며 동으로는 태평양을 끼고 있었다. 고구려의 광대한 영토는 발해국이 이어받아 통치했다. 이렇듯 광활한 영토를 다스린 역사적 사실은 말에 힘입지 않으면 불가능한 것이다.

전마를 탈 줄 모르는 사람은 아무리 완력이 있고 무예가 뛰어나도 장군이 될 수 없다. 신라의 화랑은 기마전을 익혔기에 삼국통일에 기여할 수 있었다.

고려 예종 때 윤관 장군은 기마병을 이끌고 만주로 쳐 올라가 백두산에서 700리 지점인 공험진에 9성을 쌓아 영토를 넓혔다. 이성계는 팔준마를 갈아타면서 고려 공민왕 때 원나라에 빼앗겼던 동북면(함경도)을 되찾고 서북면(평안도와 만주 일부)을 회복시키는 한편 고구려의 옛 도읍지인 올라산성까지 점령했다.

세종 때 김종서 장군이 육진을 개척하고, 세조 때 남이 장군이 압록강을 건너 여진족을 공략하여 다시 올라산성을 점령한 것 또한 말의 힘이었다. 이성계 이후의 전마는 사실상 제주에서 키운 말이거나 그 후예였다.

그러나 세조가 죽고 남이(南怡), 강순(康純) 등 무장들이 반역의 누명을 쓰고 형장의 이슬로 사라진 이후 150년간은, 이 나라에 장군도 없고 나라를 지킬 군사도 지리멸렬한 상태로 바뀌었다. 기마병이 없으니 전마가 필요하지 않았고 전마가 없으니 기마병도 더불어 사라지는 형국이 되었다. 국경을 지키는 군사들은 보급이 끊어지자 전마를 잡아먹거나 적국인 여진에 팔아넘기는 일까지 벌어졌다.

심지어 연산군은 말을 궁중에 풀어놓고 궁녀들과 더불어 흘레하는 모습을 즐겨 보았다고 한다. 제주의 수령뿐만 아니라 점마별감까지도 말을 착취하고 이런 사실이 조정에 알려져도 별로 문제 삼는 일이 없었던 것은 받아먹은 자들의 입김이 세기 때문이리라.

말의 고향인 제주는 어떠한가? 부임해 오는 수령마다 허우대 좋은 수말을 선호하여 그 말이 종마라 하더라도 강제로 징발하여 조정의 고관들에 진상하는가 하면 자신의 배를 채우기 위하여 착취를 일삼고 있다. 국마목장의 마감들조차도 부패하긴 마찬가지여서 말, 특히 수말을 몰래 빼돌려 상인들에게 팔아먹고 있으며, 국마목장에 이렇다 할 수말이 없어 개인목장에서 구입하여 종마로 만드는 사례도 빈번하다. 더욱이 말 도둑이 횡행하여 훔친 말을 몰래 육지로 팔아넘기고 있다.

국마목장의 말의 숫자는 세종 때에 20,000마리이던 것이 명종 때 이르러서는 5,000마리로 줄어들었고 준마 또는 전마라는 말은 옛 이야기로 남아 있을 뿐이다.

그럼에도 조정에서는 고관대작들이 명분론을 중시하고 공리공론을 일삼으며 사색당파로 나뉘어 편싸움을 하다 보니 서로 헐뜯고 죽이는 일이 비일비재하며, 편 가르기에 맞춰 줄을 잘 서는 사람에게 출셋길이 열리니 각종 뇌물이 오가고 매관매직이 극심할 수밖에 없다.

뇌물 중에는 노비 3명의 값어치가 나가는 말이 단연 으뜸 아닌가? 관리들의 집과 가정에 뇌물로 바쳐지는 말이 많아 그들은 말을 잡아 고기를 즐겨 먹는다고 하니, 국력이요 군력인 말이 탐관오리들의 배를 채우는 지경에 이른 것이다.

설상가상으로 제주에서 육지로 말을 태워 보내는 조운선은 길목을 지키고 있는 왜구들에게 말을 빼앗기는 일이 빈번한 지경이다.

저 만주에서는 여진족이 말을 키우며 힘을 키우고 호시탐탐 변경을 침범하는데 임금과 관리들은 위기의식을 느끼지 못하고 자기네끼리 우물 안 개구리가 되어 서로 찢고 발기니 장차 나라는 어찌 되는가? 그러니 이 나라에 외적이 침입할 때 정녕 나라를 지킬 간성이 있겠는가?

오동팔은 자신의 말에 취하여 얼굴이 벌겋게 달아올랐다. 그는 만일이 따라주는 오매기술을 한 대접 벌컥벌컥 들이키더니 혼잣말로 중얼거렸다.

"변방에 사는 무지렁이 백성이 무얼 알며 안들 무엇하겠는가? 괜한 투정이지. 그러나 우리에게는 할 일이 따로 있지?"

만일이 오동팔의 말을 가로막고 나섰다.

"우리 같은 목자들은 국으로 앉아서 말이나 키우라는 말씀인가요?"

오동팔은 마음을 가라앉히고 말을 계속했다.

"왜소한 조랑말을 키우는 일이야 누구나 할 수 있는 일이지. 북쪽 오랑캐들은 몽고말보다 우수한 준마를 타고 만주 벌판을 종횡무진 달리고 있으니 우리도 그들과 대적할 만하고 그들의 말과 비견할 말을 키워야겠지. 그렇다고 우리 형편에 만주로 달려가 종마를 사올 수도 없고 조정에서 누군가 현명한 대신이 준마의 필요성을 역설하여 만주의 준마를 사다가 제주도에 풀어놓는다면 모르지만…."

만일이 고개를 갸우뚱하며 물었다.

"삼촌께서는 나라를 지키기 위해서는 말이 있어야 하고 특히 준마가 있어야 한다고 무던히 강조하셨는데 어린 저로서는 알아들을 수 있는 것도 있고 의문 나는 점도 있습니다. 어리석은 질문이지만 수성(守城) 즉 나라를 지키기 위해서는 군사가 있고 화포와 궁검이 갖추어져 있으면 되는 일 아닙니까?"

오동팔은 어린 만일이 세상을 바라보는 혜안을 가진 데 혀를 내둘렀다.

"옳은 말이다. 그러나 이 나라의 조정대신들은 지난 150년간, 그러니까 세조가 승하한 이후 당파싸움에 몰두하고 무사안일에 빠져 군사를 양성하거나 무기를 개발하는 일은 안중에 없었다. 주변국들은 힘을 키우고 있는 마당에 말이다. 지금이라도 임금과 조정이 심기일전하여 국가방위에 눈을 돌린다 해도 보병만으로는 어림도 없다. 말, 즉 전마가 있어야 한다. 말 한 마리가 보병 100명을 능히 당해낼 수 있음이야."

"제주도의 강인한 조랑말을 잘 훈련시키면 전마의 역할을 할 수 있는 것 아닙니까?"

오 영감은 무엇이 답답했는지 만일에게 술 한 사발을 더 따르라고 하더니 한숨에 들이켰다.

"중국의 고사에 나오는 명마를 예로 들어보자. 중국처럼 광활한 영토에서는 말이 없으면 전쟁을 수행할 수가 없었다. 전쟁터에서 전마는 장군의 생명과 다름이 없었다.

초나라의 항우는 검푸른 털에 흰 점이 박힌 야생마를 길들였고 이를 오추마(烏騅馬)라 불렀는데 항우는 충성심이 강하고 용맹스러운 오추마와 더불어 전장을 누볐고 항우가 죽을 위기에 이르자 오추마가 먼저 강에 뛰어들어 자살을 하였다.

삼국지에 나오는 관우가 타던 적토마(赤兎馬)는 키가 8척이고 온몸이 활활 타오르는 붉은빛을 띠었으며 하루에 천 리를 달릴 수 있는 말이었다. 관우는 적토마가 있었기에 무수한 난관을 뚫고 조조(曹操) 진영을 탈출할 수 있었다. 관우가 오나라에 잡혀죽자 적토마는 스스로 굶어 죽었다.

고구려 출신 당나라 장군 고선지(高仙芝)는 천리마 철총마(鐵驄馬)를 타고 토번(터키)을 정복하는 쾌거를 달성했다.

만주의 오랑캐들은 천리마는 아니라 해도 하루에 수백 리를 달리는 말을 타고 만주벌판을 종횡무진 달린다. 우리에게도 그에 비견할 만한 준마가 있어야 한다. 조랑말을 타고 보병과 싸운다면 크게 효과를 거두겠지. 그러나 오랑캐들의 말은 모두가 크고 빠른 준마들이니 조랑말은 그 덩치에 기가 죽어 싸우지도 못하고 뒷걸음질을 칠 게다. 그래서 특히 준마가 있어야 하고 준마의 유전자를 가진 종마가 절실히 필요한 것이지."

만일이 생각난 듯 물었다.

"종마라면 지난 을묘왜변에서 네 장수가 왜구들을 사정없이 몰아붙일 때 아버지가 보셨다는 거대한 마왕과 같은 말의 씨를 말함인가요? 혹시 그 마왕이 한라산의 야생마를 길들인 것은 아닌가요?"

"나도 네 부친의 말을 듣고 줄곧 그런 생각을 해 왔다. 제주도의 말이 점점 왜소해지는 바람에 조랑말조차도 옛날의 과하마로 둔갑하는 것 같아 안타까울 뿐이다. 전마로 쓸 재목이 거의 없음을 개탄하지 않을 수 없다. 바야흐로 우리 제주에서는 그와 같은 준마를 복원할 필요가 절실하구나."

만일이 눈을 껌벅이며 말했다.

"한라산의 야생마를 사로잡아서 종마를 만든다면 더 없이 좋겠군요. 제가 그 야생마를 잡아오겠습니다."

오 영감이 쓴 웃음을 웃었다.

"고구려의 3대 임금 대무신왕은 사냥하던 중 거대한 수말인 야생마를 발견하고 군사들을 풀어 그 말을 사로잡아 길들였다. 그 말을 거루(駏驉)라고 이름 지었는데 그 말이 다음 해에 야생의 암말 100마리를, 다시 그 다음 해에 또 100마리를 달고 왔다고 한다. 대무신왕은 그의 신마(神馬)를 타고 고구려의 영토를 넓히고 한사군을 무찌르기도 하였다. 그러나 지금 어린 네가 혈혈단신으로 야생마를 사로잡겠다는 것은 '하룻강아지 범 무서운 줄 모르는' 격이다."

야생마

한라산에 단풍이 들고 있었다. 테우리들은 무성하게 자란 초원의 풀을 베어 건초를 만들고 있었다. 건초더미가 초원의 여기저기에 산처럼 쌓여 있다.

건초작업이 끝난 늦가을, 테우리들이 짐을 싸들고 고향으로 향하고 있을 때 만일은 자신의 애마를 잡아타고 목장을 나섰다. 10소장을 넘어 한라산을 향해 가면 잡목과 가시덩굴이 우거진 넓은 평원이 드리워져 있고 여기저기 화전이 보인다.

만일은 가시덤불을 헤치며 한라산 쪽으로 추풍을 몰았다. 모지오름과 따라비오름을 올랐고 대록산과 소록산을 올랐다. 추풍은 만일에게서 훈련을 받은 터라 이 정도 오름은 거침없이 올랐다.

대록산 정상에 올라 바라보니 사방에 드넓은 평원이 시원하게 펼쳐져 있다. 만일은 한라산 동쪽에 이렇게 드넓은 평원이 자리하고 있는 것을 미처 몰랐었다.

서쪽에 사라오름, 성널오름을 가슴에 안은 한라산이 넓은 들판을 내려다보며 인자한 웃음을 웃고 있고, 가까이에 따라비, 모지오름이 턱 밑에 닿고, 목장 건너에 구두리, 감은이, 쳇망, 여믄영아리, 물영아리오름이 줄지어 이마에 닿는다. 북쪽으로는 올망졸망한 오름군들 가운데서 민오름과 바농오름이 얼굴을 내민다. 서남쪽으로는 10소장이 내려다보이고 10소장 아래로는 보리밭이 해안까지 이어진다.

만일은 말을 타고 달렸다. 호쾌하게 달렸다. 이 넓은 평원에 수천 마리의 말들과 더불어 달리는 상상을 하면서 달렸다. 달리는 양편으로 봉긋이 솟아있는 오름을 몇 개나 지나쳤는지 모른다. 산굼부리를 지나 바농오름까지 달렸다. 절물오름을 오르고 견월악을 오르고 성널오름을 올랐다. 날이 저물면 동굴에 찾아들고 다시 다음날 새벽 산등성이를 오른다.

야생마를 잡아오겠다고 호언장담하고 떠난 만일은 산(山)사람이 되고 있었다. 말이 지치면 쉬고 만일도 말도 목이 마르면 계곡을 찾아, 물웅덩이를 찾아다녔다.

초겨울로 접어들고 있었다. 그러나 만일이 찾는 야생마는 코빼기도 보이지 않았다. 한라산에 눈이 오고 있었다. 만일은 내년 봄을 기약하며 발길을 돌렸다. 성널오름에 올라 앞에 펼쳐진 평원을 내려다보던 만일은 불현듯 부모님 생각이 났다. 부모를 떠나 못 뵌 지도 일 년이 가까워오고 있었다.

만일은 성널오름에서 사려니 곶자왈로 내려서고 있었다. 내려 오는 길은 가파르지 않고 완만했다. 산짐승들이 다녔을 법한 길 이 나 있는 것이 이상했다. 분명 청노루나 야생의 소, 또는 말이 다니는 길일 것이다.

만일이 추풍을 걸리면서 터덕터덕 걷고 있을 때였다. 바람소리 가 나는가 싶더니 마른 가지에 기생하는 푸른 송악을 뜯던 세 마 리의 야생마가 인기척을 알아차리고 숲 속으로 바람같이 사라졌 다. 저 기름지고 준수한 자태, 날렵한 몸매, 명마임에 틀림없다.

만일은 되짚어 야생마들을 쫓아갈까 하다가 돌아섰다. 이미 길 은 미끄럽고 더욱이 추풍의 걸음으로는 어림없는 일이었다. 오랜 만에 목장으로 돌아온 만일은 그 늠름한 야생마들이 눈에 밟혀서 도통 잠을 이룰 수 없었다. 만일은 밤마다 그 야생마, 그 마왕을 타고 한라산에 올라 천하를 내려다보며 호령하는 꿈을 꾸고 있었 다.

봄이다. 만물이 소생하는 봄이다. 들에 새싹들이 돋고 철 이른 꽃들이 몽우리를 터뜨리고 있다. 그러나 한라산 기슭의 계곡에는 아직도 잔설이 남아 있다.

목장에서 겨울을 보낸 만일은 또다시 야생마를 찾아 나설 채비 를 갖추고 있었다. 이번에는 올가미를 들고 나섰다. 만일은 말을 몰고 다닐 때 올가미를 던져 말을 낚아채는 기술을 오 영감에게서 배웠고 지금은 매우 능숙해져 있었다.

만일이 추풍을 타고 목장을 나서는데 오 영감이 말렸다. 사납고 비호같이 빠른 야생마를 조랑말을 타고 따라가 잡을 수도 없고 아무리 능숙한 사람이라도 올가미를 던져 야생마를 붙잡기도 어려운 일이니 당최 꿈도 꾸지 말라며 말리는 것이었다. 그러나 만일은 막무가내로 고집을 부리며 목장을 나섰다.

만일은 야생마를 찾아다녔다. 이번에는 한라산 기슭으로 더 높이 올라 다녔다. 여러 날을 산에서 살며 허기가 지면 산야초를 뜯어 먹고 가끔은 산짐승을 잡아먹기도 하며 밤에는 동굴 속에서 잠을 잤다.

만일이 사려니 숲을 거쳐 성널오름을 오르고 있을 때였다. 인기척이 들렸다. 누군가 말을 타고 비탈을 오르는 소리였다. 만일의 뒤를 쫓아서 비탈을 올라오는 것이 분명했다. 그때 뒤에서 까르르 웃는 여인의 목소리가 들렸다. 뒤돌아보니 문서봉의 딸 덕이였다. 그녀는 어렸을 때부터 만일과 더불어 말을 타고 초원을 달리곤 하던 사이라 만일은 금세 알아볼 수 있었다.

"올가미로 말을 후리겠다고? 덫을 놓아도 잡지 못할 텐데 저 비호같은 야생마를 올가미로…?"

"덕이 아니냐? 처녀의 몸으로 집에서 멀리 떨어진 산속까지 오다니?"

"얼마 전 잃어버린 말을 찾으러 목장 밖으로 다니던 중 오라버니가 부리나케 한라산 쪽으로 달려가는 것을 보았지요. 그때부터 줄곧 오라버니 뒤를 따라다녔답니다."

"내가 무엇을 찾는지 알기나 하면서…?"

"사실은 나도 야생마를 찾고 싶었답니다."

말을 마치자 덕이는 뒤도 돌아보지 않고 자신의 말 순풍을 타고 능선을 따라 산을 내달리고 있다. 덕이의 뒷모습을 물끄러미 바라보던 만일은 이렇게 멍하니 있다가는 꿩도 매도 놓칠 터라 덕이를 뒤쫓아 갔다. 덕이는 마치 경주하듯 평원을 달렸다. 만일이 따라잡았다. 둘이 나란히 달리는 사이 날이 어둑어둑해지고 있었다. 밤이 되니 동서남북을 분간할 수가 없다. 두 사람은 밤새 헤매다가 기진맥진하여 수망리의 목장으로 찾아들었다. 딸이 밤 늦도록 나타나지 않음을 걱정하던 문서봉이 두 사람의 모습을 보고 반가워하며 물었다.

"다 큰 아이들이 어딜 쏘다니다가 야심한 밤에 돌아오느냐?"

자초지종을 듣던 문서봉이 말했다.

"야생마는 빠르기가 비호같아서 날고 기는 테우리들도 도저히 따라가 잡을 수 없느니라. 수백 년 동안 테우리들의 꿈이 한라산의 야생마를 잡아 길들이는 것이었단다. 그러나 나는 아직껏 야생마를 잡아 길들였다는 얘기를 들어본 적이 없다. 더구나 너의 그 올가미로는 길들여진 조랑말이나 잡을 수 있지 야생마를 잡는다는 것은 어림없는 일이다. 수천의 군사를 풀어서도 야생마를 생포하기란 어려운 일이다.

그러나 절망할 필요는 없다. 야생마는 잡지 못하더라도 차선책으로 그 씨를 구할 수는 있을 것 같구나. 중국 고사에 야생마의 씨를 받기 위하여 암말을 산기슭에 매어두어 신마(神馬)의 종자를 얻었다는 이야기가 있다. 지성이면 감천이라고 바야흐로 만일이 네게 용마를 갖게 될 행운이 다가오고 있는 듯하다. 마침 너희 둘이 타는 말이 다섯 살이니 배태가 가능한 나이이고 지금까지 한 번도 생산을 하지 않은 숫처녀 말이니 그 마왕의 혈통을 이어받을 수 있을지도 모른다."

만일과 덕이는 매일같이 새벽이면 야생마가 물을 먹으러 나타난다는 사라오름을 올랐다. 사라오름은 한라산 동쪽 턱 밑에 위치하고 있으며 표고 1,325m, 비고 150m의 오름이다. 한라산 동쪽에서는 제일 높은 오름이지만 능선을 잘 이용하면 말을 타고 오를 수도 있는 완만한 오름이다. 오름의 넓고 깊은 분화구에는 비가 오면 산정호수를 이룬다. 물이 고일 때쯤이면 사슴, 노루, 그리고 야생마가 물을 마시러 찾아온다고 한다.

만일과 덕이는 사라오름에 올라 분화구의 물가에 추풍과 순풍을 풀어놓고 먼발치에서 야생마가 접근하는지 하루 종일 지켜보곤 했다. 그들의 기다림은 오래가지 않았다.

한라산 중턱의 마른 가지에 연녹색의 새잎이 돋아나 신록이 우거지고 있었다. 지난밤에 내린 비로 산정호수의 물이 제법 차올라 있었다. 만일과 덕이는 여느 때와 마찬가지로 자신들의 말을 풀어 호숫가의 풀을 뜯게 하면서 사라오름 등성이에서 엿보고 있었다. 초저녁의 농무가 호수에 잔잔히 깔리고 멀리 보이는 남쪽 바다는 흰너울을 해안으로 밀어내고 있었다.

"오라버니, 저기…!'

덕이가 만일의 어깨를 잡아채면서 조용히 외마디소리를 냈다. 만일이 몸을 돌려 덕이가 가리키는 곳을 바라보았다. 멀리 표선만의 깊은 바다가 소용돌이치고 있다. 바닷물이 팽이처럼 급하게 돌아가더니 바다가 둥글게 파이면서 주위의 물들이 깊고 넓은 구멍으로 빨려 들어간다. 이윽고 바다 속의 구멍에서 물줄기가 회오리치며 하늘로 높이 솟구치고 있다. 석양의 빛을 머금어 붉게 물들은 물줄기는 용처럼 꿈틀거리며 하늘로 비상한다. 두 줄기가 연분홍색의 옅은 구름이 되어 한라산 마루로 뻗어 오르고 있다. 바다에서 용솟음치는 용오름인 것이다.

한참동안 용오름을 바라보던 두 사람의 눈에 무엇인가 번득이는 느낌이 왔다. 그들은 동시에 호숫가로 눈을 돌렸다. 어느새 나타났는지 두 마리의 수컷 야생마가 추풍과 순풍에게 접근하고 있었다. 두 야생마 모두 늠름하고 훤칠한 몸매에 풍성한 갈기를 휘날리고, 털빛은 흿듯 붉게 빛나고 있어 신비로운 느낌이 들었다. 그 말들은 방금 바다에서 솟구쳐 나온 용이 용마로 변신한 것이라고 만일과 덕이는 굳게 믿었다. 이윽고 두 마리의 용마 사이에 쟁탈전이 벌어졌다.

두 마리의 수말이 앞발을 높이 휘저으며 밀치는가 싶더니 발로 차고 물고 뜯는다. 한 마리가 목을 물고 늘어지는가 싶더니 상대가 뒷발로 다른 말의 정강이를 찬다. 피투성이가 되도록 싸운다. 강력한 목의 짓누름에 의해 쓰러진 말이 혼비백산하여 도망친다. 승자가 만일의 말인 추풍에게 다가선다. 곁눈질을 하며 사랑싸움을 구경하던 추풍이 승자인 수말에게 엉덩이를 허락한다. 보는 이로 하여금 손에 땀을 쥐게 한다. 만일과 덕이 또한 감동과 흥분으로 얼싸안는다. 일을 마친 수말이 숲 속으로 훌쩍 사라져 버린다. 인기척을 느꼈는지 야생마는 덕이의 말 순풍은 거들떠보지도 않고 한라산으로 사라져 버렸다.

승리감에 도취되어 두 사람은 천천히 말을 타고 돌아오고 있었다. 만일이 몸을 날려 덕이가 타고 있는 순풍의 잔등에 옮겨 타고 뒤에서 덕이의 허리를 감싸 안았다. 그들은 말에서 떨어져 뒹굴었다. 얼싸안고 뒹굴자니 남녀의 가슴에 불꽃이 일었다. 잔디밭에 누워 서로를 탐닉하던 두 사람의 입에서 거의 동시에 말이 튀어나왔다.

"우리 결혼하자!"

그들은 서로 마주보며 마음이 하나로 통한 정황을 즐기며 깔깔거리고 웃었다. 덕이가 말했다.

"당장은 우리의 말을 키우기에 전념하고 추풍이 생산을 할 때쯤 식을 올리자."

"일 년, 열두 달이나 기다리자고?"

"열한 달일 수도 있지?"

만일과 덕이는 밤늦게 수망리 목장으로 들어왔다. 야생마의 씨를 배태할 수 있다는 자신감으로, 그리고 사랑의 약속으로 그들은 고무되어 있었다. 그들의 성공담을 들은 문서봉이 조심스럽게 입을 열었다.

"이는 그야말로 천행(天幸)이다. 하늘이 내려준 은혜란 말이다. 그러나 주의할 것은 이 사실을 누구에게도 발설해서는 안 되는 일이다. 이제 만일은 네가 일하는 10소장으로 돌아가라. 추풍은 새끼를 배고 낳을 때까지 덕이가 각별히 보살필 것이다. 새끼를 낳으면 알려줄 것이니 그때 가서 네가 관리해도 늦지 않는다. 수말이면 좋으련만…"

다음날 아침 만일은 덕이와 작별하고 10소장으로 발길을 돌렸다. 덕이는 못내 아쉬워하며 수망리 목장 경계까지 따라왔다. 만일의 품에 안기며 덕이가 속삭였다.

"저는 오라버니로 인해 사랑을 배웠어요. 내년 이맘때 다시 만나겠지만 저는 꿈속에서도 오라버니를 잊지 않을 거예요."

만일이 10소장으로 돌아오니 아버지가 와서 오 영감과 더불어 기다리고 있었다. 아버지는 몹시 역정이 나 있었다.

"겨우내 봄내 집에도 안 들르고 여기 목장에도 가물에 콩 나듯 나타나고… 그동안 어디를 쏘다닌 게냐?"

만일은 야생마를 찾아다니던 일과 자신의 말이 야생마의 씨를 배태했다는 사실을 꺼낼까 하다가 문서봉의 말이 생각나서 입을 다물었다. 이 놀라운 쾌거에 대하여 어찌 아버지를 속인단 말인가. 그러나 오 영감이 곁에 있기에 만일은 끝까지 입을 다물었다.

아버지가 다그쳤다.

"네가 타고 다니던 말은 어디에 두고 터덜터덜 혼자 걸어온 게냐?"

"그게…."

"필시 말을 놓쳐버린 게로구나. 내가 네 말에다가 얼마의 곡식을 더하여 수말과 바꿔 가려고 했거늘 허사가 아니냐?"

"왜 굳이 제게 수말이 필요하답니까?"

만일이 고개를 갸우뚱했다.

"수말은 힘이 세며 암말보다 멀리 달릴 수 있고 지구력이 강하여 무술연마에 적합하단다. 이제부터 너를 무사로 키우기 위함이다."

김이홍이 말을 계속했다.

"여기 오 영감도 알고 있듯이 너를 목장으로 보내 그 고달픈 테우리 일을 시켰던 것은 너를 무사로 키우기 위한 첫걸음이었다. 이제 네가 말을 다룸에 익숙하다 하니 이제부터는 마상무예를 익히도록 해라. 너는 무사의 길로 가야 한다. 우리 제주는 조선의 변방이고 왜구의 침입이 빈번하여 제주 사람들이 스스로 이 땅을 지키지 않으면 아니 된다. 왜구도 왜구지만 저 왜의 세력은 만만치 않다. 그러나 조정에서는 왜의 변화를 아는지 모르는지 저희들끼리 싸움질만 하고 있다. 자칫하면 제주가 왜놈의 손에 넘어갈 일촉즉발의 기로에 서 있음에도 말이다. 그러니 이제부터 목장의 일은 잊고 무술연마에 정진하도록 하라."

오동팔이 바쁘다며 자리를 비우자 만일은 자신이 가으내 겨우
내 야생마를 쫓아다닌 일, 자신의 암말로 야생마의 씨를 받은 일,
자신의 말이 출산할 때까지 수망리 목장에 맡겨놓기로 한 일을
이야기하며 덕이와 결혼을 약속한 일까지 아버지에게 솔직히 털
어놓았다.

그러나 김이홍은 만일의 이야기에 별다른 표정을 보이지 않았
다. 그에게는 아들에 대한 미래의 계획이 있기에 만일이 한 일에
는 관심을 두지 않는 것 같았다. 김이홍은 나중에 곡식을 꾸어서
라도 수말 값을 치르기로 하고 잘 생기고 다리가 튼실한 말을 끌
고 만일과 더불어 10소장을 나왔다.

김이홍은 이미 넉시오름 북쪽 중턱의 번번한 곳에 활터를 만들
어 놓았고 넉시오름을 휘돌아 흐르는 북쪽 섯내 건너에 과녁도
세워놓고 있었다. 또한 말 힘줄을 말려 여러 개의 활을 만들고 대
나무를 예리하게 깎아 수백 개의 화살을 만들어 활터의 귀틀집에
쌓아놓고 있었다. 김이홍은 아들을 활터로 데리고 가더니 멀리
한라산을 바라보며 입을 열었다.

"내년 봄에는 제주 목사가 주관하는 무과시험의 초시가 제주
성 안에서 있을 모양이구나. 열심히 무술을 연마해서 응시하도록
하여라."

만일은 활쏘기와 검술을 익히면서 한편으로는 아버지의 농사
일을 돕느라고 눈코 뜰 새 없이 바쁘게 지냈다. 그러면서도 목장

일과 잉태하여 새끼를 품고 있는 추풍, 덕이를 생각하며 더욱 시험 준비에 박차를 가했다.

제주에서 실시하는 무과초시에는 말을 달리면서 활을 쏘아 과녁을 맞히는 기사(騎射)와 말을 달리면서 창을 휘둘러 상대방을 제압하는 기창(騎槍)을 시험과목으로 채택하고 있었다.

16세의 만일은 무과초시에 응시했다. 모두 100여 명이 응시했고 그 중에서 10명이 합격했다. 만일은 두 과목 모두에서 뛰어난 기량을 과시하면서 장원급제했지만 아버지는 이에 만족하지 않았다. 더 큰 욕심이 생겼다.

"지방에서 치루는 무과초시에만 합격하고 만다면 지방군에 편성되어 지역 방어에만 쓰임새가 있을 뿐 중앙군에 편입될 수 없으며 위급할 때 국가를 지키는 주력군이 되지 못한다. 금년 가을 또는 내년 봄에는 임금 앞에서 실시하는 친시가 있을 것이다. 너는 작은 일에 자만하지 말고 더욱 정진하여 무예를 닦도록 하여라."

만일은 사랑하는, 그래서 결혼을 약속한 덕이에게 달려가고 싶었고 준마의 씨를 몸에 가졌을 추풍을 보고 싶었다.

"아버지, 저는 말을 키우고 싶습니다. 제 몸으로 임금을 보위하거나 전장에 달려가 싸우기보다는 임금이 타는 어승마와 기마병이 타는 전마를 생산하여 키우고 싶습니다."

그러나 아버지는 만일의 말을 귀담아 듣지 않았다. 만일은 아버지의 뜻을 거역할 수 없었다. 만일은 다시 무술연마에 돌입했다.

한편 덕이는 추풍과 순풍을 정성껏 돌보고 있었다. 가을이 되니 추풍이 불룩한 배를 안고 뒤뚱거렸다. 그러나 걸어도 한나절 거리밖에 안 되는데도 만일은 코빼기도 보이지 않았다. 추풍이 임신을 하고 뱃속의 새끼가 무사한지 궁금할 터인데 얼씬도 하지 않았다. 덕이는 말을 치면서도 하루에 몇 번씩 목장 입구를 건너다보곤 했다. 만일을 찾아가 볼까 하는 마음도 들었으나 처녀의 몸으로 마구 달려가 임을 볼 수는 없는 노릇이었다.

겨울이 가고 봄이 찾아왔다. 양광이 대지를 비추어 새싹이 돋고 있었다. 참꽃이 오름을 온통 붉게 물들이고 있었다. 추풍이 새끼를 낳았다. 수놈이었다. 그러나 망아지를 낳으면 식을 올리자던 만일은 감감무소식이었다. 덕이는 틈만 나면 언덕에 올라 만일을 기다리고 있었다. 덕이의 가슴은 타들어가고 있었다.

아버지 문서봉은 딸의 모습이 너무도 안쓰러웠지만 무어라 달랠 말이 없었다.

"애야, 그러다 병이 날라. 만일이 의리가 있고 심지가 곧은 사람인데 너를 버릴 리가 있겠느냐? 듣자 하니 만일은 무과시험에 응시하기 위하여 불천주야 훈련에 매달리고 있는 모양이다. 그래서 너를 챙길 여유가 없는 게로구나."

"야속한 사람! 바람결에라도 어찌 기별이 없단 말입니까? 우리가 함께 엮어놓은 사랑의 꿈을 접었단 말입니까?"

드디어 덕이는 아버지를 채근하여 만일을 만나러 가기로 했다.

만일은 동네 청년들과 마을 앞 공터에서 격구시합을 벌이고 있었다. 격구(擊毬)는 말을 탄 사람들이 두 편으로 나뉘어 버드나무로 깎아 마든 공을 긴 나무작대기로 이리저리 굴리며 상대방 구역의 나무기둥 사이에 집어넣는 놀이로 한 편의 기수들이 마상에서 좌우로 몸을 기울여 공을 굴리다 냅다 치면 상대방이 받아서 친다. 말과 사람이 호흡을 맞추어 움직이기 때문에 상당한 기술을 요하는 시합이다. 임금 앞에서 실시하는 친시(親試)에는 기사, 기창 외에 격구(擊毬)가 포함되어 있었다.

만일은 격구에 열중하느라 덕이가 가까이서 지켜보고 있는 것도 모르고 있었다. 잠시 휴식을 취하면서 얼굴의 땀을 훔치고 있을 때 덕이가 다가왔다. 그들은 주위의 눈은 아랑곳 않고 와락 껴안았다. 덕이의 눈에서 눈물이 비 오듯 쏟아졌다.

"추풍이 수망아지를 낳았어요. 될성부른 나무는 떡잎부터 알아본다는 말과 같이 갓 태어난 망아지지만 털빛이 붉은데다가 다리가 쭉 뻗고 눈이 초롱초롱하답니다."

문서봉과 김이홍이 술상을 앞에 놓고는 묵묵히 앉아 있다. 문서봉이 먼저 말을 꺼냈다.

"한라산의 야생마를 빌어 가축인 암말에게 새끼를 배게 한 우리 아이들의 쾌거는 칭찬할 만하지요. 그 말이 새끼를 낳았으니 저 아이들 혼인을 맺어 줍시다."

그러나 김이홍은 아무 말 없이 우두망찰 앉아서 술잔만 기울이고 있었다. 문서봉이 답답한 듯 채근했다.

"개국공신의 집안이라서 제 하찮은 집안을 꺼려하십니까?"

묵묵히 앉아있던 김이홍이 한참 만에 입을 열었다.

"우리 집안도 여러 대를 걸쳐서 벼슬을 못했으니 퇴락한 집안이지요. 그보다도 저 아이가 무과초시에 합격하였고 다시 서울에 올라가서 친시에 응시하고자 하는데 어찌 이 시점에서 아내를 맞게 할 수가 있습니까? 만일이 친시에 급제한 후 생각해 보십시다."

"그 말씀은 청혼을 거절하는 뜻으로 들립니다. 아니 할 말로 만일이 연년이 친시에 실패한다면 우리 딸아이의 혼기를 놓치는 것 아닙니까? 형편대로 하는 것이 인간사 아닙니까?"

김이홍의 태도는 완강했다. 문서봉은 김이홍의 처분만 바라는 처지가 되어 성과 없이 돌아서야만 했다. 만일은 당장 아버지의 고집을 꺾을 수 없고 다만 자신이 친시에 합격해야만 덕이와 결혼할 수 있다는 사실을 알고 더욱 분발하여 무예수련에 열중했다.

다음 해 봄, 만일은 30명을 뽑는 무과친시에서 합격의 영광을 안았다. 친시에 합격한 무사들은 곧바로 중앙군에 편성되거나 본인의 의사에 따라서 지방의 변장(邊將)으로 갈 수 있었다. 변장은 변경을 지키는 장수를 통틀어 부르는 말이다. 만일은 제주에 당도하자마자 제주 목사 겸 절제사에게 신고했다. 제주 절제사는 만일의 희망에 따랄 만일을 정규군에 배속시키는 대신 변장의 지위를 유지하면서 예비군 격인 속오군(束伍軍)에 편성하여 유사시 산남지방을 방비하도록 했다.

만일이 귀가하자 결혼식이 조촐하게 치러졌다. 결혼식을 마치고 처가인 수망리 목장으로 신행을 간 만일에게 그의 추풍이 머리를 끄덕거리며 달려왔다. 곁에는 망아지가 천방지축으로 뛰어다니며 어미를 뒤따르고 있다. 태어난 지 일 년도 안 되는데도 키가 제 어미만 하다. 만일은 추풍을 쓰다듬으며 그리고 망아지를 바라보며 골똘히 생각에 빠졌다.

고민에 고민을 거듭하던 만일이 문득 주먹을 불끈 쥐고 일어섰다. 늦가을이었다.

'말단의 장수로 있으면서 혹 있을 왜구의 침입에 대비하기보다는 말을 키워 국난에 대비하는 것이 내게는 더 중요한 일이다. 일찍이 말은 국력이라고 했다. 그런데 작금에 제주의 말 목장을 살펴보면 옛날의 거대한 준마는 사라지고 말들은 점점 왜소해져 파발마나, 운송용 말밖에 생산하지 못하는 실정이다. 좀 더 크고 강한 준마를 키우고 싶다. 그래서 나는 야생마를, 저 준마의 씨를 얻었지 않은가. 내 시작은 작으나 결국은 창대할 것이다.

나는 목장에서 테우리로 일하면서 한라산 산록의 고원에 펼쳐진 광활한 평원을 보았다. 지금은 돌멩이가 뒹굴고 가시덤불이 우거져 있는 쓸모없는 곶자왈에 지나지 않지만 저 평원을 개간하면 광활한 목장을 일굴 수가 있을 것이다. 한라산의 야생마들은 추운 날씨에도 바람을 맞으며 눈을 맞으며 악천후에 적응해 왔고 바위와 돌을 밟으며 다녔으니 그 후예인 저 야생마 새끼도 당연히 강인한 체력을 타고났을 것이다. 나는 내 말들을 끌고 무주공

산인 저 한라산의 고원으로 가리라.'

김이홍은 아들 만일의 고집을 꺾을 수 없음을 깨닫고 아들의
손을 꼭 쥐면서 말했다.

"나는 내 아들이 큰 꿈을 꾸고 있는 거인이라고 생각했다. 너는
외진 변방의 한미한 집안에서 태어났지만 태조를 도와 나라의 영
토를 회복한 개국 일등공신 휘(諱) 김인찬 장군의 8대손이다. 너는
장차 바다를 건너 나라의 간성인 장군의 대열에 합류하고 나라를
지키는 대장군이 될 것이라고 줄곧 생각하여 왔지만 네 꿈이 전
마를 키워 나라에 공헌하겠다니 그것도 나라를 위한 길일 것이
다. 가라. 저 넓은 평원으로 달려라. 너의 날개를 훨훨 펼쳐라."

산마장

높이 솟은 한라산에서 동쪽으로 더러는 급하게 더러는 완만하게 산줄기가 내리닫고 아래로 내려갈수록 비탈이 평평한 지형으로 바뀐다. 한라산에서 내려다보면 평원(平原)이요 해안으로부터 오르면 고원(高原)이다.

산줄기의 동쪽으로는 성널오름을 기점으로 사려니오름, 붉은 오름으로 내려오다가 남쪽으로 흘러 여문영아리오름, 물영아리 오름으로 방향을 바꾼다.

동북쪽으로는 또한 성널오름으로부터 물장오리, 절물오름, 바 농오름을 지나 올망졸망한 오름 군을 형성한다.

두 산줄기 사이에 우뚝 서 있는 대록산(큰사슴이오름)에서 한라산

쪽으로 바라보면 양대 산줄기 사이에 표고가 약 400m에서 700m에 이르는 넓은 평원이 한눈에 들어온다. 이 평원은 남북의 거리가 200리쯤 되고 그 넓이는 2,000만 평을 능가한다.

평원은 낮은 수풀이 우거진 곶자왈과 푸른 초원으로 이루어져 있지만 화전민들이 불을 놓았던 화전터가 여기저기 눈에 띈다. 남쪽으로 눈을 돌리면 10소장이 자리 잡은 가시리의 넓은 평원이 보이며 동쪽으로 돌아서면 1소장이 자리 잡은 수산평이 눈에 들어오고 성산일출봉이 얼굴을 내민다.

여기 고원지대는 물이 없고 바람이 많으며 기온이 낮은 지역으로 황량한 벌판에 지나지 않는다. 그러나 만일은 이 황량한 고원지대에 눈독을 들이고 있는 것이다. 그는 이 평원에 수천, 수만 마리의 말을 풀어 키우겠다는 꿈을 꾸고 있는 것이다. 말의 달인이라는 몽고인들도 감히 손을 못 댔고 국마목장을 건설한 세종도, 고득종도 거기까진 생각이 못 미쳤기에 상잣을 쌓아서 말들이 한라산으로 오르려는 것을 방지하려 했거늘….

만일은 겨우 두 마리의 암말과 한 마리의 망아지를 가지고 남이 보면 자다가도 웃을 황당한 꿈을 꾸고 있다. 부창부수라더니 만일의 처마저 이에 동조하고 있으니 얼마나 한심한 일인가.

만일이 18세 되던 해 봄, 만일은 아내와 더불어 말에 올라 집을 나섰다. 망아지가 동동걸음으로 뒤를 따른다. 망아지는 훨씬 자라 어미 말의 턱밑에 닿아 있다. 아버지가 승마훈련을 위하여 만일에게 사주었던 수말은 아버지의 농사일에 부리도록 집에 남겨

놓았다.

만일은 지난겨울 몇 번이나 올랐던 대록산을 향하여 말을 몬
다. 그리고 대록산을 한 마장이나 지나 모지오름에 이른다. 만일
은 모지오름에다 새 출발의 터를 마련하기 위하여 겨우내 들락거
렸었다.

모지오름은 비고(鼻高) 86m의 낮은 오름으로 어머니가 아이를
안고 있는 모습이라 하여 붙여진 이름이다. 등성마루가 둥글게
펑퍼져 있고 동남쪽으로 말굽형 분화구가 터져 있다. 분화구 가
운데에는 얕은 동산 같은 알오름이 볼록 튀어나와 있다. 알오름
은 분화구로 솟던 용암이 식으면서 만들어진, 오름 속, 분화구 안
의 오름이다. 남쪽 기슭에는 10소장의 산쪽 경계인 상잣이 띠를
두르고 있다.

알오름을 빙 두른 꽤 넓은 분화구는 모지오름의 긴 등성이가
하늬바람을 막아주기 때문에 바람이 없고 온화하여 적은 식구가
당장 집을 짓고 농사를 지어 살 만하다.

어느 새 만일은 알오름 남쪽 기슭에 작고 아담한 초가집을 지어
놓고 있었다. 만일은 알오름 둘레의 분화구에 밭을 일구고 완만한
경사지에는 듬성듬성 자라고 있는 나무를 베고 덩굴을 정리하여
말들이 뛰어놀고 풀을 뜯도록 하였다. 그야말로 그들만의 천국을
만들어가고 있는 것이다. 분화구에는 활엽수가 가지를 뻗고 새들
이 우짖었다. 집 주위로 각종 풀이 자라고 야생화가 피어나고 있
었다.

초여름, 새들이 나무 사이를 오가며 고운 노래를 부르고 있을 때 첫아들이 태어났다. 만일은 아들의 이름을 대명(大鳴)이라 지었다.

만일은 추풍이 낳은 수말을 고구려 대무신왕이 얻은 야생마에 빗대어 거루(駏䮫)라고 이름지었다. 망아지 거루는 무럭무럭 자라 몸매가 날씬하고 다리가 훤칠하여 언뜻 보아도 보통 말과는 달랐다. 그들이 모지오름에 정착한 지 3년여가 흘렀다. 거루가 태어난 지 4년이 되는 해인 것이다.

만일은 가을의 청명한 날, 거루를 타고 초원을 달렸다. 멀리 바농오름까지 다녀오기로 한 것이다. 거루는 가을의 선선한 바람을 가르며 호쾌하게 달렸다. 초원에서는 흙먼지를 일으키며 달렸고 곶자왈의 오솔길에서는 천천히 걷다가 오름을 거뜬히 오르기도 하였다. 해가 뉘엿뉘엿 서산에 지고 있을 때 만일은 집으로 돌아오고 있었다.

집에는 약속이나 한 듯 김이홍, 문서봉, 오동팔이 기다리고 있었다. 1소장 좌석태 마감도 거루의 소문을 듣고 아들 영수와 더불어 와 있었다. 그들은 달려오는 말, 거루와 만일을 바라보고 있었다. 말에서 내리자 그들은 거루를 요리조리 살피고 있었다.

김이홍이 먼저 말을 꺼냈다.

"기억이 희미하지만 내가 을묘왜변 때 제주성에서 본 말만큼이나 큰 준마로다. 높은 키, 쭉 뻗은 다리, 적갈색의 피부, 잡털 하나 없이 미끈한 몸매를 보니 명마 중의 명마로다."

문서봉이 덧붙였다.

"키가 6척쯤 되는구나. 이는 분명 대완마의 후예라고 할 수 있군요. 우리 목장의 조랑말은 토마와 몽고마의 잡종으로 키가 4척 정도이거늘…."

좌석태 마감이 거들었다.

"이성계가 요동을 치러 나섰다가 위화도에서 회군하면서 탔던 응상백의 후예임에 틀림이 없군요. 저 영롱한 눈빛과 훤칠한 다리를 보세요."

아직도 거루를 요리조리 살펴보던 오동팔이 감격스런 표정을 지으며 입을 열었다.

"거루는 관운장이 타던 적토마에 비견할 만하군요. 머리에서 꼬리까지의 길이가 길고 온몸이 숯불처럼 적갈색을 띄고 있으며 미간이 흰 것을 보니 그런 느낌이 드는군요. 거루를 종마로 키워야 합니다."

김이홍이 아들 부부를 곁눈으로 보면서 오동팔 영감에게 넌지시 말을 건넸다.

"원, 과장도 지나치십니다. 감히 저 유명한 적토마와 비교하시다니요. 천리마라도 백락(중국 주나라 때 사람으로 말의 감정을 잘했다고 알려졌다)이 없으면 비루마가 된다고 했습니다. 어른께서 여기 남아서 이 말을 명마로 만들어 주십시오."

만일 부부가 이구동성으로 말했다.

"어렸을 때부터 저희에게 말을 다루는 법을 가르쳐주셨고 더군다나 말의 역사에 대한 해박한 지식을 가지셔서 우리의 눈을 뜨게 해주신 삼촌께서 우리와 함께 하여 주시면 다시없는 영광입니다."

오동팔 영감은 만일과 정이 든 터이고 더구나 준마에 대한 기대와 욕심이 각별한지라 만일 부부 곁에 머물기로 했다. 오동팔은 거루에게 특별히 정을 주고 정성껏 키웠다. 혹시 병이 날까, 덤불에 걸려 생채기가 나지 않을까 염려하며 오동팔은 거루 곁에서 떠나지 않았다.

사수매가 된 거루는 바람이 났는지 가끔 혼자서 집을 나가서 어디론가 사라지더니 저녁이면 집에 들어오곤 하였다. 만일이 아내에게 말했다.

"저놈에게 짝을 구해 주어야지. 저러다간 짝을 찾아 한라산으로 내빼겠는 걸."

어느 날엔가 아침에 집을 나간 거루가 밤이 되어도 돌아오지 않았다. 필경 가시덤불에 갇혀버렸거나 계곡에서 실족하였을 것이라고 생각하며 만일은 잠을 이루지 못했다.

다음날 아침 만일이 오 영감과 더불어 거루를 찾으러 나갈 채비를 하고 있을 때였다. 뽀얀 흙먼지를 일으키며 한 떼의 말이 서쪽의 수망리에서 모지오름 쪽으로 달려오고 있었다. 자세히 보니 거루가 앞장서서 달려오고 수많은 말들이 뒤질세라 거루를 따라오고 있었다. 100마리쯤 되는 것 같았다.

만일의 목장으로 들어온 말들의 엉덩이에 찍힌 낙인을 보니 하나같이 장인이 경영하는 수망리 목장의 말이었고 모두가 암말이었다. 거루는 자신이 낳고 자란 수망리 목장을 기억하고 거기에 찾아들은 모양이었다. 암말의 생리라는 것이 수말이라고 해서 무조건 좋아하지 않고 힘세고 잘 생긴 놈을 좋아하는 터라 이 100여 마리의 말들이 거루를 쫓아 나선 것이다.

만일은 아내를 바라보며 껄껄 웃었다.

"저 많은 암말들이 제 서방을 헌 신짝처럼 저버리고 거루를 쫓아 나선 것을 보니 거루가 웅마(雄馬) 중의 웅마임에 틀림이 없구려."

덕이가 수줍은 웃음을 웃으며 응수했다.

"암말들이 알아주니 틀림이 없는 웅마지요. 내가 알아준 당신처럼 말예요."

"당장 저 말들을 처갓집에 데려다 주어야겠소."

만일은 거루를 타고 수망리로 향했다. 100여 마리의 암말이 뒤따르고 있었다.

며칠 뒤였다. 또 거루가 사라졌다. 이번에도 제 고향인 수망리 목장으로 갔으려니 했는데 아니나 다를까 사나흘이 되어서야 거루가 집으로 돌아왔다. 이번에도 100여 마리의 말을 달고 왔다. 문서봉이 뒤미처 따라오고 있었다.

"장인어른, 이제부터 제 말을 마구간에 매어놓겠습니다."

만일이 몸 둘 바를 몰라 급하게 둘러댔다.

"자네가 시키지 않은 일인데 미안해 할 것 없네. 이 기회에 저 말들을 자네에게 넘겨주겠네. 내 집의 딸들이 신랑을 따라 여기로 왔으니 나 또한 신랑에게 넘겨줄 수밖에 없지 않은가?"

만일은 뜻하지 않게 횡재를 했다. 만일의 원대한 계획이 10년은 단축된 것이다. 그러나 만일은 의구심을 가지고 고개를 갸웃하며 오 영감에게 물었다.

"아무리 명마라지만 거루가 저 100마리의 암말을 감당할 수 있을까요?"

"보통의 종마들은 하루에 5, 6마리, 한 철에 100마리의 암말을 상대할 수 있고 그 중에 혈통이 좋은 종마는 기회가 주어진다면 하루에 10마리, 한 철에 200마리의 암말과 교접할 능력을 가진 것들도 있단다."

"저희가 어려서부터 길러온 추풍과 순풍은 어디서 씨를 받아야 할지…?"

"글쎄다. 나도 생각하는 중이다. 자네 목장에서는 눈을 씻고 봐도 수말은 거루밖에 없으니 말이다. 어차피 추풍과 순풍을 이 무변의 평원에 놓아먹일 것이니 추풍과 순풍이 혹시 한라산으로 올라가 야생의 수마라도 달고 올지 모르는 일이다. 두고 볼 일이로구나."

만일은 100마리가 넘는 말을 놓아 기르기로 했다. 경계도 없고 잣성도 쌓아 있지 않은 넓은 들판이니 말들은 멀리 한라산 꼭대기까지 다녀도 무방한 것이다. 그러나 잘 길들여진 거루가 저 말들을 인도할 것이니 말들이 내빼는 일은 없을 것이라고 만일은 장담하고 있었다.

저 넓은 평원, 지금은 만일의 산마장이 된 평원에, 만일은 해마다 정월보름이면 방애불(산불의 제주어)을 놓아 목장을 넓혀갔고, 화산회토와 송이로 인하여 수목이 자라지 못하는 땅에는 객토를 하고 말똥으로 바령을 하여 풀이 자라게 하였고, 화전민이 경작하던 밭은 초지로 바뀌었다. 개간하지 않은 곶자왈에는 오 영감과 만일이 일일이 답사하여 말길을 만들기도 하고 말들이 초목을 찾아다니다보니 자연스럽게 말길이 생기기도 하였다.

한 해가 지나자 100마리의 암말들은 80여 마리의 새끼를 낳았다. 대부분의 망아지들이 제 아비를 닮아 태어날 때부터 피부에 윤기가 흐르고 다리가 훤칠했다.

만일 부부는 추풍과 순풍이 짝을 못 찾을까봐 걱정을 했는데 그것이 기우에 지나지 않음을 알기에는 많은 시간이 필요치 않았다. 한라산을 휘젓고 다니다가 어디에서 서방들을 만났는지 그들의 몸에서도 거루의 새끼 못지않은 준수한 망아지들이 태어났다.

100마리의 암말들은 매년 전년과 비등한 수의 망아지들을 생산했고 다시 그 망아지들이 자라서 4, 5년이 지나면 암말들이 새끼를 낳으면서 말의 수는 해를 거듭할수록 기하급수로 늘어갔다.

수말들이 발정할 나이가 되기 전에 무리 중에 빼어난 유전인자를 가진 말을 간택하여 종마를 만드는데 대충 열 마리 중 한두 마리가 선택되기 마련이다. 종마 중에서도 암말의 발정기에는 저희들끼리 물고 뜯는 치열한 싸움을 벌여 힘센 놈이 암말을 차지한다. 종마로 간택되지 않았거나 싸움에서 밀린 말이라고 해서 열등의 말이라고 할 수는 없다. 이들 역시 키가 크고 다리가 늘씬한 준마임에는 틀림이 없다.

만일은 종마를 특별히 관리하기 위하여 풀이 잘 자라는 곳에 울을 쳐서 별도의 목장을 만들고 나머지 수말들은 넓은 평원과 한라산 기슭에서 맘대로 뛰놀게 했다. 한라산으로 들어간 수말들 중에 운이 좋은 놈들은 야생의 암말을 달고 오기도 했다.

말의 숫자가 불어날수록 가장 바쁜 사람은 오 영감이었다. 그는 말의 질병과 상처를 치유하기도 하고 계절에 따라 종마를 특별히 사육하고 임신한 말이 먹이를 찾아 곶자왈의 가시덤불이나 한라산의 깊은 계곡으로 가지 않도록 초지를 관리하여 무성한 풀을 뜯도록 했다.

태풍이 불거나 내가 터질 때는 말들이 길이 나지 않은 곶자왈로 넘어 들어가 가시덤불에 걸리기도 하고 계곡물에 휩쓸려가는 일이 허다했다.

말은 소와 달라서 땡볕에는 그늘로 들어가 더위를 피하고 비바람이 몰아치면 저희들이 알아서 곶자왈이나 계곡으로 숨어든다.

만일이 고원의 드넓은 평원에 목장을 일군 지 어언 10년이 흘렀다. 때는 선조 10년(1577)이었다. 28세의 만일은 어떤 국마목장보다 많은 수의 말들을 소유하게 되었다. 그동안 말을 세어본 적이 없기 때문에 말의 숫자는 알 수가 없다. 산마가 뛰어노는 한라산 일대가 전부 산마장이라 할 수 있으니 그 말들을 어찌 셀 수 있단 말인가? 그러나 만일은 어림잡아 3,000마리쯤 된다고 생각하고 있었다.

그 해 초가을 제주도에 큰 태풍이 몰아닥쳤다. 태풍은 한라산을 휘돌아 만일의 목장을 덮쳤다. 말들은 태풍을 피해 어디론가 사라졌고 초원의 풀과 나무들은 바람에 따라 너풀거리고 있었다. 엄청난 비를 몰고 온 태풍은 사나흘 동안 제주의 산야를 헤집어 놓더니 가뭇없이(눈에 띄지 않게 감쪽같이) 북쪽의 바다로 사라져 버렸다. 다시 목장에 평온이 찾아오자, 한라산의 숲과 계곡에 있던 말들이 거루를 필두로 초원으로 돌아오고 있었다.

그러나 며칠이 지나도 많은 말들이 코빼기도 보이지 않고 있음을 오 영감은 특유의 육감으로 알아차렸다. 오 영감은 거루를 잡아타고 돌아오지 않는 말들을 찾아 한라산으로 달렸다. 좀 더 기다려보자는 만일의 권유를 아예 귓전으로 듣고 자신의 실종된 자식을 찾아나서듯 오동팔은 서둘러 떠났다.

오동팔은 오로지 거루의 감각에 의지하여 거루가 가는 대로 내버려 두었다. 산마장에서 말들의 할아버지 격인 거루는 오동팔 할아버지와 더불어 목장의 많은 말들을 이끌고 산야를 누비는 역전의 노장 아닌가.

오동팔은 한라산 기슭의 밀림을 헤치고 다녔고 곶자왈과 계곡을 샅샅이 뒤지고 다녔다. 오동팔은 도중에 밀림 속에 갇힌 몇 마리의 말들을 끌어내기도 했고 가시덤불에 걸려 옴짝달싹 못하는 말을 끄집어내기도 하였다. 또 계곡물에 휩쓸려 목숨을 잃은 말들을 발견하기도 했다.

거루는 수악계곡의 둔덕을 오르고 있었다. 수악계곡은 평시에는 물이 땅속으로 스며든 건천이라 크고 작은 바위들이 바닥에 널려 있고 곳곳에 소(沼, 웅덩이)가 있어 말들이 종종 계곡으로 내려와 물을 마시곤 하던 곳이다. 비온 뒤라 계곡은 급한 물살이 아직도 광폭으로 일렁이고 있었다.

상류로 갈수록 계곡은 아찔한 절벽 아래로 깊이 패어 있다. 둔덕 또한 들쑥날쑥하여 헛짚으면 천야만야한 낭떠러지로 곤두박질할 수 있다. 오동팔은 거루를 타고 이 둔덕을 조심스럽게 오르며 계곡을 두루두루 살피고 있었다. 그러나 오동팔과 거루는 며칠이 되어도 돌아오지 않았다.

달빛이 한라산 능선을 따라 교교히 흐르고 있고, 희뿌연 안개는 해면으로부터 피어나 평원에 깔리더니 한라산으로 퍼져 올라가고 있다. 안개가 만일의 발 밑으로 흐르면서 만일의 몸을 밀어 올리고 있다. 갑자기 한라산 마루로 별똥별이 무수히 떨어지면서 한라산이 대낮처럼 밝아진다. 그때 한 마리 용마가 계곡에서 솟구치더니 하늘로 오른다. 용마의 등에 누군가 타고 있는 것이 보인다. 자세히 보니 그 용마는 거루이고 용마에 타고 있는 사람은 오동팔이다. 오동팔은 만일을 향해 미소를 지으며 손을 흔들고 용마는 온몸을 흔들면서 하늘로 오른다. 용마는 한라산 위로 훨훨 날아오르더니 은하수를 건너고 있다. 오동팔은 아직도 손을 흔들어대고 있다.

"삼촌! 오동팔 삼촌!"

만일이 소리쳤다. 그때 아내 덕이가 만일을 흔들어 깨웠다. 꿈이었다.

만일은 동이 트기도 전에 일어나 모든 테우리들을 깨워 한라산 계곡으로 달렸다. 수색대는 숲과 계곡을 샅샅이 뒤졌다. 오동팔과 거루는 수악계곡의 집채만한 바위들 사이에서 시신으로 발견되었다.

만일이 오동팔 영감과 인연을 맺은 지 20여 년. 그 우직하고 충성스러운 사람. 만일이 어려서 수망리 목장에 맡겨졌을 때 말 타기를 가르쳤고, 후에 당신의 수하에 테우리로 두어 말 치는 일을 일일이 일러주던 스승, 말과 말의 역사에 해박한 지식을 가졌고 거루로부터 시작된 종마를 보존하고 많은 준마를 생산하는 데 크게 공헌한 오동팔은 자신이 사랑하는 거루와 더불어 저 세상으로 갔다.

산마장 준마의 조상인 거루(駏驤)는 과연 마왕이었고 용마였거늘, 최고의 유전인자를 자손에게 심어주고 이제 그 명을 다한 것이다.

만일은 오동팔을 따라비오름의 굼부리(분화구)의 봉긋한 알오름에 장사지냈고 거루도 그 옆에 묻어주었다.

김만일의 목장과 그 목장에서 키우는 말이 타의 추종을 불허할 정도로 준수한 말이라는 소문이 제주 전역에 퍼졌다. 사람들은 만일이 키우는 말을 '산마(山馬)', 만일의 목장을 〈산마장〉이라고 불렀다.

만일의 목장에 육지의 말 장사꾼들이 구름같이 몰려들었다. 당시 말 값은 쌀이나 면포로 대신 지불되었는데 조랑말의 경우 수말 한 마리에 쌀 10석, 또는 면포 30필 정도의 값이 나갔으나 만일의 웅마는 그 배인 쌀 20석, 또는 면포 60필을 호가했다. 이 말들은 전라도 나주에 도착하면 두 배가 되고 서울 등지로 올라가면 다시 두 배로 뛰어 만일의 산마는 육지에서 쌀 80석에 거래되었다.

주변의 국마목장에서도 만일의 산마를 얻어 씨수마로 만들기에 혈안이 되었다. 그래서 암말 3마리를 끌고 와 수말 한 마리와 바꿔가는 목장주들도 있었다. 관가에서도 욕심을 내고 있었다. 우격다짐으로 말을 달라는 관리도 있었고 만일의 환심을 사서 말을 얻어가는 관리들도 있었다. 만일은 암말은 절대로 팔지 않았고 수말 중에서도 우수한 말은 종마로 남겨두었다.

그는 말의 숫자가 늘어감에 따라 국마목장처럼 목구를 몇 개로 나누어 군두와 군부를 두었고 많은 테우리를 채용하여 배치하였다.

산마장에는 많은 일자리가 생겼다. 테우리는 물론 목장을 넓히기 위하여 곶자왈의 잡목을 베는 일, 수원지를 찾아 연못을 만드는 일, 건초를 만드는 일 등에 수백 명이 동원되었다.

부자가 된 만일은 아버지가 일군 반드기왓에 터를 잡아 집을 짓기 시작했다. 풍수지리설에 의하면 반드기왓은 제주도 6대 명혈의 하나로 한라산에서 남쪽으로 내려오는 지맥이 서쪽으로 방향을 바꿔 반드기왓에서 멈추는데, 한라산 계곡에서 흘러나온 하천은 반드기왓 뒤편에서 갈라져 흐르다가 집터 앞에서 합수하여 섯내로 나아간다. 섯내는 넉시오름을 에돌아 바다로 흐른다. 반드기왓 앞에 위치한 넉시오름이 안산 역할을 하여 남쪽에서 불어오는 태풍을 막아주는 역할을 한다.

김만일의 집터와 관련해서 경주 김씨 일가와 주변 마을에서는 다음과 같은 전설이 전해져 내려오고 있다.

중국의 풍수가인 호종단이 제주도에 출중한 인물이 탄생할 것을 우려해 한라산으로부터 반드기왓까지 혈에 철심을 박으면서 내려오고 있었다. 박아놓은 철심에도 불구하고 맥이 좀처럼 죽지 않음을 깨달은 호종단이 거슬러 올라가 보니 한 노인이 우두커니 앉아 있고 그 곁에 철심이 뽑혀져 나뒹굴고 있었다. 호종단은 그것이 인간으로는 어쩔 수없는 하늘의 뜻이거니 하고 그 노인에게 말했다.

"여기 철심이 박혀있던 자리에 선친의 묘를 쓰면 자손이 번창하고 대대로 거부가 되어 영화를 누릴 것이오."

또 호종단은 노인에게 지맥을 발로 밟고 있으라고 했다. 노인이 호종단의 말대로 하니 문득 발밑에서 비둘기가 솟구쳐 나와 하늘로 날더니 남쪽의 반드기왓에 앉았다.

호종단이 또 말하기를,

"또한 저 아래 비둘기가 앉았던 자리에 집을 지어 살면 자손 중에 정승이 날 것이오."

만일은 부모님의 편안한 여생을 위하여, 그리고 만일과 산마의 명성을 듣고 찾아오는 관리들과 상인들을 접견하기 위하여 여기 반드기왓에 집을 지었다.

그는 99칸이나 되는 고대광실을 지었고 지붕에는 기와를 올렸다. 부모님이 기거할 안거리와 자신과 식솔들이 머물 서녘거리를 짓고 넓은 안마당을 사이에 두고 밖거리(사랑채)를 지었다. 사랑채에는, 가운데 큰 마루를 만들고 양쪽으로 많은 방을 두어 그를 찾아온 손님들이 객관으로 사용할 수 있도록 했다. 집 둘레에는 울담을 쌓고 밖거리 동편으로 길게 올레를 만들었다.

의귀리에 장이 들어섰고 장은 매일 열렸으며 규모가 날로 커져 갔다. 장에서는 말고기를 넣은 국밥 장사, 말고기 정육점, 말뼈를 파는 상점, 말의 부산물인 힘줄, 말총을 파는 가게들이 즐비하고 사람들이 북적거렸다.

말은 실로 그 쓰임새가 다양하다. 말은 살아서도, 죽어서도 인간에게 많은 도움을 준다. 살아서 인간에게 쓰이는 첫째는 전쟁을 수행하는데 쓰이는 전마(戰馬) 또는 군마(軍馬)다. 실로 말이 없었다면 한 사람의 군왕이, 한 국가가 큰 영토를 차지하는 것은 불가능했을 것이다.

둘째는 임금과 왕족이 타는 말이다. 임금이 타는 어승마(御乘馬)

는 키도 다른 말보다 훨씬 크고 생김새가 준수하고 털빛이 아름다워야 한다. 가교마(駕轎馬)는 임금, 왕비 또는 어린 왕손이 탄 가마를 메는 말이다. 그 밖에 궁중에서 사용하는 말인 내구마(內廐馬)로도 쓰였다.

셋째로 관에 비치하는 쇄마(刷馬)는 왕명을 받은 순무사, 어사 등의 필요에 따라 지급하며 암행어사는 마패에 그려진 말의 수대로 말을 청구할 수 있다. 사신이 오가는 길목에서는 조선 또는 중국의 사신들이 갈아탈 말을 대기도 하였다.

넷째로 파발마(擺撥馬) 또는 역마(驛馬)로 말은 중요한 통신수단이며 전황(戰況)을 알리는 등 긴급을 다투는 일에 쓰이기도 하였다.

다섯째로 말은 운송용으로 요긴하게 쓰였다. 짐을 등에 실어 운반하는 태마(駄馬), 수레를 끄는 만마(輓馬)로 구분된다.

여섯째로 농업용으로 쓰였다. 쟁기를 걸고 밭을 간다. 특히 제주에서 말은 푸석한 밭을 밟기도 하고 말방애를 끌기도 하였다.

그밖에 말의 부산물도 인간에게 유익하게 활용되었다. 말갈기와 말꼬리에서 채취하는 말총은 갓과 망건의 재료로 쓴다. 통영 갓의 원료는 대부분 제주에서 대고 있었다. 말똥까지도 버릴 것이 없으니, 말똥은 거름으로 사용되지만 그것을 말려 땔감으로 사용하기도 하였다.

말은 죽어서도 인간에게 기여한다. 말고기는 부드럽고 맛이 있어 사람들이 즐겨 먹고 말고기를 말린 건마육(乾馬肉), 또는 마육포(馬肉脯)는 고관대작들이 선호하여 육지에 보내는 일이 허다했다. 말가죽은 가죽신, 궁대, 아교를 만드는 재료가 되며 말 힘줄로는 활을 만든다. 말의 뼈는 한약재로 쓴다.

말의 매매는 워낙 고가라 만일의 사랑채에서 흥정이 이루어지고 말총은 통영의 상인들이 대량으로 사가기 때문에 직거래가 이루어지기 일쑤였다. 말의 거래는 만일의 아버지 김이홍이 도맡아서 하고 있었다. 수말의 경우 종마 이외에는 당시만 해도 목장에 잡아둘 필요가 없기 때문에 거래의 대상이 된다.

대록산에서 수망리를 거쳐 의귀리에 이르는 길이, 팔려가는 말과 말총을 실은 수레가 지나가도록 넓게 닦여졌고 그 길에 하루 종일 사람과 말과 마차가 오갔다.

전마

    선조 10년(1577) 봄, 만일이 산마장을 한 바퀴 돌고 대록산 기슭의 목관(牧館)으로 돌아오고 있을 때였다. 제주 판관 조인후(趙仁後)가 목관의 대청마루에서 김만일을 기다리고 있었다. 김만일이 28세, 목장을 일군 지 10년이 되는 해였다.

    조선 시대 제주 목사는 주로 정3품의 문관으로 임명되고 목사를 보좌하는 판관은 정5품의 무관이 임명되었으나 목사가 무관일 경우에는 문관이 판관으로 임명되곤 하였다. 무관 출신인 임진(林晉) 목사는 주로 국방의 일을 담당하고 조인후 판관은 농정과 마정을 담당하고 있었다.

    조인후는 부임하자마자 제주도 백성들에게 다가가 백성의 소

리를 들으려 했고 관리들의 횡포를 근절하고 백성들의 부역을 경
감해 주었으며 억울하게 형벌을 당한 사람들을 풀어주었다. 백성
들의 생활을 개선하고 학교를 세워 교육에 힘쓰기도 하였다. 만
일은 조인후 판관의 선정을 익히 들어 알고 있었다.

조인후는 거들먹거리는 다른 관리들과는 다르게 정중한 태도
와 온화한 기색으로 예의를 갖춰 만일을 대했다.

"제주에 부임하기 전부터 자네의 명성을 우레와 같이 들었네.
자네가 일찍이 젊은 나이에 혼자의 힘으로 황무지를 개척하여 수
천 마리의 말, 특히 준마를 길러왔다는 소문을 들었네. 그래서 내
눈으로 직접 확인하고자 찾아왔네. 저 넓은 목장을 다 돌아볼 수
는 없으니 어디 조망할 곳을 안내하시게나."

만일은 판관을 대동하고 대록산을 올랐다. 동쪽의 완만한 경사
를 그들은 말을 타고 올랐다.

그들은 대록산의 등성마루에 올라 사방을 둘러보았다. 한라산
동쪽의 시원하게 펼쳐진 드넓은 평원은 대록산에 와야 제대로 볼
수 있었다. 조인후 판관은 눈 아래로 끝없이 펼쳐진 초원과 거기
서 뛰노는 수많은 말들을 내려다보며 벌어진 입을 다물지 못했
다. 조인후는 만일의 얼굴로 시선을 옮기며 물었다.

"몇 마리인가? 저 말들이…"

"저 초원에서 풀을 뜯는 말은 수백 마리에 불과합니다. 그러나
더 많은 말들이 한라산까지 오르내리고 있어 그 수는 정확히 알
수 없으나 추산컨대 3,000여 마리는 됨 즉합니다."

"자네가 말을 키운 지 10년이라고 들었는데 처음의 100마리에서 시작해서 10년 세월에 3,000마리로 늘어나는 것이 어찌 가능하단 말인가?"

"100마리의 암말이 1년에 7, 80 마리의 새끼를 낳습니다. 물론 관리를 잘해야 하지만요. 따라서 말의 숫자는 기하급수로 늘어갑니다. 앞으로도 말의 숫자는 계속 늘어날 것입니다."

대록산에서 내려온 조 판관은 김만일과 더불어 말을 천천히 몰아 목장을 둘러보고 있었다. 말들을 모는 테우리들, 가시덤불을 뿌리째 뽑아 목장을 넓혀나가는 사람들, 나무를 베어 울을 만드는 사람들, 자급자족을 위하여 경작한 곡식과 채소를 수확하는 사람들이 판관의 눈에 들어왔다. 그들의 하는 일을 눈여겨보던 조 판관이 만일을 돌아보며 물었다.

"이 산마장에 종사하는 사람들이 얼마나 되는가?"

"일정하지는 않습니다. 상시적으로 일하는 사람들도 있고 필요할 때마다 수시로 고용하는 사람들이 있기 때문입니다. 상시적으로 고용하는 사람은 테우리와 잡역을 하는 사람들로 약 500명 정도입니다."

"그렇게 많은 사람을 고용한단 말인가? 본관이 제주에 부임한 이래 제주 백성들의 사는 형편을 살펴보니 땅이 기름지지 못하고 토박하여 농사가 잘 안 되고 더욱이 가뭄과 태풍으로 농작물의 피해가 커서 많은 백성들이 초근목피로 연명하거나 굶어죽는 사람이 허다한 형편인데 자네가 이토록 많은 일자리를 만들어주니 좋은 일을 하는 것이네."

조인후는 수말들이 떼를 지어 풀을 뜯는 모습을 한참이나 눈여겨보더니 다시 물었다.

"암말들은 생산을 하여 후손을 번식한다고 치고 암말 숫자에 맞춰 수말이 있어야 하는 건 아닐 텐데 저 수말들은 어떻게 처리하는가?"

"암말 100마리에 수말 15마리를 붙입니다. 그러나 15마리의 수말이 모두 암말을 차지하는 것은 아닙니다. 더러는 사랑싸움에서 져서 홀아비 마을로 쫓겨 가는 경우가 많습니다. 종마 아닌 수말은 따로 관리하여 장사꾼에게 팔아넘기거나 국마목장에서 서너 마리의 암말과 바꾸기도 합니다."

"본관이 의귀리를 지나며 보니 많은 준마들이 그대의 목장에서 상인에게 팔려나가고 있었네. 눈여겨보니 그 말들은 국마목장의 말보다 키가 크고 늘씬한 준마임을 금방 알 수 있었고 그 말들이 육지로 팔려가 운송마나 농마로 쓰인다고 생각하니 안타까울 뿐이네. 저 말들을 전마(戰馬)로 훈련시켜 국경지대에 보내면 더 좋을 것이 아닌가 하는 생각이 들었네만."

김만일이 짐짓 물었다.

"전시도 아닌데 국가에 많은 전마가 필요한지요?"

"지금 주변국들의 정세를 보건대 멀고 먼 명나라는 우리와 우호적 관계를 맺고 있어 신경 쓸 일이 없다지만 만주의 여진족들은 많은 부족들이 합종연횡을 거듭하면서 힘을 키우고 있는 형편이라 변방을 튼튼히 하지 않으면 안 될 것이라고 보네. 더욱이 여진족이 타는 말들은 하나같이 대마라서 우리의 조랑말로는 대적하기 힘들 걸세. 또한 바다 건너 일본을 눈여겨볼 필요가 있지. 앞으로 일본이 왜구와 같은 좀도둑이 아닌 대규모 병력을 갖출 때 제주뿐만 아니라 조선의 본토까지도 위협을 받을 수 있네. 자네는 이미 선견지명이 있어 이 고원에서 전마에 합당한 말을 키우고 있지만 조정에서도 머지않아 자네의 말들에게 관심을 갖게 될 걸세. 그때를 대비하여야 할 걸세."

"그때를 대비하라 하심은…?"

"우리나라는 건국 이후 태평성대를 만난 듯 외적의 침입 등 만약의 사태에 대비할 생각을 하지 못하고 있는 실정이네. 이런 현실을 개탄하여 대학자인 율곡(栗谷) 이이(李珥) 선생이 〈만언봉사(萬言封事)〉라는 상소문을 올려 임금에게 직언을 했었지."

"변방의 촌구석에 사는 저로서는 도저히 알아들을 수가 없습니다. 〈만언봉사〉가 무슨 뜻입니까?"

"〈봉사〉란 신하가 임금에게 올리는 상소문을 뜻하지. 율곡이 일만 개의 한자를 써서 올린 상소문이라 하여 〈만언봉사〉 또는 〈만언소〉라고 했지. 율곡은 그 상소문에서 우선 임금이 도량이 좁고 의심이 많고 명령을 내릴 때 감정이 섞여 있는 점을 매도(罵倒)했지. 신하된 자가 감히 임금을 꾸짖는 것은 죽음을 각오하지 않으면 할 수 없는 일이지. 율곡은, 바른 말을 하는 사람은 주제넘다고 하고, 국정개혁을 주장하면 과격하다고 하고, 여러 사람의 칭송을 받는 사람은 당파가 있다고 하고, 잘못된 사람을 공격하면 모함한다고 의심하는 임금을 질타했지.

율곡은 이어서 첫째, 임금과 신하가 서로 신뢰하지 않는 현실,

둘째, 크고 작은 직급의 사람들이 일의 책임을 지지 않으려는 경향,

셋째, 임금과 신하들이 토론하는 경연에서 공리공론만 떠들어대고 결론에 도달하는 정책이 없는 실상,

넷째, 현명하고 유능한 사람을 배제하는 일,

다섯째, 앞으로 닥칠 재변에 대처하지 않는 무사안일함,

여섯째, 관리들이 백성을 돌보지 않고 사리사욕만 채우는 일,

일곱째, 백성들도 선(善)을 지향하지 않아 도덕이 땅에 떨어진 풍토를 개탄했지.

율곡은 200년 동안 묵은 시폐를 논하고 관리의 부패, 착취, 매관매직을 질타하고 군제의 폐단을 논하면서 10여 년 안에 나라에 큰 병화가 있을 것이니 군정을 바로잡을 것을 경고했었지."

"이 나라에 그런 큰 어른이 계셨군요."

"그렇다네. 내가 제주 판관으로 임명되자 율곡 선생이 나를 자신의 집으로 초청했었네. 그는 제주에 전마로 양성할 말이 얼마나 있는지 살피고 오라고 신신당부하였다네. 그런데 오늘 자네의 산마장을 둘러보니 수말은 대부분 준마라서 전마로 키울 가능성을 보았네."

조인후는 갑자기 위엄을 부리듯 헛기침을 하더니 만일에게 정

색을 하고 말했다.

"국마목장에서는 몇 해마다 말을 점검하지만 여기 산마장의 말들을 점검한 적이 없다 하니 이 기회에 나의 면전에서 점마를 해주기 바라네. 율곡 선생의 당부도 있었던 터이니."

"여기 산마장에는 말들이 한라산 숲 속으로 나다니고 있어 한라산을 온통 뒤져야 합니다. 더욱이 말들을 가둘 울을 만들고 말들을 몰아오려면 많은 사람이 필요합니다. 우리가 불러다 쓸 사람은 농사꾼이라 그들의 생업에도 많은 지장을 초래할 것입니다. 따라서 농번기는 피해야 합니다. 그래서 추수가 끝나는 가을철에 점마를 실시하겠지만 지금부터도 할 일이 많습니다."

말을 점검하고 선별하기 위해서는 우선 초원의 일각에 크고 둥근 울을 만들어야 한다. 이를 원장(圓場)이라고 하는데 산과 들에 흩어진 말을 몰아와서 가두는 곳을 미원장(尾圓場), 점검이 끝난 말을 가두는 곳을 두원장(頭圓場)이라 한다. 미원장과 두원장 사이에 말을 지나가게 하면서 말의 수를 세고 선별하며 말의 건강상태를 점검하기 위한 좁고 긴 통로를 만들어야 하는데 이는 뱀처럼 길고 꾸불꾸불한 형상이어서 사장(蛇場)이라고 부른다.

만일은 초가을부터 기왕에 고용하고 있는 인부들을 시켜 넓은 초원에 울을 두르기 시작했다. 말들이 사방에 흩어져 있기 때문에 점마장소는 세 군데로 정했다. 하나는 대록산 서쪽 물영아리 오름 방향으로, 하나는 북쪽 바농오름 방향으로, 또 하나는 동쪽 백약이오름 방향으로 만들어 나갔다.

말들을 짐처럼 빼곡히 쌓아둘 수는 없기 때문에 각 점검장에 1,000마리 내지 1,500마리씩 몰아온다고 가상하고 말 한 마리에 10평의 여유를 두는 것으로 계산해서, 각 점검장의 미원장과 두원장을 2만 평씩 4만 평을 두를 계획을 했다. 모두 12만 평에 울을 만드는 대역사였다.

결책군(結柵軍)들이 주변의 숲에서 베어 온 생나무로 말뚝을 박거나 틀을 짜서 세우고 가로로 목책을 연결해 나갔다. 산마는 키가 클 뿐만 아니라 사납고 날렵하여 목책의 높이는 서너 길이나 되었다.

목책이 다 세워질 무렵인 10월, 제주 전역에서 수천 명의 장정들이 동원되었다. 그들 구마군(驅馬軍, 말몰이꾼)들은 혹은 백록담에서부터, 혹은 수십 개의 오름에서부터 말을 몰아오고 있었다.

조인후 판관은 임진 목사와 더불어 만일의 안내를 받으며 대록산에 올라 말몰이꾼들이 몰아오는 말들을 내려다보고 있었다.

초원의 말들이 테우리들의 재촉에도 아랑곳 않고 늘쩡늘쩡 걸어 미원장으로 들어오는가 싶더니 뒤이어 한라산에서 쫓겨 내려오는 말들은 갈기를 휘날리며 경중경중 뛰다가 말을 모는 대열에 갇히면서 가쁜 숨을 고르고 있고 어떤 놈들은 길길이 뛰더니 목책을 넘어 달아나 버린다. 미원장과 두원장에 모인 말들은 아롱다롱, 울긋불긋, 형형색색으로 초원을 수놓고 있어 초원이 마치 큰 꽃밭과 같이 보였다.

점마를 끝내고 보니 망아지를 포함해서 암말이 약 2,000마리,

수말이 약 1,000마리나 되었다. 만일의 어림이 거의 맞아떨어진 것이다.

조인후 판관이 감격에 겨워 만일을 바라보았다.

"저 수말들은 대부분 전마로서 손색이 없군. 종마를 제외한 우량마를 선별하고 별도의 목장을 만들어 조련하면 어떻겠나?"

"지당하신 말씀이나 저 많은 말들을 누가 조련한답니까?"

"자네야말로 최고의 말 조련사가 아닌가?"

조인후는 껄껄 웃으며 돌아갔다.

제주 백성들의 풍속과 비참한 현실을 이해하고 그들을 위해 불철주야 애쓰던 조인후 판관은 병을 얻어 이듬해 2월 서울로 돌아갔다. 제주 백성들은 제주성 동문 밖에 청덕선정비(淸德善政碑)를 세워 조인후의 선정을 기렸다.

서울로 돌아온 조인후는 율곡 선생을 찾아갔다. 율곡 이이는 임금이 대사헌을 제수하려 하였으나 극구 사양하고 해주의 고향에 칩거하고 있었다.

율곡이 먼저 화두를 꺼냈다.

"듣자 하니 제주 백성들은 자네의 어진 마음과 선정을 기리면서 자네의 품성이 하늘에서 내려온 사람과 같았고 자네가 행한 정사로 인하여 누적된 폐단이 안개 걷히듯 사라져 마치 구름이 걷히어 푸른 하늘을 보는 것 같았다고 칭송을 했다는군. 일 년 남짓한 기간에 그토록 갸륵한 일을 어찌 할 수 있다는 말인가?"

"과찬의 말씀이십니다. 저는 단지 공께서 쓰신 〈만언봉사〉에 충실하고자 했을 뿐입니다. 그런 소문은 어디서 들으셨습니까?"

"내가 임금께 〈만언소〉 즉 〈만언봉사〉를 적어 올린 것은 공리공론이 아니고 부국강병을 위한 실용적인 방책이라 할 수 있네. 실상을 모르고 추측하여 진술한 것이 아니란 말이지. 나는 나라와 백성을 아끼는 우국충정을 가진 많은 선비들의 말에 귀를 기울였고 지방관으로 있다가 귀임한 관리들을 통하여 자료조사를 해서 〈만언소〉를 쓴 것이라네. 그런데 어찌 내가 자네에 관한 자자한 소문을 못 듣겠나? 이제 제주의 실상과 자네의 행적을 자네의 입으로부터 직접 듣고 싶네."

"공께서 지적하셨듯이 그간 제주에 부임했던 수령들은 주지육림에 빠져 방탕한 생활을 하고 아전과 토관들의 극진한 대접을 받고 있었습니다. 그들은 백성들에게 세금을 과다히 물리며 토산품을 갈취하여 상관들에게 뇌물을 바치는 데 혈안이 되어 있었습니다. 뇌물은 대부분 청귤과 당유자 등 고가의 귤, 말린 전복, 건마육이었습니다. 더욱 한심한 것은 준마를 빼앗아 그 중에 좋은 것은 자신이 소유하거나 고관들에게 바치고 차등품을 공물로 국가에 바치는 사례가 비일비재했다는 것입니다. 군권을 아울러 쥐고 있는 제주 목사 겸 절제사는 군사의 숫자를 늘리기 위하여 노약자를 군인의 수에 포함시키고 군사의 채용에 있어서도 기량보다는 뇌물의 경중에 따라 결정하는 사례가 많았습니다.

제주에 부임한 수령 중에서 성종 때 이약동 목사 말고 제주의 백성을 사랑한 이가 과연 얼마나 있습니까? 이약동 목사는 뇌물을 일체 받지 않았고 백성들이 만들어준 말채마저도 이임하면서 놓고 갔었지요. 그러나 제주는 탐관오리들의 폭정과 착취로 인해 백성의 원성이 하늘을 찌를 지경입니다. 저는 백성들의 소리를 들었고 세금을 탕감해 주었으며 일체의 뇌물을 거절했습니다. 당연한 일을 한 것뿐입니다."

"장하도다. 이 나라에 자네 같은 관리가 얼마나 되랴. 김만일의 산마장은 살펴보았는가? 전마로 쓸 만한 말은 있던가?"

"점마를 실시했습니다. 흔히 서울에서 파견된 점마별감들이 농사철에 점마를 실시하여 백성들의 원성이 컸음을 감안하여 농사철을 피하여 점마를 한 것입니다. 약 3,000마리가 한라산을 비롯하여 고원지대에서 방목되고 있었습니다. 그 중에 1,000마리는 수말인데 대부분 크고 준수한 말이라 전마로 길들이기에 합당한 말이었습니다. 저는 김만일로 하여금 개인적으로 전마훈련을 실시하도록 종용하고 왔습니다."

"허, 그런가? 그 많은 말들을 전마로 만들 수만 있다면 한시름 놓겠는 걸. 내가 전마양성에 대하여 임금께 진언해 보겠네."

율곡은 선조 16년(1583) 병조판서로 재직하면서, 그러니까 임진왜란이 발발하기 9년 전 임금께 부국강병에 관한 상소문, 〈시무 6조(時務六條)〉를 올렸다. 첫째 현명하고 능력 있는 신하를 널리 쓰고 지방의 관리들을 빨리 교체하지 말 것. 둘째 군사를 양성할 것, 셋째 비축미 및 군량미를 확보할 것, 넷째 국경을 튼튼히 할 것, 다섯째 전마를 많이 확보할 것, 여섯째 백성을 가르칠 것 등이었다.

그는 전마양성에 대하여는 다음과 같이 상세하게 아뢰었다.

전마를 갖추어야 한다는 것에 대하여 말씀드리겠습니다. 지금 나라 안에는 전마가 몹시 귀하여 혹시 군사를 징발할 일이 있을 경우에는 보병 밖에는 쓸 수 없으니, 보병이 어찌 기마병과 상대할 수가 있겠습니까? 지금 섬(제주도)에 있는 말도 문서에만 있고 실지의 수는 적어 날이 갈수록 수가 줄어들고 있습니다. 실제는 없어진 말이 아닌데도 산에 흩어져 있어서 야수와 다를 것이 없으므로 유사시에는 쓸 수가 없는 것들입니다.

신의 생각으로는, 서울 외곽의 무사들 중 활쏘기에 능한 자들을 골라 재주를 시험하여 그중에 우수한 자를 뽑은 다음, 그들을 목장으로 보내야 합니다. 무사들에게 그곳의 수령 또는 감목관과 함께 말을 감독하게 하면서 그 무사들로 하여금 목장에서 전마를 스스로 고르게 하여 우열을 가려 성적을 매기고, 말의 털빛과 크고 작음, 높고 낮음 등을 기록한 적(籍)을 3부 작성, 1부는 병조로 올리고, 1부는 사복시로 보내고, 1부는 지방관청에 비치하게 합니다.

그리고 자신이 타는 말은 자신이 잘 먹이게 하여 매년 연말에 사복시와 지방관청에서 각각 그 말의 살찌고 마른 것을 살펴 상벌을 내립니다, 만약 말이 죽었을 경우에는 관에 고하여 검시를 받고, 그것을 지급받은 후 5년 이내에 죽은 것이면 값을 따져 징수하고 만약 5년이 넘어서 죽었으면 값을 징수하지 않습니다.

국가에 사변이 닥쳤을 때는 마적(馬籍)을 살펴 그것들을 전마로 수용하며 그 사람이 만약 종군을 한다면 그 말은 자신이 타게 합니다. 그렇게 하면 섬의 말들이 쓸모없이 버려지지 않을 뿐만 아니라 전시에는 항상 탈 말이 있게 될 것입니다.

그러나 이 상소로 인해 많은 대신들이 벌떼처럼 일어나 율곡을 탄핵했고 율곡은 병조판서에서 물러나 초야에 묻히고 말았다. 스스로 군자연(君子然)하는 대신들은 어이없게도 율곡 선생이 임금을 능멸한 소인이라며 비웃었고 심지어는 그를 나라를 망칠 사람이라고 매도했다. 그를 두둔한 사람은 노대신 성혼(成渾) 외에는 아무도 없었다.

율곡은 자신의 관록까지도 삭제해 달라고 임금께 간청하며 눈물을 머금고 고향 해주로 향했고 이듬해 그는 상심한 탓인지 49세의 나이로 세상을 떠났다.

임진왜란이 끝나자 율곡이 탄핵을 받을 때 숨을 죽이고 있던 대소신료들은 율곡을 탄핵한 자들을 탄핵하는 데 열을 올렸다.

비록 율곡의 주장은 갈기갈기 찢겼지만 율곡이 그렇게도 외치던 전마양성은 머나먼 섬 제주도에서 김만일의 손에 의하여 행해지고 있었다.

10

기마전투

조인후가 떠난 직후, 김만일은 대록산과 따라비오름 사이 약 5만 평의 땅에 말 조련장을 조성하기 시작했다. 잡목을 제거하고 땅을 평평하게 고르는 한편, 주위에 풀이 무성한 초원도 만들었다. 또 말들이 오르내릴 오름에 말길도 여러 갈래로 닦아 놓았다. 김만일은 이 말 조련장과 주위의 초원에 울을 두르고 이를 〈별목장(別牧場)〉이라고 불렀다.

만일은 한라산으로부터 몰아온 수말 중에서 준마 200마리를 거세하여 전마로 조련할 채비를 갖추고 있었다. 불현듯 한 생각이 떠오르자 김만일은 말을 잡아타고 어디론가 달려나갔다.

서산장에는 김만일에게 승마기술을 가르치던 강준걸이 아직도 그 자리에 있었다. 강준걸이 김만일을 얼싸안으며 말했다.

"나는 첫눈에 당신이 세상을 앞질러가는 사람으로 보았지요. 그 후 당신에 대한 소문은 귀가 닳도록 들었소."

"그래서 말입니다. 이제부터 제 산마장의 일각에서 전마훈련을 실시하고자 합니다. 부디 오셔서 가르쳐주십시오."

강준걸은 두말 않고 김만일을 따라나섰다.

강준걸은 우선 제주의 각지에서 100여 명의 건장한 청년들을 선발했고, 그는 말을 조련하기에 앞서 청년들을 훈련했다. 젊은 테우리들도 참여했고 김만일의 아들 대명도 이 대열에 합류했다. 강준걸은 말 조련사를 꿈꾸는 청년들에게 일장연설을 했다.

"여러분이 조련할 말은 길들여지지 않은 야생마다. 따라서 말은 조련사들과 더불어 오랜 기간 훈련을 받아야 한다. 여러분은 본디 겁이 많은 짐승인 말을 훈련시켜 나팔소리, 칼 부딪히는 소리, 포화에도 겁을 집어먹지 않는 전마로 키워야 한다.

전마는 적진의 말들이 움직이는데 따라 즉각 대응하는 순발력을 가져야 하고 긴 싸움에서 지칠 줄 모르는 근력과 지구력을 가져야 한다. 그러자면 하루도 말을 쉬게 해서는 안 된다. 전마는 중무장한 기마병을 태우고 달려야 한다. 말은 승마자인 주인의 명령에 복종할 뿐만 아니라 주인의 생각을 읽을 줄 알아야 한다. 그래서 승마자는 자신의 말을 사랑하고 말과 호흡을 같이 하여야 한다.

전마는 우선 뛰는 속도가 빨라야 하고 산악과 하천을 넘나들

줄 알아야 하며 적이 칼을 휘둘러도 뒤로 물러서지 않고 사람과 장애물을 뛰어넘지 않으며 적을 밟고 걷어차며 앞으로 돌진하여야 한다. 전마는 주인을 위해 살고 주인과 더불어 죽는 사명을 갖게 하여야 한다."

이럇! 워!

조련사들은 목소리를 통하여 자유자재로 말의 속도를 조정하고 고삐로 진로를 바꾸고, 발과 채찍을 사용하여 달리는 말을 더욱 달리게 할 뿐만 아니라 달리다가 문득 멈추게 하기도 한다. 말은 넓은 목장을 거침없이 달리고 오름과 하천을 넘나든다. 수백 번 조련사와 말이 호흡을 같이하다 보면 말은 자기 주인의 생각을 알고 행동하게 되는 것이다.

조련사들은 달리는 말을 뛰어 쫓아가 올라타기도 하고 달리는 말에서 가볍게 뛰어내리기도 한다. 마상에서도 벌떡 일어나 몸을 솟구치기도 하고 몸을 좌우로 움직이며 뒤로 눕기도 하고 옆구리로 몸을 숨기기도 한다. 적을 공격하거나 적의 창칼을 피하는 연습인 셈이다.

말 조련이 한창일 때 임진 절제사가 수하의 군사 근 100여 명을 이끌고 찾아왔다. 그는 김만일, 그리고 수하군사들과 더불어 따라비오름의 둔덕에 올라 말들을 조련하는 광경을 내려다보고 있었다.

"본관이 한동안 북변의 수자리를 지켜왔지만 이토록 크고 날쌘 전마를 본 일이 없었네. 제주를 지키는 병사들을 자네에게 위탁하여 기마훈련을 시키고자 하니 거절하지 말게나."

김만일은 손수 나서서 병사들에게 기마훈련을 시켰다. 이미 기사와 기창에 뛰어난 솜씨를 보여 무과에 급제한 김만일 아닌가.

김만일은 활쏘기와 창법을 가르쳤다. 창의 길이는 말의 머리와 꼬리를 지나갈 정도로 길어야 한다. 기마병들은 말을 달리면서 몸과 팔다리를 자유자재로 움직이면서 창을 휘두르거나 찌르고 적의 창을 피하는 방법을 배웠다. 또 말을 달리면서 활을 쏘아 움직이는 물체를 겨냥해 맞히는 훈련을 받았다. 그들은 두 패로 나뉘어 기마전을 벌이기도 하고 격구를 하기도 했다.

산마장에는 말의 수가 날로 늘어가고 있었다. 김만일은 우수한 유전인자를 가진 종마를 지극정성으로 보존하여 준마를 속속 생산하는 데 힘을 쏟는 한편 목장의 일각에서는 말 조련을 꾸준히 해나가고 있었다. 그러나 생각처럼 말의 수가 지속적으로 불어나가는 것은 아니었다. 매해 여름과 초가을에 불어오는 태풍으로 초지가 사막으로 변하기도 하고 태풍을 피해 산과 계곡으로 달아난 말들이 죽거나 다치는 일이 자주 생겼기 때문이다.

김만일에게 늘 골칫거리는 말의 질병이다. 마역(馬疫) 즉 전염병이 돌면 많은 말들이 힘없이 죽어갔다. 산마장의 말들은 거의 방치하다시피 하기 때문에 긁힌 상처, 부스럼 그리고 진드기 등 해충으로 인하여 피부가 상하는 일이 많고 물을 잘못 마시거나 풀을 허겁지겁 먹는 바람에 체하거나 설사를 하기도 하였다.

특히 조련하고 있는 말에게 질병이 많았다. 운동과 식사를 적절히 조절하지 못하여 위장병이 빈번하고 바람과 흙먼지로 인하여 눈병이 자주 생기며 바위를 밟고 돌부리를 차고 달리기 때문에 발굽이 상하는 일이 많았다.

경험 많은 테우리들이 민간요법으로 말의 질병을 고치기는 하지만 이는 원시적인 방법에 불과했다. 조정에서 사복시의 마의를 제주에 파견하지만 국마목장으로 보내기 때문에 산마장에는 혜택이 돌아오지 않았다.

김만일이 눈이 짓무른 말을 세워두고 눈을 까뒤집어 약초가루를 바르고 있을 때였다. 초라한 행색의 나그네가 그 광경을 물끄러미 바라보더니 혼잣말을 하는 것이었다.

"눈에 가루를 뿌리면 말은 당장 보이질 않아 펄쩍 뛸 뿐이오. 근본적인 치료를 해야지요."

김만일이 돌아보니 낯익은 얼굴이었다.

"좌석태 마감의 자제 좌영수 아니신가?"

"그렇습니다. 아버지는 몇 해 전에 세상을 뜨셨고 아버지께 마의술을 배운 나는 이 목장 저 목장을 정처 없이 떠돌면서 말의 병을 고쳐주고 밥술이나 얻어먹고 지내지요."

좌영수는 말을 계속했다.

"나는 아버지로부터 마의방(馬醫方)의 민간요법을 전수받았고 〈마경(馬經)〉을 읽었지요. 말의 병은 바르는 약도 필요하지만 탕약과 침으로 다스리는 방법이 무엇보다 중요합니다."

만일은 좌영수의 손을 덥석 잡으며 간청했다.

"나를 도와주게나, 제발."

좌영수는 산마장에 정착하여 말의 질병을 고치는 한편 테우리
들에게도 병의 종류에 따른 처방을 가르쳤다.

선조 19년(1586), 수십 척의 왜선들이 전라도 가리포진(지금의 완
도)으로 대거 침입하였다. 왜선들은 일거에 달려들어 포구에 정박
해 있던 아군의 복병선(伏兵船)을 대부분 침몰시키고 5척의 배를
포획하여 끌고 갔다. 복병장 이대원은 그들과 맞서 싸우다 전사
하였다.

왜적들은 가리포를 점령하여 수백 명의 백성을 죽이고 또 수백
명의 남자들을 끌고 갔다. 뒤늦게 나타난 전라우수사 원호(元壕)
는 해남에 머물면서 아군의 전함과 백성들이 끌려가고 백성들이
무참히 도륙당하는 것을 바라보면서도 전함을 띄워 그들과 맞붙
어 싸울 엄두를 내지 못했다. 왜적이 여러 날 가리포 연안에 정박
하고 있는 동안 전라도 연안에 있던 조선의 전함들이 멀리서 달
려와 해남반도로 집결하고 있었다. 그러나 왜선들은 야음을 틈타
가리포를 떠나 장흥, 고흥 연안을 에돌아 텅 비어있는 순천만으
로 향하고 있었다. 삽시간에 순천만이 저들의 수중에 들어갔다.

방답진(지금의 돌산도에 설치한 수군 진지)이 순식간에 왜적에게 무
너지면서 첨절제사 이필은 질탕하게 연회를 즐기던 중 혼비백산

하여 도망갔다. 순천 부사 변기(邊璣)는 한 차례 접전도 못한 상태에서 적의 화살이 왼쪽 눈에 박히자 줄행랑을 쳤다. 군사 수천 명을 이끌고 뒤늦게 나타난 전라도 병마절제사 심암(沈巖)은 수하 군사들을 내팽개치고 혼자서 말을 몰아 산속으로 도망치는 바람에 아군 1,000여 명이 적의 칼에 목숨을 잃었다.

왜적들은 여수와 순천으로 상륙하여 노략질을 하고 백성들을 함부로 죽이고 있었다. 전라도 백성들은 무능하고 비겁한 장수들을 앉힌 조정을 원망하면서 불안에 떨었고 민심은 흉흉했다.

이에 조정에서는 원호, 변기, 심암을 잡아 가두고 변기의 후임으로 순천부사에 제주 목사를 역임한 임진을 임명했고, 민심을 다독거리기 위하여 제주판관을 역임한 조인후를 전라도 선유사로 삼아 급히 내려 보냈다.

그들이 순천에 도착했을 때 왜구들의 살상과 노략질로 전라도의 해안지대는 아비규환이었다. 그러나 그들과 싸울 군대는 없었다. 아군은 그들의 조총 소리가 두려워 감히 접근하지 못했고 장검을 휘두르는 그들과 백병전에서 추풍낙엽처럼 나가떨어졌다.

조인후와 임진이 마주보며 탄식을 하고 있었다. 임진이 말했다.

"내가 서울에서 이끌고 온 장졸들로 저 야수와 같은 적들을 맞서 싸울 수는 없을 것 같습니다. 그렇다고 왕명을 받고 내려온 장수가 뒷짐을 지고 앉아 있을 순 없는 노릇 아닌가요?"

묵묵히 생각에 잠기고 있던 조인후가 넌지시 말을 꺼냈다.

"율곡 선생은 〈시무6조〉 상소에서 '보병이 어찌 기마병과 상대할 수 있겠는가?' 라고 했었지요. 제주의 김만일을 불러 쓰시지요."

임진 부사가 대답했다.

"아, 그 김만일이라면 맡길 만하지요. 그는 지금 말 조련을 시키는 동시에 젊은이들을 모아 기마훈련을 시키고 있다지요. 그에게 즉시 파발을 띄워 바다를 건너게 한다면…"

임진 부사는 말을 하다 말고 고개를 갸우뚱했다.

"지금의 전황이 화급한 일이긴 하지만 그를 불러올리려면 왕명이 있어야 하지 않겠습니까?"

"지금 전라도에는 장수가 전무합니다. 병마절제사와 수군첨절제사가 군사를 버리고 줄행랑을 놓은 지경입니다. 이 중차대한 시기에 왕명을 기다릴 수는 없습니다. 선유사의 직책은 왕명을 위탁받은 것입니다. 추후에 장계하여도 상관없을 것입니다."

조인후로부터 급한 전갈이 김만일에게 왔다. 왜구가 전라도 순천부로 대거 침입했으니 그동안 훈련을 시킨 전마 100여 마리와 기마병들을 대동하여 급히 배를 타고 바다를 건너오라는 것이었다.

선조 20년 초, 38세의 만일은 100명의 기마병을 선발하여 출륙할 준비를 하고 있었다. 제주 절제사는 그들 100명 모두를 정병으로 발령했다.

"나도 끼어 주시오. 나는 지금까지 말을 조련하고 기마병을 훈련시켰으나 실전에 임한 적은 없었지요. 이 기회에 그동안 갈고 닦은 실력으로 왜적을 짓밟아 버릴 작정이오.”

강준걸이 졸라댔다.

“저는 지금 유람을 떠나는 것이 아닙니다. 목숨을 걸고 적과 싸우러가는 것입니다. 제 아들들은 아직 어리니 뒤를 부탁할 수도 없는 노릇입니다. 그러니 형이 여기 남아서 제가 자리를 비운 목장을 관리해 주서야 합니다. 그리고 형은 43세로 불혹의 나이를 넘겼어요. 아무리 용력이 강하고 기개가 충천해도 나이는 못 속입니다.”

그래도 강준걸은 막무가내로 고집을 부렸다.

김만일과 강준걸이 이끄는 토벌대는 전라도 여수에 도착하자마자 왜구들을 쫓기 시작했다. 왜구들은 조선의 군사들이 줄행랑을 친 터라 마음 놓고 민가에 침입하여 분탕질을 하고 있었다. 그때 김만일의 기마병들이 돌풍처럼 들이닥친 것이다. 기마병들은 김만일과 강준걸을 필두로 해안으로부터 뭍으로 짓치고 나갔다.

왜구들은 의외의 복병, 더구나 말 탄 군사들을 만나자 총칼을 내던지고 혼비백산하여 도망치기에 바빴다. 강준걸은 더러 맞서는 적병들을 향하여 비호같이 달려가 말발굽으로 밟고 창검을 휘둘렀다. 김만일은 도망가는 적들을 활로 쏘아 죽이고 창칼을 휘두르며 뒤쫓았고, 도망치는 왜구들에게 올가미를 던져 생포하기도 하였다. 기병들이 휘두르는 창검에 왜구들의 목이 추풍낙엽처럼 떨어져 나갔다.

왜적의 잔병들은 산언덕으로 물러나 전열을 가다듬고 있었다. 그들은 조총을 장전하고 아군이 다가오기를 기다리고 있었다. 벌판에 노출된 아군은 어느 모로 보나 불리했다. 그때 적진에서 부장(副將)으로 보이는 말 탄 장수가 단기로 달려나왔다. 왜적은 대부분 보병이지만 몇몇 장수들은 말을 타고 있었다. 강준걸이 마주 나갔다.

왜장은 7척의 장검을 빼어들었고 강준걸은 긴 창으로 맞섰다. 왜장이 칼을 휘두르면 강준걸의 창이 춤을 추었고 칼로 찌르려 하면 창이 칼을 쳐냈다. 둘의 결투가 20합을 넘어서고 있었다. 문득 강준걸의 창이 바람을 가르는 듯하더니 왜장의 칼을 공중으로 날렸다. 왜장이 걸음아 나 살려라 하며 줄행랑을 쳤다.

그때 교대하듯 두목으로 보이는 왜장이 쌍칼을 휘두르며 달려나왔다. 만일이 맞섰다. 몸이 비둔한 왜장은 만일의 상대가 될 수 없었다. 만일은 요리조리 몸을 피하다가 긴 창으로 왜장의 심장을 깊이 찔렀다. 땅에 나뒹굴어진 왜장의 가슴에서 피가 솟구쳤다. 아군은 일제히 달려들어 왜적을 짓밟았고, 수십 명을 사살했고 수십 명을 생포했다. 왜적들의 일부는 산속으로 숨어들고 일부는 바다에 정박해 있는 왜선으로 도망쳤다.

임진 부사는 왜선을 뒤쫓아 배들을 침몰시키고 왜구들을 물귀신으로 만들었다. 김만일과 강준걸이 산속을 샅샅이 뒤져 숨은 왜구를 모두 잡아 죽이기까지는 보름이 걸렸다.

김만일은 승전보를 울리며 순천부사 임진의 막사를 찾았다. 조인후도 임진과 더불어 있었다. 두 사람은 반색을 하며 만일을 맞이했다. 전라도 선유사 조인후가 김만일을 격려하며 말했다.

"우리 세 사람은 전생에 무슨 인연이 있었기에 제주의 산마장에서 함께한 사람들이 이곳 전장에서 다시 만나게 되는지요? 나는 왜구의 침입으로 도탄에 빠진 군민을 위로하고 군사들의 공과를 따져 상벌을 임금께 진달하는 지위에 있소이다. 난리 통에 전라도의 군사조직이 무너져 버린 터라 김만일 장군을 방답진 첨절제사로 급히 천거했지요."

만일이 계면쩍어하며 말했다.

"말 치는 촌부에 지나지 않는 저를 장군이라 부르시니 몸 둘 바를 모르겠습니다. 더욱이 첨절제사의 막중한 자리를 맡는 것은 과분합니다. 거두어 주십시오."

임진이 거들었다.

"김 장군은 이미 무과친시에 등과했고 제주도의 변장이 되었으며 손수 조련한 전마를 끌고 바다를 건너와서 왜적을 처부쉈으니 장군이라 부를 만하고 방답진 첨절제사로도 적격이지요."

조인후가 김만일을 돌아보며 차분하게 말했다.

"김 장군이 이끌고 온 기병들이 말을 몰아 왜구를 쫓고 그들을 일망타진하는 모습을 먼 빛에서 보았소이다. 그동안 말 훈련을 철저하게 시킨 효과가 확연히 보이더군요. 장군을 만난 지 벌써 10년의 세월이 흘렀거늘 산마장의 근황이 몹시 궁금했소이다."

"말의 수는 10,000마리를 능가하고 있습니다. 또한 공께서 귀띔해주신 대로 그동안 수백 마리의 전마를 양성했고 제주도의 정병들과 청년들을 모아 기마훈련을 시켰습니다."

조인후는 놀란 표정을 지으며 만일을 조심스럽게 쳐다보고 있었다.

"방금 임진 부사의 말처럼 김만일 장군은 무관으로 승승장구할 수가 있소만⋯."

김만일이 손사래를 쳤다.

"사양하겠습니다. 그 직이 물론 출세가 보장되는 것이지만 제 마음은 이미 목장에 가 있습니다."

만일은 이미 왕명으로 받은 직책이지만 방답진 첨절제사의 직을 극구 사양했다. 조인후는 김만일의 처지를 충분히 이해했다. 대신에 강준걸이 만호(萬戶)로 임명되어 전마 100마리와 더불어 전라도에 남기로 했다. 김만일은 서둘러 제주로 향했다.

대명

　선조 25년(1592) 임진년 4월 13일, 일본군 15만 명이 바다를 건너 조선을 침략하였다. 바다를 덮은 일본의 함선은 그 끝이 보이지 않을 정도였다. 동래성이 삽시간에 적의 손에 떨어졌다. 왜적은 불과 14일 만에 조령을 넘었고 충주의 탄금대에서 배수진을 치던 신립(申砬)의 군대를 전멸시켰다.

　4월 30일, 선조 임금은 서울을 버리고 피난길에 올랐고 왜적은 아무런 저항을 받지 않고 치고 올라와 5월 3일, 20일 만에 서울에 입성했다. 도성은 텅 비어 있었다.

　백성 앞에서 떵떵거리던 조정의 신하들, 전쟁을 염려하던 선각자들을 매도하던 그들은 전쟁이 나자 대부분 임금을 버리고 줄행랑을 쳤고 임금을 따라간 신하들은 고작 100여 명에 지나지 않았다. 임금은 개성과 평양을 거쳐 의주로 몽진하였고 여차하면 압록강을 건너 만주로 도망갈 준비를 하고 있었다.

나라를 지켜야 할 관군들은 왜적의 깃발만 보아도 뺑소니를 쳤고 그나마 싸우겠다는 의지를 불태우던 일부 장군과 군사들은 전략·전술도 없이 적의 숫자나 동태 파악도 못하고 불나비처럼 달려들다가 군사들만 죽음의 도가니로 몰아넣었다.

왜적은 임진강을 건너고 다시 파죽지세로 달려 평양을 점령했고 다른 한 패는 함경도를 손아귀에 넣었다. 남은 곳은 전라도와 충청도 일부였다. 전라감사 이광(李洸)은 군사 5만 명을 징발하여 수원을 거쳐 용인으로 향했다. 그러나 대부분의 군사들은 무기를 잡아보지도 못한 농사꾼이요 오합지졸이었다. 그들은 불과 2,000명의 왜적이 주둔한 용인에서 적의 조총 소리에 놀라 서로 밟고 밟히면서 풍비박산되고 말았다.

전라도를 중심으로 의병들이 일어섰다. 광주 목사 권율(權慄)은 전라도의 관군과, 급거 합류한 의병들을 모아 전라도를 넘보는 일본을 저지하고 여세를 몰아 서울을 탈환할 계략을 짜고 있었다.

이때 초야에 묻혀 학문에 전념하던 고경명(高敬命)이 분연히 일어섰다. 그는 60세의 노구를 일으켜 담양에 근거지를 두고 전라도 제읍에 격문을 보내 군사를 모집했다. 삽시에 7,000명이 모였다. 농사꾼과 서당의 서생들이 몰려왔고 패주하던 관군도 섞여 있었다. 그러나 기동력에서 필수인 말이 없었다. 고경명은 제주 목사 겸 절제사인 양대수(梁大樹)에게 격서를 써서 보냈다.

전라도 의병장 절충장군 행 부호군 고경명은 삼가 제주 절제 사 양공의 휘하에 통고합니다.

왜놈들이 난리를 일으켜, 임금의 수레가 먼지를 무릅쓰게 되 었습니다. 어가는 돌아오지 못하고 군사는 이미 무너졌습니 다. 왜적을 소탕하여 나라를 회복할 기약은 요원하고 무기와 식량은 거꾸로 왜적의 손에 들어갔습니다. 그러나 다행히 하 늘이 우리를 버리지 아니 하였으니 아직도 나랏일은 희망이 있습니다.

이제 나 경명은 의기(義旗)를 들고, 요얼(妖孼)을 숙청하고자 일어섰습니다. 소문을 듣고 따라온 장사도 있고 칼을 가지고 앞장선 검객도 있으나, 다만 그들 모두 보병들이라 발이 묶였 으니 말을 달려 적진을 무찌르기는 어려운 실정입니다.

생각건대 해동의 탐라는 중국의 기북과 같이 명마가 많이 나 는 고장입니다. 그 명마들은 계곡을 뛰어넘으면 사냥에 소용 이 되고, 전장에 나가면 역시 사생을 결단할 만한 준마가 됨 을 알고 있습니다. 부디 말들을 배에 가득 실어 보내면 군용 (軍容)이 크게 떨칠 것으로 믿는 바입니다.

귀관은 임금의 은혜를 깊이 입어 바다를 통솔하는 위치에 있 으니, 이 격서를 들고 외치면 그 지역의 풍성(風聲)을 움직일

것이요 팔을 휘두르면 어찌 따르는 충신이 없으리오. 전마를
보내주시고 아울러 종군을 원하는 장사가 있으면 규정에 얽
매이지 말고 속히 보내주기 바랍니다.

격서를 받아든 양대수 목사는 국마목장 10개 소장으로 파발을
띄우는 한편 본인도 직접 목장을 찾아다니며 닥치는 대로 말들을
징발했다. 그러나 제주의 국마목장에는 전마로 훈련을 받은 말이
없었다. 이것저것 따질 계제가 아니었던, 양 목사는 장정을 모집
하고 제주에 있는 모든 조운선, 심지어는 어선까지도 동원하기
위하여 이리 뛰고 저리 뛰었다.

양대수는 김만일의 산마장으로도 달려갔다. 그러나 김만일은
아무리 훈련된 말이라도 기병이 있어야 하니 자신의 말을 서붓이
보내 개죽음을 하게 하는 것보다는 기마병과 함께 보내자고 제안
했다. 그러나 양대수의 마음은 급하기만 했다.

급히 서두르던 양대수는 목장에서 관아로 돌아오는 길에 말에
서 떨어져 죽고 말았다. 1,000마리의 말이 배에 실렸다. 그러나
그 중 200마리가 도중에 죽었다.

800필의 말이 담양의 본진에 도착하자 천군만마를 얻은 것처
럼 의병들의 사기가 하늘을 찔렀다. 그러나 제주 국마목장의 말
들은 전마로서 훈련을 받은 말이 아니었고 말을 배당받은 의병들
도 숙달된 기마병이 아니었다. 그들은 말을 타고 빠른 속도로 행
군을 할 수는 있어도 적군과 싸울 능력을 갖출 기회가 없었다. 고

경명도 마찬가지였다. 그는 백면서생으로 학문을 익혔던 사람이지 말을 타고 전장을 누빌 능력은 갖추지 못했다.

선조 25년 6월 1일, 의병대장 고경명 장군은 서울을 탈환하겠다는 의지를 다지며 태인, 전주를 거쳐 공주로 향하고 있었다. 그때 당시 광주목사 권율이 전주에 진을 치고 있으면서 전갈을 보내왔다.

"서울을 탈환하겠다는 패기는 장한 일이오. 그러나 지금 1만의 왜적이 전라도를 점령하기 위하여 금산성에 모여 있소. 전라도는 곡창지대라 왜적들이 호시탐탐 노리고 있소. 금산성을 먼저 탈환하여 저들의 예봉을 꺾어야 하오. 저들은 곧 전주를 칠 것이오."

고경명은 서울로 향하던 중 은진에서 금산으로 말머리를 돌렸다.

"전주는 호남의 근본인데 전주가 먼저 흔들리면 적을 제압하기 어려우니 우선 전라도부터 구해야 한다."

7월 9일, 금산에 이른 고경명의 의병은 전라도 방어사 곽영(郭嶸)이 이끄는 관군과 합류하였다. 첫날 의병대는 '비격진천뢰'를 성 안으로 쏘아 금산성을 불바다로 만들었고 이에 승기를 잡은 듯했다.

비격진천뢰는 이장손(李長孫)이라는 사람이 발명한 무기인데 발진장치에 의하여 포탄이 약 400보를 날아간다. 쇳덩어리가 날아들어 땅에 쿵하고 떨어지자 왜적들은 폭발력도 없는 쇳덩어리를 보고 조선의 무기를 비웃으며 그 주위에 몰려들었다. 이삼 분 후에 굉장한 폭발력으로 그 쇳덩어리의 뇌관이 터지자 한꺼번에 수백 명의 왜적이 그 파편에 목숨을 날렸다.

이튿날 관군은 북문을, 의병대는 서문을 공격하기로 하고 전열을 가다듬고 있었다. 그러나 왜적이 먼저 북문을 열고 관군을 공격했다. 관군은 싸우지도 못하고 혼비백산하여 도망가기에 바빴고 곽영은 줄행랑을 치고 말았다.

다시 왜군이 서문에서 쏟아져 나왔다. 고경명은 둘째아들 고인후, 부장 유팽로, 안영과 더불어 선두에 서서 왜적과 대치했다. 그러나 왜적들이 조총을 쏘며 파죽지세로 몰려오자 의병들은 순식간에 흩어졌다.

"아버님, 지금은 적과 싸울 형편이 안 됩니다. 일단 후퇴하여 전열을 재정비한 후 다시 공격하여야 합니다."

아들 인후가 아버지의 소매를 잡고 말렸다.

"아들아, 너는 부자의 정의(情誼)로 아비가 죽을까봐 두려워하는 것이냐? 그러나 나라를 위하여 한번 죽는 것이 나의 본분이다. 내가 죽을 곳이 바로 여기니라."

고경명은 말을 재촉해서 앞으로 짓쳐나갔다. 그러나 말을 능숙하게 다루지 못하는 고경명은 곧 말에서 떨어졌다. 왜적들이 고경명을 노리며 달려들었다. 고경명의 앞을 막아서 싸우던 안영과 유팽로가 적의 칼에 맞아 죽고 아버지를 부축하던 인후가 쓰러지면서 고경명 또한 장렬한 최후를 맞았다.

장남 고종후는 후진에 있다가 급보를 듣고 급히 달려갔으나 왜병은 금산성으로 사라졌고 아버지와 동생, 그리고 운명을 같이한 장수들의 시신만이 덩그러니 남아 있었다. 7,000명이나 되는 의병들도 뿔뿔이 흩어졌고 제주에서 어렵사리 끌고 온 말들도 의병들과 더불어 어디론가 사라져버렸다.

임진왜란이 일어나던 해 8월. 이경록(李慶祿)이 죽은 양대수의 후임으로 제주목사로 부임했다. 이경록은 이순신과 무과합격 동기로 이경록이 경흥부사, 이순신이 만호로 있을 때 이순신과 힘을 합쳐 여진족을 크게 물리친 경험이 있는 무장이었다. 임진왜란이 발발할 때 그는 나주목사로 있으면서 김천일(金千鎰)과 더불어 최초로 의병을 모집했으며 군사를 끌고 북상하여 수원으로 달려가서, 수원성에서 왜적과 대치하던 중 양대수 후임으로 제주목사로 임명되었다.

김만일은 부임을 축하하고 전란의 소식도 들을 겸 이경록 목사를 찾아갔다. 제주 판관과 대정현감, 정의현감도 동석한 자리였다.

"근래 태풍이 제주를 휩쓸고 지나간 터라 뱃길이 험난했음에도 불구하고 원로에 무사히 당도하심을 축하드립니다."

"여느 때 같으면 이 시기에 바다를 건넌다는 것은 상상조차 할 수 없는 일이라고 합디다. 그러나 15만의 왜적이 밀어닥친 마당에 제주가 급전직하의 상황에 놓여 있으매 급히 내달을 수밖에 없었지요."

"고경명 장군이 전사했다는 소식을 듣고 몹시 안타깝게 생각했습니다. 어쩌다가…?"

"고경명 장군은 7,000명의 의병을 모집하여 충청도, 경상도로
부터 전라도로 들어오는 길목인 금산성을 공격했습니다. 그러나
고 장군은 칼과 활을 잡아보지 못한 백면서생이고 60세의 고령인
데다 말은 타보지도 못한 분이었습니다. 그는 오로지 우국충정에
서 의병을 일으켰고, 분기탱천하여 일어선 의병 또한 농민이나
서생들이었습니다. 말을 타거나 다룰 줄 모르는 것은 의병들도
마찬가지였습니다. 그들은 왜적의 일격에 무너졌지만 이 일이 도
화선이 되어 전라도의 의병들이 벌떼같이 모여들어 싸우는 바람
에 곡창지대인 전라도를 사수할 수 있었지요."

이경록의 설명을 듣던 김만일이 가슴을 치면서 말했다.

"제주에서 징발한 말들도 마찬가지였을 것입니다. 그 말들은
전마로 훈련시킨 말들이 아닙니다. 10년 전에 율곡 선생이 전마
와 기병을 양성하자고 주장했던 일이 시행되지 않은 점이 안타까
울 뿐입니다. 이 나라에 잘 훈련된 군인이 없고 전마도 없으니 물
밀듯이 밀려오는 적을 들판에서 맞서 백병전을 치룰 수가 없는
일이었지요. 더욱이 저들은 하나같이 장검을 가지고 있다고 합니
다. 우리의 군사는 다만 성을 지킬 뿐, 나가 대적할 수 없으니 이
강토가 초토화되는 것은 불을 보듯 뻔한 일 아닙니까?"

이경록이 말을 덧붙였다.

"지금 왜적들은 평양성을 함락시키고 함경도까지 밀고 올라가
고 있습니다. 임금은 의주로 몽진했습니다. 나라의 운명이 풍전

등화와 같습니다. 다행히도 왜적에게 짓밟히지 않은 땅은 권율 장군과 이순신 장군이 지키고 있는 전라도와 제주뿐입니다. 조정에서는 제주마저 적의 수중에 들어갈까 염려하고 있습니다. 그래서 내가 제주로 급히 차출된 것입니다."

"제주에서 우선 하실 일은…?"

"어차피 이번 전쟁은 장기화될 것이니 우선 말들을 훈련시켜 육지로 보내는 것입니다. 그리고 제주 백성을 징집하여 군사훈련을 시키고 그동안 방치된 성을 보수하는 일입니다. 참, 제주로 떠나오기 전에 도승지 조인후 영감의 서찰을 받았습니다. 공은 산마를 길러 10,000여 마리를 키우고 있고 그 말들이 대부분 준마라고 하면서 공을 만나 전마에 관한 일을 상의하라고 말입니다."

"조인후 대감의 권고로 수백 마리의 말을 조련하여 전마로 만들고 있으며 200명의 기마병을 양성해 놓았습니다. 그러나 지난번 고경명 장군이 격서를 보냈을 때는 양대수 목사가 어찌나 서두르는지 그 뜻이 저에게 미치지 못했습니다."

이경록 목사는 김만일이 전마를 양성한 일에 감탄사를 연발하면서 고개를 크게 끄덕이고 있었다. 그때 밖이 소란스럽더니 아전이 들어와 아뢰었다.

"고경명 장군의 동생이라는 사람이 찾아와서 막무가내로 사또를 뵙자고 합니다. 행색이 거지 같아 밖에서 실랑이가 좀 있었습니다."

"어서 들라 해라."

옷은 흙투성이에다 갓은 찢어지고 상투가 풀어져 산발을 한 중 늙은이가 들어와 읍을 했다.

"저는 고경명 장군의 동생 경신(敬身)이라 합니다. 형님께서 는…."

"들었느니라. 고경명 장군이 아들 인후, 그리고 여러 장수들과 더불어 왜적의 칼에 희생되었다면서? 장례는 모셨는가?"

"장남인 고종후(高從厚)가 장례를 마치고 분연히 일어나 복수의 병대를 조직했습니다. 이번에는 건장한 400명의 의병들이 울분 에 차서 합세했습니다."

고경신은 품속에서 두 개의 두루마리를 꺼냈다. 하나는 〈격 제 주(檄 濟州)〉, 또 하나는 〈격 제주삼가문(檄 濟州三家文)〉이라 쓴 격서 다.

격 제주 〈요약〉

복수의병대장 고종후는 군관 고경신을 보내어 제주 절제사 이영공과 대정, 정의 현감, 그리고 여러 사민께 고합니다.
전일에 조선 7도가 무너지는 지경에 이르러 저의 선친께서는 맨 먼저 의병을 일으켜 원수를 쓸어버리고자 하였습니다. 보 병을 제어함에는 기병이 있어야 함에 선친께서 제주에 격문 을 보내자 제주에서 명마를 보내주었습니다. 그러나 일이 크 게 잘못되어 금산에서 패했고 부자가 함께 죽어 조야가 통곡

했습니다. 그렇지만 왜적이 금산에서 물러난 것은 제주에서 보낸 말들에 힘입었기 때문입니다.

불초 이 자식은 그 전장에서 죽지 못했지만 어찌 아비를 잃고 세상에 낯을 들겠습니까? 이제 대의를 펴고자 일어서니 사해가 모두 저의 편입니다.

보소서. 탐라의 땅은 우리나라의 방역(邦域)이요 임금의 은혜 입어 바다가 잔잔했습니다. 국가가 난을 만났으니 그 땅의 명마를 마구간에 매어둘 수 있겠습니까? 찾아뵙지 못하고 글월로 알리지만 충효는 일반이라. 옷소매를 떨치고 일어나소서. 제주에 채찍을 들고 일어설 사람과 말들이 어찌 없으리오.

격 제주 삼가문 〈요약〉

복수의병대장 고종후는 피눈물로 재배하며 삼가 제주, 정의, 대정에 사는 고씨, 양씨, 문씨 세 집안의 문장(門長) 어른들께 고합니다.

옛날 고, 양, 부 삼성이 탐라에 자리를 잡았습니다. 저의 집안은 원래 제주 고씨였는데 고려 때 장흥으로 관향을 받아 장흥 고씨가 되었습니다. 지금은 서로 파가 갈리고 세대가 멀어져 경조사에 왕래를 하고 있지 않지만 뿌리는 같음을 어찌 외면할 수 있습니까?

이제 내가 부친과 아우가 왜적에게 목숨을 빼앗긴 통한을 씻고자 복수의 의거를 일으켰습니다. 제주의 동족들은 자신의 능력에 따라 전마와 재물을 보내기 바랍니다.

이경록 목사는 두 개의 격서를 연달아 읽고 난 다음 김만일에게 넘기고는 눈을 감고 비감에 젖어 앉아 있었다. 그의 두 눈에서는 닭똥 같은 눈물이 주르르 흘렀다. 김만일 또한 할 말을 잃고 있었다. 이윽고 이 목사가 무겁게 입을 열었다.

"아버지의 원수를 갚고 나라를 위하여 한 몸 바치겠다는 고종 후 의병대장의 각오가 존경스럽군요. 내가 알기로 그는 병약하여 임피 현감직을 내놓고 물러가 쉬고 있었거늘."

김만일이 정색을 하고 입을 열었다.

"나라가 존망의 위기에 놓여있는 마당에 제주의 말들로 나라를 구할 수 있다면 모두 실어 보내야겠지요. 그러나 여러 문제가 있습니다. 첫째 이 나라에는 기마병을 육성하지 못했습니다. 지난 200년 동안 태평가를 부르며 살았고 위기에 대처할 생각조차 못했습니다. 말을 탈 군인이 없는데 말을 전장에 보내면 군사들은 적탄에 맞아 죽기 전에 낙마하여 죽을 것입니다. 둘째 제주의 국마목장에서 뛰노는 말들은 조련할 기회가 없었기 때문에 전장에 나가 제 구실을 못하고 아마도 군사들에게 잡아먹히는 신세가 될 것입니다. 셋째 이 많은 말들을 실어갈 선박이 없습니다. 전번에 1,000마리를 실어갈 때 급한 김에 어선까지 동원되었으나 항해 중에 200마리가 수장되었고 그때 제주를 나간 배가 돌아오지 않고 있습니다. 회상해 보면 율곡 선생의 혜안이 놀라울 뿐입니다. 선생은 기마병을 양성하고 동시에 전마를 훈련시킬 것을 주장했습니다. 그 일로 선생은 대소신료들의 탄핵을 받아 병조판서를 사임하고 초야에 묻혔지만….”

이경록 목사가 고개를 끄덕이며 말을 받았다.

“국마목장에는 말은 있으되 조련되지 않아 전장에 나가 싸울 수 없는 아무짝에도 쓸 수 없는 말이니 답답하기만 하오. 보내 봤자 싸움터에 나가야 하는 병사들에게 짐만 지어주는 것이지요. 전마는 조련하는데 상당한 시일이 걸리고, 더욱이 말은 조련한 사람을 주인으로 알고 따르게 마련인데 아무리 준마인들 자신을 알아주는 주인이 없으면 아무 소용이 없습니다. 듣건대 귀공께서는 수백 마리의 전마를 양성했고 200명의 장정을 기마병으로 훈련시켰다고 하셨지요. 그 말들을 전장에 내보낼 준비를 해야 합니다.”

그때 판관이 고개를 갸우뚱하며 끼어들었다.

“제주에는 지금 말을 수송할 조운선이 하나도 남아 있지 않습니다.”

“아, 그런가? 제주도에 부임한 지 일천하여 미처 파악하지를 못했군. 판관과 현감들은 분담하여 당장 말 조운선을 만들도록 하시오.”

판관이 대답했다.

“한 척의 배에 말 30 내지 40마리를 실을 수 있으니 말 200마리와 군수물자를 동시에 수송하려면 넉넉하게 잡아 15척의 배를 만들어야 합니다. 생나무를 말려서 만들 수는 없으니 민간에서 벌목한 나무를 찾아내 만들어야 하고 15척을 동시에 만든다 해도 석 달은 족히 걸릴 것입니다."

"시간이 급하오. 밤을 새워서라도 건조기간을 반으로 줄이시오."

김만일이 고개를 저었다.

"그러실 필요가 없습니다. 이 경우를 생각해서 제가 20척의 배를 건조하고 있었습니다. 현재 완공된 것은 아니지만 한 달여의 말미를 주시면 작업이 끝날 것입니다. 그 외에 이것저것 준비할 일이 있으니 두 달 후에 출항하도록 하겠습니다."

목장으로 돌아온 김만일은 아들 대명(大鳴)을 불러 앉혔다. 대명은 장성하여 21세가 되었다. 무인 집안의 자손답게 대명은 뼈대가 굵고 우람한 체격을 갖고 있었다.

"대명아, 내 말을 명심해서 듣거라. 지금 왜적이 바다를 건너와 이 나라를 쑥대밭으로 만들었다. 임금은 의주로 몽진했고 도성은 화염에 휩싸였다. 다행히 남아 있는 곳은 전라도뿐이다. 해상에서는 이순신 장군이 왜적을 격파하고 있고 육지에서는 권율 장군과 의병들이 죽음을 각오하고 맞서고 있기 때문이다. 바야흐로 나라의 운명이 풍전등화의 형국이다. 이런 때 우리가 가만히 앉아 배만 두드리고 있을 수는 없다. 마음 같아서는 나 스스로 당장

바다를 건너가서 왜적 한 놈이라도 죽이고 싶다만 나는 이미 40
이 넘었고 너는 젊고 건장하니 네가 육지로 나가서 나라를 구하
는 일에 일익을 맡도록 하라. 기병 200명과 그들이 탈 전마를 줄
터이다. 나는 여기서 할 일이 따로 있다."

"분부대로 하겠습니다."

"장하다. 우리 아들."

김만일은 아들의 손을 굳게 잡았다.

출항의 날이 왔다. 화북포에는 여러 척의 배가 출항의 나팔소
리를 기다리고 있었다. 바람은 잔잔했다. 김대명이 대장선에 우
뚝 서서 지휘를 하고 있었다. 7척의 배에는 200마리의 말들이 실
려 있고 기마병들이 말의 고삐를 쥐고 부동자세로 서 있다. 10척
의 배에는 군수품이 가득 실려 있다. 고경신은 군수품을 실은 배
에 올랐다.

부두에는 많은 사람들이 인산인해를 이뤘다. 이경록 목사와 김
만일이 부두에 나와 병사들의 진군을 전송하고 있었다. 그들의
장도를 축원하는 굿판이 벌어졌다. 배들은 미끄러지듯 항구를 떠
났다.

추자도에 가까이 이르자 잔잔하던 바다에 너울이 일기 시작하
더니 파도가 일렁이기 시작했다. 화물을 실은 배들이 파도에 밀
려 요동치기 시작했다. 화물선 한 대가 기울고 있었다. 하필 고경
신이 탄 배였다. 결국 배는 기우뚱하다가 가라앉았고 고경신은
물귀신이 되고 말았다.

전라도를 제외하고 조선반도가 왜적의 수중에 들어갔다. 백성들은 왜놈들의 총칼에 죽임을 당하고 가축과 식량은 다 빼앗기고 초토가 된 땅에서는 초근목피조차 찾을 수 없었다.

권율 장군이 이치 전투에서 대승을 거둔 뒤 전주를 사수하고 있었고 이순신 장군은 바다를 장악하여 왜선들을 보는 족족 수장시켰기 때문에 다행히 전라도는 적의 수중에 들어가지 않았다.

금산성과 이치에서 기가 꺾인 왜적들은 어떻게든 곡창지대인 전라도를 손에 넣겠다는 일념으로 경상도 남쪽으로부터 전라도로의 진입을 시도하고 있었다. 왜적들은 섬진강을 건너기 위하여 하동으로 향하고 있었다. 그 와중에서 김천일과 최경회(崔慶會)는 의병들을 이끌고 진주성을 탈환하는 데 성공했다.

복수의병대장 고종후는 전라도로 쳐들어오는 적군을 막을 준비를 하고 정예부대를 조직하여 임전태세를 갖추고 있었다.

김대명이 이끄는 기마부대가 합류하자 복수의병대의 사기는 하늘을 찔렀다.

왜적들은 몇몇 장수들을 제외하고는 대부분 보병이었다. 김대명이 이끄는 기마병과 전마는 잘 훈련된 터라 적진을 깔고 뭉갰다. 왜적이 조총을 쏘고 다시 장전할 틈도 주지 않고 말은 적진을 향하여 사정없이 밀어붙였다.

전라도의 의병들에게 저지를 당하고 진주성의 의병들이 후미를 공격할 기미를 보이자, 왜적들은 진용을 돌려 진주성을 공략하기 시작하였다. 고종후는 진주성으로 들어갔고 김대명은 뒤에 남아 적진의 후미를 교란시키고 있었다. 왜적들의 총공세로 진주성이 무너졌고 김천일, 최경회 그리고 고종후는 바다에 몸을 던졌다. 고경명의 막내 동생 고종형도 이 싸움에서 전사했다.

김대명의 기마부대는 지리산 자락을 종횡무진 달리면서 섬진강을 건너 전라도로 잠입하는 왜적들을 보는 족족 밟아 버렸고, 보성, 순천, 구례 등지를 오가면서 해전에서 이순신 장군에게 패하여 산속으로 숨어드는 왜의 잔병들을 모조리 잡아 죽였다. 또 섬진강을 넘나들며 혹은 들에서 혹은 산속에서 왜적을 치고 빠지곤 하였다. 참으로 길고 지루한 싸움이었다.

헌마공신

　한편 아들 대명을 배웅하고 돌아오던 김만일은 곧장 의귀리로 가서 아버지 김이홍을 만났다. 김이홍은 60 중반의 노인이지만 혈색이 좋고 후덕한 모습이었다. 김이홍은 오랜만에 들른 아들을 보며 말을 꺼냈다.

　"자식을 전쟁터에 보내놓으니 마음이 착잡한 게로구나."

　"전쟁이 나면 젊은 사람은 의당 전쟁터로 나가는 것이 고금의 순리 아닙니까? 그보다는…."

　김이홍은 아들의 말을 듣다 말고 술상을 보라고 시키고 아내도 불러 앉혔다.

　김이홍은 아들이 따라주는 술 한 잔을 길게 들이키고는 만일에게 술잔을 되돌리며 아들의 얼굴을 자별한 눈으로 뜯어보고 있었다.

"네 안색을 보니 심상치 않은 심상이 보이는구나. 내 손자 대명의 일 말고 말이다."

"그렇습니다. 아버님. 제가 산마장을 개척한 지 어언 25년이 되었습니다."

"그렇구나. 세월이 많이 흘렀구나. 네가 한 마리의 말로 시작한 목장이 지금은 광대무변한 목장이 되어 수많은 준마가 뛰어다니니 돌이켜보면 감개무량하구나. 네가 가업을 일으켜 여기 고대광실 같은 집을 덩그렇게 지었고 나는 말을 팔아 부자가 되었구나."

"아버지…!"

"말해 보거라. 무슨 일이 있는 거냐?"

만일은 한참 동안 천정을 쳐다보며 생각에 잠겼다.

"아버지, 말 장사는 이제 접을 때가 된 듯싶습니다."

"네가 접으라면 언제든지 접지. 말년에 복이 터져 돈만 세던 내가 더 바랄 게 있겠느냐? 그런데 무슨 급박한 일이라도 있는 게냐?"

"아버지께서도 아시다시피 조선 8도 중에 7도가 왜적의 수중에 떨어졌습니다. 서울은 함락되었고 임금은 의주로 몽진했습니다. 관군은 무너졌고 군사들은 죽거나 도망갔습니다. 그러나 다행히도 각지에서 의병들이 일어나 왜적과 싸우고 있습니다. 나라에는 훈련된 군사도 없으며 군량미도 비축하지 못한 상태입니다.

더욱이 전마도 없고 전마를 타고 싸울 기병도 얼마 없습니다.

다행히 저는 25년 동안 산을 헐고 돌을 옮겨 드넓은 산마장을 조성했고 말을 키워왔습니다. 어림잡아 10,000마리쯤 됩니다. 수말은 상인에게 팔아 돈을 벌었고 남은 수말은 약 3,000마리가 되며 암말은 생산의 수단으로 고이 길러온지라 대략 7,000마리가 됩니다. 또 수말 중 준마를 키워 전마를 만들었고 수백 마리를 훈련시켰습니다. 이제 그 전마를 전장에 보내려 해도 말을 탈 군사가 없으니 전마는 무용지물일 뿐입니다. 저는 많이 생각했습니다. 싸우는 말을 보낼 것이 아니라 싸우는 데 필요한 무기와 식량을 대는 것이 급선무라고 말입니다. 그래서 저는 산마장의 암말을 잡아 가죽을 벗기고 고기를 발라내기로 마음먹었습니다.

말은 살아서는 전마, 운송마, 파발마, 농마로 쓰이지만 죽어서도 인간에게 많은 것을 줍니다. 고기, 뼈, 힘줄, 가죽, 심지어는 말총까지도 말입니다. 말고기는 말려서 건마육을 만들 작정입니다. 전장에 나가는 병사들에게 나눠주어 식량으로 사용하게 하면 전시에 그만한 양식이 없을 것입니다. 말가죽은 잘 말려서 가죽신과 부대 등을 만들고 일부는 구워서 아교를 만들어야지요. 말 힘줄로는 활을 만들어 육지의 전장으로 보내겠습니다. 지금 10개의 국마목장에서도 그와 같은 군수품을 대느라 말들을 잡는 실정입니다.”

김이홍이 침통한 낯빛을 하며 말했다.

“암말을 다 없앨 수는 없는 것 아니냐? 우리 산마장뿐만 아니라 국마목장에서까지 암말을 다 도살한다면 우리나라에서 말은 사라지는 것이다. 어느 정도는 남겨 나중에 다시 시작하여야 하리. 수말은 어쩔 셈이냐?"

"기회를 봐서 전마 또는 파발마로 육지에 보낼 작정입니다. 종마들은 놔두고요."

"암말이 없는데 종마가 무슨 소용이냐? 허허, 암말도 없고 종마도 없으면 산마장도 없는 것이구나."

김만일은 말의 매매를 위하여 의귀리에 설치했던 목장의 일각에 도살장을 설치하고 주변으로 긴 울타리를 만들어 산마장에서 끌고 온 말을 잡아 고기와 부산물을 울타리에 넣었다. 만일은 건마육과 힘줄 등을 계속해서 육지의 여러 전장으로 실어 보냈다. 이경록 목사의 청으로 이순신 장군의 병영에도 보냈다.

명나라의 원병과 의병들의 활약으로 왜적이 도성을 비우고 남쪽으로 물러나자 선조는 일 년 반 만에 돌아왔다. 그러나 궁궐은 파괴되고 서울은 쑥대밭이 되어 있었다. 도괴되지 않은 가정집에 행궁을 차릴 수밖에 없었다.

선조 27년, 왜적이 경상도로 물러나 지리멸렬한 싸움이 계속되고 있을 때 김만일은 이경록 목사를 찾아갔다.

"아드님 김대명이 전라도의 섬진강 유역을 지키며 왜적의 전라도 진입을 막는 데 일조하고 있다고 들었습니다. 또 공께서 말을 잡아 군수품을 대고 있으니 고마운 일입니다. 때를 봐서 공의 공로를 조정에 보고할 예정입니다."

"과찬의 말씀이십니다. 이 나라 백성이면 당연히 해야 할 일을 하고 있을 뿐이지요. 제가 찾아온 이유는 그동안 산마장에서 훈련시킨 전마를 조정에 보내고자 하여 이를 임금께 진달하여 달라는 청을 넣고자 함입니다."

이경록 목사는 김만일의 뜻과 산마장의 현황을 적어 서울에 장계를 올렸고 얼마 후 조정의 비변사에서 회신이 왔다.

"500마리의 전마를 보낸다니 그 성심이 가상하나 지금은 전시중이고 왜적이 경상도에서 수시로 전라도에 출몰하니 말들이 오는 길에 왜적에게 약탈당할까 저어되는 바 우선 100마리를 김만일이 직접 끌고 오고 나머지는 상황을 보아 별도의 명이 있을 때 보내라. 성상께서 김만일을 칭찬하여 마지않으시니 그 아비와 더불어 올라오도록 하라."

제주성 동쪽의 화북포에 5척의 황포돛배가 출항의 준비를 갖추고 있었다. 출항의 의식은 다채로웠다. 더욱이 이번은 임금 앞으로 보내지는 말들을 실은 조운선의 출항이고 임금을 알현하러 가는 김만일이 타고 가는 배의 출항이다. 고금에 제주 사람, 특히 말치기 백성으로 임금의 용안을 뵙도록 허락을 받은 사람은 김만일뿐이었다.

화북포에서는 우선 항해의 안전을 기리는 굿이 열려 바다에 제사를 지냈다. 김만일은 제물을 배설하고 해신을 향하여 축문을 읊었다.

모년 모월 모일

산마장 주 김만일은 삼가 해신에게 고합니다.

작금에 이 나라는 왜적의 침입을 받아 강토가 폐허가 되었습

니다.

그러나 다행히 하늘에서 신출귀몰한 장수들을 보내

난리가 평정되고 있습니다.

절해고도 제주 또한 조선의 경내에 있습니다.

바야흐로 제주에서 낳아 제주에서 자란 말이

육지로 나가 왜적을 무찌르는 장수들을 태우고자 합니다.

오! 바다의 신이시여.

바람을 잠재우시고 파도를 잔잔하게 하소서.

사공들이 순풍을 따라 노를 젓게 하시고

격군들이 바다에 빠지지 않게 하소서.

말들이 기절하지 않게 하시고

무사히 육지에 도착하게 하소서.

말들이 임금을 뵈어 머리를 조아리게 하시고

전쟁터에 나가 궁검과 총탄을 무릅쓰고

적진을 밟고 넘어뜨리게 하소서.

바다의 신이시여!

이에 제물을 갖추고 향을 피워 기원하오니

저의 정성을 살펴 흠향하소서.

말을 실은 네 척의 조운선과 지휘선 한 척이 잔잔한 물살을 가르고 화북포를 떠났다. 배는 왜적이 우글거리는 남해를 피해 서남쪽의 영산강 하구를 향해 항해했고 영산포항에서 말과 짐들을 하역했다. 나주 목사가 임금의 명을 받고 대기하고 있었고 마초(馬草)도 마련해 놓았다.

김만일은 전주, 공주, 수원을 거쳐 보무도 당당히 서울로 향했다. 만일과 아버지 김이홍이 앞장서서 달렸고 말을 모는 견마꾼들이 이리저리 뛰며 샛길로 빠지거나 주춤거리는 말들에게 채찍을 날렸다. 수십 명의 관군들이 말떼를 호위했다.

숭례문을 거쳐 도성에 진입할 때는 연도에 백성들이 나와 환호성을 질렀다. 김이홍과 만일은 곧장 남별궁으로 가 임금을 알현했다. 궁궐이 모두 불탄 터라 임금은 월산대군의 옛집에 별궁을 마련하고 대청마루에서 정사를 보고 있었다. 장기간에 걸친 몽진으로 인해 아직도 피곤이 풀리지 않은 얼굴을 하고 있었다.

임금은 김이홍과 만일 부자를 어탑(임금이 앉는 상탑) 가까이 불러 두 손으로 두 사람의 손을 각각 잡으며 말했다.

"멀리 절해고도에서 세찬 풍파를 헤치며 전마 100마리를 끌고 온 그 의기가 진실로 가상하도다. 짐이 들으니 경은 황무지를 일궈 일만 마리의 말을 키웠고 국난을 예견하고 종자개량에 힘써 전마를 육성하였다니 경의 충성심은 만인의 귀감이라. 또 난중에 아들에게 전마 200마리를 주어 전장에 보내 왜적을 섬멸하는 공을 세웠다는 이야기를 듣고 있도다. 더욱이 자신의 목숨만큼이나 아끼는 말들을 잡아 식량과 무기를 만들어 여러 군진에 보냈다니 이는 나라의 복이라."

"황공하옵니다. 전하."

김이홍 부자로 하여금 임금을 알현하도록 주선했던 대사간 조인후가 말을 덧붙였다.

"전하, 김만일은 당초 전마 500마리를 진상하겠다고 제안을 했사옵니다. 그러나 비변사에서는 지금은 난중이고 왜적이 기습을 가할 우려도 있어 우선 100마리를 가져오고 나머지는 추이를 보아 올려 보내도록 했습니다. 100마리의 전마들을 남별궁 뜰 앞에 세워두었습니다."

"짐이 나가서 보리라."

임금이 벌떡 일어나 뜰로 나갔다. 세자 광해군을 비롯하여 대소신료들이 뜰 앞에 모여 있었다. 100마리의 전마가 일렬로 도열해 있고 그 옆에 갑옷을 입은 기마병들이 고삐를 잡고 서 있었다. 그들은 도성을 지키는 오위도총부의 기마병들이었다. 말들을 차례로 둘러보던 임금이 감격의 눈시울을 붉혔다.

"과연 명마들이로다. 태조께서 타시던 팔준마에 비견할 만하도다. 말들의 기량도 국내에서 으뜸이렸다?"

만일이 머리를 조아리며 대답했다.

"저 말들은 크고 강건할 뿐만 아니라 바로 전장에 보내도 무방할 정도로 훈련된 전마입니다."

"말들을 전마로 훈련시키기 위해서는 많은 시간과 노력이 필요한데 경이 어찌 이런 일을 할 수 있다는 것인가?"

김만일은 옆에 있는 대사간 조인후를 가리키며 대답했다.

"황공하옵니다. 이는 당초 신의 생각이 아니옵고 조인후 대감이 제주 판관으로 있을 때 율곡 선생의 뜻이라며 제게 귀띔을 해주어 시작한 것입니다."

"이이가 나라의 장래를 생각하여 〈만언소〉와 〈시무 6조〉를 올려 어리석은 짐을 깨우치려 했건만 당시 짐은 귀가 먹고 눈이 멀어 그 뜻을 배척하고 긴 세월 미적거리다가 이렇듯 비참한 국난을 겪었도다. 다행히 변방에 있는 단 한 사람이 국가의 위기를 예견하여 준마를 양산했고 조인후가 조정에서 꺾여버린 이이의 큰 뜻을 변방 제주에 전했고, 김만일은 남몰래 전마를 훈련시켰으니 장한지고. 지금 중앙군에는 전마가 고갈된 지경에 이르렀도다. 중앙군, 심지어 중앙에서 전장에 차출되는 기병이 말이 없어 도보로 떠나야 하는 실정이로다. 김만일이 진상한 말을 지방으로 떠나는 기병에게 나누어주도록 하라."

임금은 영의정 유성룡(柳成龍), 도승지 박동량(朴東亮)을 어전에 불러 지시를 내렸다.

"김만일에게 중추부 동지사를 제수하고 가선대부를 겸하도록 하라. 또한 공신록을 작성하여 헌마공신(獻馬功臣)을 봉작하라. 그의 아비에게 큰 상을 내리고 또한 그의 아들 김대명에게는 전쟁이 끝나는 대로 전라도 지역의 수령을 제수하라."

중추부는 국방문제에 대하여 임금에게 자문하는 기관으로 문무의 원로들이 임명되었고 그 중에 동지사는 종2품의 당상관이며 가선대부는 문관의 품계로 또한 종2품이다. 김만일은 문무 공히 종2품의 높은 품계를 받은 것이다.

아버지 김이홍은 곧바로 서울을 출발하여 제주로 떠났고 중추부 동지사 김만일은 서울에 남아 중추부에 출입하고 있었다. 그는 추가로 자신의 산마장에서 올라올 전마를 기다리고 있었다. 초가을에야 400마리의 말이 다 서울에 도착하였다.

이번에는 전마는 있되 숙련된 기병이 없었다. 그 해 9월 임금이 친림하여 무과별시를 실시하고 김만일이 시험관의 일원으로 참여했다.

김만일은 서울에 몇 달 동안 머물면서 전쟁이 할퀴고 간 참상을 들여다보았고 그런 와중에서 정신을 못 차리고 사리사욕에 절은 관리들의 부패를 목격했다.

전쟁 통에 전국에 산재해 있던 말들은 씨가 말랐다. 말들은 왜적에게 빼앗기고 명군에 빼앗겼다. 굶주린 백성들이 말을 잡아먹었고 군사들이나 파발들도 말을 끌고 탈영을 했다. 소도 마찬가지였다. 농마나 운송용 소가 이미 사라졌다. 소가 끌던 쟁기를 부부 또는 부자가 끌고 밀면서 농사를 지어야 했다.

전마는 둘째치고 당장 아쉬운 것은 운송마와 파발마였다. 말이나 소가 없어 군영으로 군량미나 군수품을 보내는데 사람이 지고 가야 했고 파발마가 없어 뜀박질 잘 하는 사람을 뽑아 전장의 소식을 알렸다. 급한 연락인 경우에는 명나라 진영에 사정하여 명나라 파발마를 빌려 쓰고 있었다. 그런 와중에도 사복시 관리들이 제주에서 보내는 말의 숫자를 속이거나 명마를 비루마로 속여 빼돌리는 일이 자행되고 있었다.

제주에서는 국마목장이나 산마장에서 말을 잡아 건조가 완료되고 운송할 배가 준비되는 대로 건마육, 그리고 말의 힘줄과 가죽을 올려 보내고 있었다.

건마육은 영양이 풍부하고, 지니고 다니기가 간편해서 전투중인 병사에게는 매우 유용한 식량이었다. 그러나 한심한 일은 제주에서 속속 보내는 건마육은 전장에 가기 전에 관리들이 착복하는 일이 비일비재했다. 맛이 있기 때문이다. 허기야 세종 때 청백리로 유명했던 황희 정승도 건마육을 뇌물로 받아먹었다고 임금께 이실직고한 적이 있었다.

보지 않아도 알 수 있듯이 제주에서는 말의 숫자가 현격하게 줄고 있었다. 암말, 수말 가리지 않고 여러 형태로 말을 보내기 때문에 말의 씨가 마를 지경에 이르고 있었다.

김만일은 9개월 만에 제주로 돌아왔다.

아! 제주도

선조 29년(1596)은 왜적이 우리의 강토를 짓밟은 지 5년째 되는 해이다. 전쟁은 막바지에 이르고 있었다. 서울을 점령했던 왜적들은 추풍령을 되넘어 남쪽으로 물러가서는 대구, 울산, 포항, 부산에 진을 치고 있었고 권율 도원수는 추풍령에 본진을 마련하고 장수들을 시켜 왜적의 진지를 간헐적으로 습격하고 있었다. 경상우도 병마절도사 김응서(金應瑞)도 경상도의 산성에 주둔해 있으면서 왜적에게 기습공격을 감행하고 있었다.

권율 장군은 전라도 이치 전투에서 왜군을 물리쳤고 내처 북상하여 수원성을 탈환했고 행주산성에서 왜군에게 크게 타격을 입힌 후 서울을 탈환한 장수로 당시 도원수의 직임을 맡고 있었다.

김응서 장군은 평양기생 계월향과 짜고 적진에 침투하여 왜장의 목을 베고 제일 먼저 평양을 함락했던 장수다.

의병들의 끈질긴 항전과 명나라의 군사개입으로 인하여 왜적이 지리멸렬해지고 지쳐 있을 때 명나라의 심유경(沈惟敬)은 왜국과 강화조약을 추진하고 있었다. 왜국으로 건너가 도요토미 히데요시(豊臣秀吉)를 만난 그는 조선과 한 마디의 상의도 없이 굴욕적인 조약을 맺고 말았다. 조선의 한강 이남을 떼어서 왜국에 주고 이를 담보하기 위하여 왕자 임해군과 대신 12인을 인질로 보내겠다는 것이다. 왜국으로 건너간 조선 통신사 황신(黃愼)으로부터 이 사실을 알게 된 조선의 조야는 발칵 뒤집혔다. 더구나 왜장 평조신(平調信)은 황신에게 조선이 심유경과 맺은 강화조약을 지키지 않으면 다시 조선을 치겠다고 으름장을 놓으며, 다음과 같이 말했다.

"탐라에 좋은 말이 있다는 것을 오래전부터 듣고 가서 약탈하려 하였으나 이루지 못하였으니, 이제야말로 우선 전라도를 침범하고 다음에 탐라를 취할 때다."

일부 병력을 조선에 주둔시키고 주력부대를 철수시킨 도요토미 히데요시는 15만 명을 재집결하여 이번에는 전라도와 제주를 칠 계략을 짜고 있었던 것이다.

김응서 장군으로부터, 그리고 권율 도원수로부터 임금에게 비밀장계가 올라왔다. 김응서가 왜국 사신 요시라와 왜장 풍무수(豊茂守)를 각각 만나서 들었다는 첩보였다. 요시라는 일본의 사신이면서 조선에서 절충장군의 벼슬을 받은 자로 양쪽을 왔다갔다하며 이중첩자 노릇을 하고 있었다. 요시라는 다음과 같이 말했다.

관백(도요토미)이 제장을 모아놓고 약속하기를 '조선이 매번 이처럼 나를 속이고 있으니 내가 분함을 참지 못하겠다. 조선이 그래도 믿고서 내 말을 듣지 않는 것은 전라·충청 두 도가 아직 온전하기 때문이다. 너희는 8월 1일에 곧바로 전라도 등지로 들어가 곡식을 베어 군량을 삼고 산성을 격파할 것이며 보장할 만한 형세가 있거든 두 도에 유둔하면서 이어 제주도를 치라.

(조선왕조실록)

왜장 풍무수가 말한 내용은 다음과 같다.

관백(關白)이 이미 여러 장수에게 조선과 교전해서 승부를 내라고 명령을 내렸다. 6~7월 사이에 대병이 바다를 건너가 먼저 경상·전라도 등을 치고 나서 다시 연해에 주둔하며 제주도를 빼앗으려 하는데, 이때 세 나라 국민이 칼날 아래 모두 죽게 될 것이 분명하니, 우리들 역시 매우 가슴이 아프고 안타깝다. 조선은 어찌하여 바로 강화를 하지 않고 끝내 이런 환란을 일으킬 흔단(싸움의 시초)을 만들었는가?

임금이 친히 비변사의 회의를 주관했다. 비변사는 국정 전반과 전쟁에 관련된 일을 의론하고 결정하는 최고행정기관이다. 모두 술렁이고 있었다. 개중에는 요시라의 말을 믿을 수 없다는 의견도 있었다. 그러나 중론은 김응서의 장계가 신빙성이 있다고 판단하고 있었다. 장계를 읽고 난 임금은 사지를 부르르 떨면서 말했다.

"도요토미의 야욕을 알 만하도다. 제주는 지형 상으로 우리나라뿐만 아니라 천하의 정세에 관련된 매우 중요한 곳이로다. 만에 하나 우리가 제주를 지키지 못하여 적의 소굴이 된다면 우리나라의 병력으로 다시 수복하기란 어려운 일이로다. 왜적들이 제주에 수만의 군사를 배치하여 지구전을 펼친다면 우리나라는 정녕 하루도 편할 날이 없을 것이다. 중국으로서도 매우 귀찮은 존재일 것이다. 따라서 제주를 빼앗기게 되는 날은 우리나라가 망하게 되는 때로다. 이 점이 매우 걱정스럽도다."

영의정 유성룡이 말했다.

"지당하신 말씀입니다. 전라도로 쳐들어오는 적은 우리 군민이 총궐기하여 막으면 비록 지루한 싸움일지라도 서울까지 치고 올라오지는 못할 것입니다. 더욱이 이순신이 해상을 장악하고 있으니 한편 안심이 됩니다. 그러나 제주는 다릅니다. 우리에게는 제주로 보낼 배도 없으며 군사도 없습니다. 제주도는 섬이라 사방에서 물밀듯이 밀려오는 적을 막기란 쉬운 일이 아닙니다. 그들에게 해안을 내주고 산악전을 벌일 수도 없습니다. 제주도의 지형은 육지와 달라서 산악지대에는 물이 없고 농작물도 자라지 못합니다. 그렇다고 방치할 수는 없는 일이니 제주 절제사 이경록에게 알려 방어태세를 갖추고 조정에서도 원병을 보내야 합니다."

『조선왕조실록』은 선조의 탄식을 다음과 같이 적고 있다.

상이 이르기를,
"적이 만일 제주를 빼앗아 점거한다면 말할 수 없는 상황이 된다. 지난번에 비록 새로 선발한 무사 100인을 보냈으나 그렇다고 제주 방어에 무슨 보탬이 되겠는가? 제주가 육지처럼 오래 버틸 수는 없을 것이니 왜적이 전함 1,000척으로 곧장 항구에 침입·상륙하여 철책을 설치하고 지구전을 획책한다면 우리나라 병력이 어떻게 당해내겠는가?"

상이 비망기에 이르기를,
"만일 제주에 적변이 있게 되면 그 형세가 지탱하기 어렵다. 혹시 불행하게도 적이 탐라를 점거하여 소굴로 삼는다면 다른 날 말할 수 없는 일이 있게 된다. 제주가 바다 가운데 있는 섬이긴 하지만 천하의 안위가 여기에 달려 있다."

제주 목사 겸 절제사 이경록이 비상소집을 발동했다. 제주 판관, 대정현감, 정의현감, 병마우후, 군관, 제주의 방어 진지인 9진의 조방장이 달려왔고 중추부동지사인 김만일도 참석하였다. 목사는 임금의 어찰을 내놓으며 말했다.

"왜놈들이 엄청난 병력으로 제주를 칠 준비를 하고 있다 하오. 조선이 육지의 왜적을 모두 몰아낸다 해도 제주가 무너지면 제주는 왜놈들의 영토가 되는 것이오. 일이 다급하게 되었소이다. 여기 제주는 절해고도라 중앙군의 도움도 받을 수 없는 형편이오. 제주의 병력상황을 보면 제주 목에 500명, 각 현에 100명 남짓 하고 각 진에는 30, 40명 정도입니다. 근래에는 왜구의 침입이 뜸하여 그들은 전쟁을 수행한 적이 없고 다만 번을 서는 정도입니다. 더욱이 의분에 불타는 장정들은 나라를 구하자며 삼삼오오 육지로 건너간 터입니다. 무기는 열악해서, 철포는 녹슬었고 창칼도 준비가 되어 있지 않습니다. 을묘해변 때 무너진 제주 성곽과 명월진성도 무너져 내린 채 방치되고 있습니다. 말과 전쟁물자를 육지에 보내기 위하여 제주를 떠난 배는 돌아오지 않고 있습니다. 그렇다고 비관만 하고 있을 때는 아닙니다. 우리 제주 백성들이 남녀노소 불문하고 죽기를 각오하고 싸워야지요."

김만일이 목청을 돋우며 말했다.

"내가 성은을 입어 품계가 한때 종2품의 중추부동지사로 실직에 있었으나 지금은 은퇴한데다 나이가 50세에 가까웠으니 나는 절제사 막하에서 백의종군할 것이오. 절제사께서 총대장이 되어 임전태세를 갖추시지요."

이경록 절제사는 좌중을 둘러보며 큰 소리로 지시를 내렸다.

"오늘 이 시각부터 비상계엄체제로 돌입한다. 판관은 제주성, 명월진성 그리고 정의현성을 보수하는데 진력하라. 우후, 판관, 조방장은 수하의 병사를 배로 늘리고 군사훈련을 실시하며 여인들도 군사훈련에 참여시키도록 하라. 각 방호소와 봉수대를 수축하고 개보수하라. 또 판관과 현감들은 성 안에 군량미를 비축하라. 동지사께서는 전마훈련과 기병 양성에 주력해 주십시오."

제주 전역이 비상체제에 돌입했다. 제주는 '삼별초의 난' 때에는 여몽 연합군과 맞서 싸웠고 그 후 몽고의 100년 지배를 받았으며 최영이 군사를 몰고 올 때도 많은 인명이 희생되었다. 그러나 일본이 제주를 점령하게 되면 제주는 영원히 일본의 손아귀에 넘어가는 것이었다. 백성들의 각오도 대단했다. 남녀노소 할 것 없이 자진해서 노역에 참여했고 여인들도 병역을 자원하여 여정(女丁)이 되었다. 김상헌의 『남사록』에 의하면 당시 제주성에는 남정이 500명이고 여정이 800명이었다고 한다.

전투태세는 왜구를 무찌를 때와는 사뭇 달랐다. 우선 제주도에 부속된 섬, 즉 우도, 비양도, 죽도(竹島, 지금의 차귀도)에 군사들을 배치해 밀고 들어오는 적을 초전박살을 낼 준비를 했다.

'삼별초의 난' 때 여몽연합군을 저지하기 위하여 제주 전역의 해변에 둘러쌓았던 환해장성을 수리하고 주민들로 하여금 번을 서게 하였다. 이경록 목사는 한라산 산록에 산성을 쌓고 돌과 화살을 준비해 놓았다. 많은 인력이 여기에 동원되었다. 그러나 국방을 총괄하는 비변사의 의견은 달랐다.

"제주 백성이 해안을 적에게 내주고 한라산으로 피신하는 것은 안방을 객에게 내주는 형국이니 한라산 산록에 성을 쌓는 일을 중단하고 해안을 사수하라."

한라산 중턱에 두 겹으로 둘러쌓은 산성은 말들이 한라산으로 도망가는 것을 막기 위한 상잣과는 다르다. 상잣의 높이는 석 자 가량 되지만 이 돌담은 다섯 자가 넘고 두겹으로 쌓은 것을 보아도 알 수 있다. 이는 필시 당시 왜적을 피해 피신하거나 혹 제주로 밀고 들어올 왜적과 끝까지 싸우기 위하여 쌓은 제주 사람들의 항전의 의지와 피나는 노력의 산물일 것이다.

조정에서 무과시험을 실시하여 서둘러 뽑은 무사 300명이 급거 달려와 군사훈련을 시키고 있었다.

전라도에서 왜적과 싸우던 김만일의 큰아들 대명도 제주로 달려왔다. 육지로 데리고 간 기마병 200명 중에서 절반인 100명이 김대명의 뒤를 따라 제주로 복귀했다.

김만일은 둘째아들 대성과 더불어 수백 마리의 말을 조련하여 전마를 양성했다. 아울러 수백 명의 청년들을 산마장으로 불러 기마훈련을 시키는 한편 곶자왈과 백록담까지 이르는 능선에 미로 같은 말길을 닦아 왜적이 쳐들어오면 기습공격을 할 수 있도록 만반의 준비를 했다.

대명은 왜적들과 싸운 경험을 살려 기병으로 별동대를 조직하여 제주 전역의 해안과 평원을 바람같이 달리며 왜적이 어느 해안을 통하여 침범할지 모르는 만약의 사태에 대비하여 경계를 늦추지 않았다.

제주도 백성들의 고생은 말로 표현할 수 없을 정도로 참혹했다. 원래 제주의 농산물만 가지고는 자급자족할 수가 없는 처지임에도 그들은 굶거나 초근목피로 연명하면서 군사훈련과 노역에 자발적으로 참여했다. 그들에게는 오직 일념, 나라를 지키겠다는 각오만이 있었다.

김응서 장군의 첩보대로 선조 30년(1598, 정유년) 1월, 일본은 15만 명의 병력을 재편성하여 들이닥쳤다. 이순신 장군이 이중간첩 요시라의 모함으로 영어의 몸이 되었을 때다. 왜적은 이순신 장군이 없는 틈을 타서 진주, 남해, 하동을 거쳐 섬진강을 건넜고 구례를 거쳐 전라도를 쳤다. 그들은 남원과 전주를 점령하고 충청도로 밀고 올라오고 있었다.

경상도에 주둔한 군사들이 전라도로 향했고 명나라의 원병도 저들과 대치하고 있었다. 감옥에서 풀려나온 이순신 장군은 남해 바다에서 왜선들을 보는 족족 침몰시키고 있었다.

이경록 목사는 제주 방어를 위하여 불철주야 제주 전역을 돌아다니며 온힘을 쏟던 중 선조 31년(1599) 1월에 과로로 쓰러져 제주에서 일생을 마쳤다. 무려 7년간의 사투였다. 그는 나중에 영의정으로 추증되었다.

이듬해 8월 도요토미가 죽자 왜적은 퇴각하기 시작했고 제주 공략도 준비만 했지 실행에 옮겨지지 않았다. 왜적이 퇴각하고 있는 와중에도 혹여 왜적의 함대가 제주로 뱃머리를 돌릴지도 모

르는 일이라 제주는 긴장의 연속이었다. 도요토미의 죽음은 제주
로서는 참으로 다행한 일이었다. 우리 땅을 사정없이 할퀸 피비
린내 나는 7년 전쟁이 드디어 막을 내렸다.

전쟁 통에 제주에는 말의 숫자가 현격하게 줄었다. 암말, 수말
가리지 않고 여러 형태로 말을 보냈기 때문에 말의 씨가 마를 지
경에 이르고 있었다. 제주의 국마목장에는 마초 대신 쑥대가 무
성했고 말이 없으니 테우리들이 목장을 떠나 유리걸식하는 신세
가 되었다.

설상가상으로 조정으로부터 한라산을 이 잡듯 뒤져서라도 산
마 2,000마리를 보내라는 지시가 떨어졌다. 꼭 집어 산마라 했다.
한라산에 뛰노는 말도 전부가 김만일의 말이 아니던가.

전쟁이 끝난 다음 해(선조 32년, 1600) 봄, 명나라의 병부상서 형
개(刑玠)가 임금이 머물고 있는 남별궁을 방문했다. 그는 목에 힘
을 주고 거들먹거리고 있었다.

"명나라가 도왔기에 조선의 강토가 회복되었음을 전하께서는
똑똑히 보았고 느꼈을 것입니다. 그러니 은혜에 보답하는 것은
당연한 수순 아닙니까?"

임금이 하도 기가 차서 대답했다.

"백관들과 백성들이 어찌 명나라가 조선을 다시 일으킨 재조
지은(再造之恩)을 잊겠습니까? 그러나 지금 조선에는 남아 있는 물
자가 없습니다."

"어찌 없는 것을 달라고 하겠습니까? 우리 명군들은 전쟁 중에 조선에 은광이 널려 있는 것을 보았습니다. 그리고 제주의 산간에 길들이지 않은 수천 마리의 말이 있는 것을 알았습니다. 은광을 파헤쳐 우선 3만 냥을 마련해 주시고 제주의 산마 2,000마리를 잡아서 넘겨주시오."

"조선 사람들은 은의 가치를 아직 모르고 있으나 중국 사람들에게는 은 덩어리가 돈 덩어리라는 것을 짐은 알고 있소. 조선팔도의 은광을 모두 파헤쳐서라도 은은 드리리다. 그러나 산마는 곤란합니다. 제주 사람들이 전쟁에 대비하느라 시든 가지처럼 늘어져 있고 살림이 피폐해져 한라산을 뒤질 기력이 없고 산마를 잡는다 해도 수송할 배가 없으며 그 산마들은 길들여져 있지 않아 다루기가 쉽지 않습니다."

"그런 염려는 안 해도 됩니다. 조운선은 우리 명나라에서 대지요. 우리 명나라의 기마병들은 말 조련에 일가견을 가지고 있으니 우리가 조련하면 됩니다."

비변사에서 2,000마리의 산마를 보내는 것은 무리라고 주장했다. 그러나 형개는 꼭 2,000마리를 채울 것을 고집했다. 점마별감이 임금의 어찰을 들고 김만일을 찾아왔다.

"2,000마리를 보내라는 어명이신가요? 한라산을 다 뒤져도 2,000마리를 확보하기는 어렵습니다. 지금껏 전마, 운송마, 파발마로 많은 말을 육지에 보냈고 도살된 말도 부지기수이기 때문입니다. 따라서 설사 2,000마리가 있어 그 말들을 다 잡아 보낸다

치면 여기 산마장에 말의 씨가 마를 것입니다. 또한 지금은 농사
철입니다. 보리가 누렇게 익어가고 있습니다. 보리를 수확하지
못하면 백성들은 굶어죽습니다. 목구멍이 포도청이라 했습니다.
그들은 누구 말도 듣지 않을 것입니다."

점마별감은 말의 숫자를 1,000마리로 줄여달라고 장계를 올렸
다. 임금은 형개를 설득시켰고 만일의 산마장에서 1,000마리의
말이 서울로 실려 갔다.

시련

　전쟁의 후유증은 심각했다. 육지의 경우도 마찬가지였겠지만 제주는 전쟁을 치루지 않았음에도 참담하기 이를 데 없었다.

　제주는 평시에도 농토가 척박하여 자급자족이 어려운 곳인데 많은 농민들이 병역과 노역에 동원되는 바람에 농토의 태반이 휴경지로 방치되어 있었다. 그 와중에도 농민들은 병역에 종사하는 사람들의 식량을 대야 하니 허리가 휠 지경이었다.

　더욱이 육지에서 온 300명의 원병들은 귀대명령을 받지 못하고 있는 터라 할 일 없이 허송세월하면서 마을에 찾아들어 경우 없이 식량을 탈취하기 일쑤여서 농민들은 그들에게 몹시 시달리고 있었다. 그들에게는 육지의 다른 군영처럼 군량미가 보급되는 일은 생각도 할 수 없었다.

전쟁이 끝나고도 제주에서 징집된 병사들 중에는 귀향할 생각을 하지 않고 그 자리에 눌러 있는 사람들이 많았다. 그들은 일하지 않고 편히 먹고 지낼 수 있기 때문에 관리들에게 뇌물을 주고 버티고 있는 경우가 허다했다. 제주 목사가 임의로 임명하는 이들 군관들은 대부분 광패한 자들이라 백성의 재산을 억지로 빼앗아 무위도식하며 기방을 제 집처럼 드나들었다.

이경록에 이어 제주 목사로 부임한 성윤문(成允文)은 굶주린 백성을 돌보기는커녕 기방 출입을 제 집 드나들듯 했고 주지육림에 빠져 부어라 마셔라 하며 세월을 보냈다. 목사와 아전들이 매일 잔치를 벌이자니 하루에 한두 마리의 마소가 도살되어 주방의 소용에 충당되었다. 심지어는 기생 하나를 두고 목사와 판관이 다투어 뭇사람들의 빈축을 사기도 하였다.

수령들은 감목관을 겸하고 있는 터라 자신들이 잡아먹거나 사사로이 육지로 빼돌린 말의 수를 보충하기 위하여 애꿎은 테우리들에게 책임을 뒤집어씌워 옥에 가두고 가혹한 매질을 해댔다.

수령들은 황폐한 땅에 농사를 지을 수 없는 농민들에게도 조세를 물리고 세를 내지 못하는 사람들을 잡아가두고 가혹한 매질을 해댔다.

7년 전쟁이 끝난 뒤, 김만일의 목장에는 말들의 수가 현저히 줄어들었다. 준마로 특별히 키운 수말들은 대부분 육지의 전장으로 보내졌고 남은 수말은 중국으로 끌려갔기 때문에 종마와 전마를 합쳐 수백 마리만 남아 있었다. 암말들도 도살하여 고기와 활의 재료로 육지에 보내는 바람에 그 수가 극감하여 산마장은 황량한 들판으로 남아 있었다. 국마목장의 경우는 더욱 심했다.

수령들은 그나마도 얼마 남아 있지 않은 말을 강제로 빼앗아 더러는 산 채로, 더러는 건마육으로 만들어 조정의 고관들에게 뇌물로 바치기에 혈안이 되었다. 말뿐이 아니었다. 전복, 귤, 유자 등 제주도의 특산물도 사사로이 서울로 보냈다. 수령들은 국마목장에 있는 말을 제 집 물건 가져가듯 했고 그렇게 착취한 말들을 고관들에게 뇌물로 바칠 뿐만 아니라 육지의 상인들에게 팔아넘기기까지 하였다. 수령들뿐만 아니라 아전과 군관들의 행패는 눈 뜨고 못 볼 지경이었다. 전시에 징집되었던 병사들은 떼를 지어 다니면서 국마목장의 마감을 협박하거나 통사정을 하여 말들을 끌고 사라졌다.

마적들도 들끓었다. 농사를 지어서 입에 풀칠하기 어려운 청년들이 한라산으로 올라가 산적이 되는 사례가 많았고 그들은 밤중에 목장을 습격하곤 하였다.

백성들은 굶주림과 전염병으로 죽어 가는데 수령들은 만날 말과 소를 잡아 잔치를 벌이는 통에 흑우, 황우는 아예 씨가 말랐고 목장의 말은 날로 줄어들었다. 국마는 정부에서 마적을 작성하여 관리하기 때문에 함부로 눈속임을 할 수 없는 터라 수령들의 손아귀가 김만일의 목장까지 미쳤다.

벼슬로 말하면 김만일은 이미 종2품에 오른 사람이지만 그들은 그 일은 지나간 일이요 더구나 그 직책은 말을 주고 산 직책이라고 폄하하면서 김만일을 함부로 대했다.

관리들은 모두 산마장에서 나는 크고 날쌘 말을 갖고 싶어 했다. 큰 말에 높이 안장을 얹고 거들먹거리고 싶어 했고 준마를 타고 사슴사냥을 나가고 싶어 했다. 말의 생리를 모르는 그들은 말을 혹사하여 쓰러져 죽는 말이 속출했다. 군관들 대부분이 무뢰배들이라 그들은 김만일에게 더러는 여봐란듯이 함부로 을러대고 더러는 알랑거리며 말을 얻어가려 했다.

"제주도는 아직도 왜적이 언제 밀어닥칠지 모르는 위기상황에 있네. 육지에도 전마로 보내야 하니 말들을 자네들에게 줄 수가 없네."

"전쟁은 끝났소. 그러니 나는 이 말을 가져가야겠소."

그들은 아무 말이나 닥치는 대로 낚아챘다.

"그 말은 종마란 말이네. 목장에 종마가 끊어지면 목장의 미래도 없고 나라의 장래도 없다는 것을 모르는가?"

그러나 그들은 막무가내였다. 관가에 호소한들 무엇하랴. 도둑놈에게 도둑놈을 일러바치는 형국이니 아무 소용이 없었다. 다한 패거리들이고 벼슬이 높은 사람들은 더했다.

말을 진정 사랑하는 만일은 울었다. 자식 같은 말들이 저 무뢰배들에게 끌려가서 혹사당하고 심지어 전마로 키운 말들이 고관들의 전지로 끌려가서 쟁기를 끌거나 잡아먹힌다는 생각을 하니 눈물이 하염없이 쏟아졌다.

어느 밤, 밤을 지새우며 이리 뒤척 저리 뒤척, 잠을 못 이루던 김만일이 동이 트기가 무섭게 벌떡 일어났다. 그는 아침햇살을 받으며 풀을 뜯고 있는 종마들에게 다가갔다. 만일은 말들에게 속삭였다.

"명마로 태어난 네가 어딘가로 끌려가서 씨도 못 퍼뜨리고 비루마가 되기보다는 이 편이 나을 게다."

말들이 만일의 말을 알아듣는지 고개를 끄덕였다.

만일은 말의 한쪽 눈을 송곳으로 찔렀다. 말의 눈에서 피눈물이 흘렀다. 만일의 눈에서도 닭똥 같은 눈물이 떨어졌다. 어떤 말은 귀를 찢었고 어떤 말은 잔등을 칼로 그었다.

산마장에 이상한 기운이 감돌고 있었다. 전마 또는 종마로 키우는 말들이 야금야금 사라지고 있었다.

말을 점검하던 김만일은 어느 날 뭔가 섬쩍지근한 생각이 들었다.

"말 도둑이라면 저 사나운 수말을 구태여 끌고 갈 이유가 없을 텐데. 누가 무엇 때문에 어디에 쓰려고 끌고 간단 말인가? 더욱이 전마는 능숙한 조련사 아니면 아무나 손댈 수 없는 것인데…."

김만일은 인근의 국마목장을 의심하기도 했다. 몰래 사람을 보내 국마목장을 염탐하게 했다. 그러나 국마목장에서는 산마장 말의 낙인이 찍힌 말을 확인할 수 없었다. 김만일은 제주 목사를 찾아갔다.

"내가 국무에도 바쁜데 어찌 개인목장에 드나드는 좀도둑까지 신경을 쓸 수 있단 말이오? 자신의 목장은 자신이 지켜야지요. 그 많은 테우리들을 데리고 있으면서 좀도둑조차 못 잡는단 말이오?"

"그 많은 말을 제쳐놓고 전마를 훔치는 것은 필시 곡절이 있을 것입니다. 다른 말을 놔두고 전마만 골라 훔쳐가는 걸 보면 누군가 반란을 꾸미고 있는 듯합니다."

"말을 키우는 사람은 말에나 신경 쓰세요. 나라의 방비는 절제사인 내가 할 것이니."

김만일의 기우가 사실로 들러났다. 성 목사의 가렴주구와 학정을 견디지 못한 일부 청년들이 반란을 모의하고 있었다.

선산 사람 길운절(吉云節)과 익산 사람 소덕유(蘇德裕)가 서로 배가 맞아 제주에 잠입하였다. 그들은 토호들과 청년들을 만나고 있었다. 소덕유는 풍수가(風水家)로 자칭하면서 조선의 왕조가 그 기운을 다했다고, 참언을 일삼으며 반군을 모집하고 있었다.

문충기, 홍경헌, 김대정 등 많은 사람들이 합세했고 힘은 자연스럽게 제주 장사 문충기에게로 모아졌다. 김대정은 김만일의 면 친척 되는 사람으로 산마장에서 조련사로 일하고 있었는데 전마를 빼돌린 것은 바로 그 자의 짓이었다.

길운절의 애인 구생이라는 관기의 집에 십여 명의 반군 지도자들이 모여 모의를 하고 있었다. 모년 모일에 김만일의 산마장을

덮쳐 수백 마리의 전마를 손에 넣고 잇따라 정의현성을 공격하여
빼앗은 뒤에 내쳐 전마를 타고 돌진하여 제주성을 접수하고 목사
와 관리들을 죽인다. 그러면 제주는 자기들의 손아귀에 들어오게
된다는 것이었다.

억울하게 옥살이를 했거나 매질을 당한 사람들과 군역에서 벗
어나 할 일 없이 빈둥대는 젊은이들이 합세할 것이다. 이미 해남
과 영암에서는 반역에 동조하는 패거리들이 모여 있다. 지방의
관군은 해산되었고 중앙군도 지리멸렬한 때라 우리들은 이런 틈
을 타서 말을 몰아 질풍같이 달려서 도성을 점령하여 왕위를 빼
앗는 것이다.

그들의 꿈은 크고 야무졌다. 역성혁명을 일으키자는 것이다.
이 사실을 구생이 엿들었다. 구생은 길운절의 귀를 잡아끌고 제
주 목사를 찾아갔다. 길운절 또한 주도권을 문충기에게 빼앗겼고
성공 여부도 불분명한 터라 자신의 목숨만은 보존할 요량으로 밀
고하기로 마음을 고쳐먹었다.

성윤문 목사는 정의현감과 김만일에게 파발을 띄어 이 사실을
알리고 자신은 군사들을 성곽에 배치하여 제주성을 지키고 있었
다. 각 방호소에는 알리지 않았다. 그 내부에 첩자들이 있을 수 있
기 때문이다.

김만일은 반도(叛徒)들이 말을 조련하고 있는 별목장으로 들이
닥칠 것을 예상하고 별목장을 소개(疏開)하여 전마와 조련사들을
대록산과 따라비오름 기슭에 잠복시켰다. 정의현성의 군사들은

여차직하면 성문을 열고 나와 후미에서 공격하기로 정의현감과 미리 짜두었다. 김만일은 조련사들에게, 몰려오는 반도들을 쓸어 버리되 죽이지는 말라고 당부했다.

300여 명의 반도들이 야음을 틈타 별목장에 들이닥쳤지만 거기에는 개미새끼 한 마리 없이 텅 비어있었다. 놀라서 우왕좌왕하던 그들은 갑자기 들이닥친 수십 명의 조련사들이 휘두르는 창에 얻어맞고 말발굽에 채어 나뒹굴었다. 정의현성에서 쏟아져 나온 관군들이 그들을 굴비 엮듯 오라로 묶어 제주성으로 끌고 갔다. 목사는 주모자 18명을 서울로 압송하는 한편 나머지 사람들을 반군과 연좌하여 감옥에 가두고 매일 매질을 해댔다.

조정에서는 반군의 주모자를 취조하는 중, 제주 젊은이들이 문충기 등에게 쉽게 호응한 원인이 목사 성윤문에 있음을 알게 되었다. 성윤문은 학정, 가렴주구는 물론이고 백성의 것을 무단으로 빼앗아 사복을 채우고 백성을 보살피지 않을뿐더러, 백성은 굶주림과 전염병으로 죽어 가는데 주지육림과 여색에 빠져 풍악소리가 관아 밖까지 울려 퍼지고 있었던 것이다. 그런 상황이고 보니 제주에는 민심이 흉흉하고 절망감이 팽배해 있었다.

선조 34년 9월, 임금은 32세의 재기발랄한 김상헌(金尙憲)을 안무어사 겸 암행어사로 제주에 파견했다. 김상헌은 성윤문 목사를 삭탈관직하여 서울로 압송했다. 김상헌은 문충기 등에게 부화뇌동하여 감옥에 갇힌 자들에게 은전을 베풀어 너그러이 용서해 줄 것을 조정에 주청하여 모두 풀어주었다.

김상헌은 제주의 실상을 조정에 다음과 같이 보고하고 구휼미를 요청했다.

신이 제주에 이른 지 한 달이 지났는데, 그 사이에 하루이틀 이외에는 비가 오지 않는 날이 없고 바람이 불지 않는 날이 없었는데 처음에 신은 제주의 날씨가 원래 이런 것이려니 여겼었습니다. 그런데 오랜 뒤에야 유생과 노인들에게 물어보았더니 '금년 9월 이후부터 항상 흐리고 계속 비가 내려 여러 달 개이지 않아 여름철보다 더 심하다. 지금 거센 바람이 크게 일어 밤낮 그치지 아니하니 이는 실로 고금에 없던 재변이다'라고 하였습니다. 신이 직접 본 바로는 도로가 진창이 되어 봄·여름의 장마철과 같고 들판에 가을 곡식이 손상되어 태반이나 잎이 시들고 썩어 문드러져 거두지 못했습니다. 이리하여 농민들은 손을 놓고 곳곳에서 울부짖고 있으니 굶주려서 곤핍한 상황은 차마 볼 수가 없었습니다. 가을인데도 이러하니 어떻게 해를 보낼 수 있겠습니까? 이곳 백성들의 처지가 실로 애처롭습니다.

선조 37년의 제주는 가뭄과 태풍, 그리고 충재(蟲災)까지 들이닥쳐 온천지가 지옥을 방불케 했다. 늦은 봄부터 여름 내내 비가 오지 않았다. 가끔 검은 구름이 몰려오곤 했으나 마른 번개만 칠 뿐 하늘은 한 방울의 빗방울도 내려 주지 않았다. 몽우리지던 보리이

삭은 말라죽고 감자줄기는 시들어 버렸다. 웬만한 우물의 물도 고 갈되어 버렸다. 주민들은 숲으로 산으로 기어올라 초근목피로 연 명했고 마실 물을 찾아 계곡의 조그만 웅덩이로 몰려들었다.

설상가상으로 가을에는 비를 동반한 태풍이 온 섬을 휩쓸어 그 나마 익어가던 곡식마저 뿌리째 뽑혀 날아갔다. 태풍이 지나간 자리에는 메뚜기 떼들이 몰려와 나무와 풀잎뿐만 아니라 드러난 풀뿌리까지도 먹어치웠다.

새로 부임한 제주 목사가 급히 장계를 올렸다.

제주도가 풍재와 수재를 혹독하게 입어 화곡(禾穀)이 크게 흉 작인데다가 충재(蟲災)까지 겹쳐 메뚜기들이 풀뿌리마저 남김 없이 먹어치운 형편입니다. 겨울 이전에 구황하지 않으면 백 성이 살아남기 어렵고 국마목장과 사목장의 마소까지도 죄 다 굶어 죽을 것입니다. 이곳의 사정이 급박하옵니다. 만약에 구황이 늦는다면 뒤에 가서 어찌 해보려 해도 굶어 죽는 사람 을 구하지 못할까 염려됩니다.

제주에서 보낸 장계를 접한 조정에서는 급히 가까운 해남에서 구휼미 3,000석을 보내고 조성립(趙成立)을 구황어사로 파견했다.

조성립이 도착했을 때 제주의 형편은 참혹했다. 골짜기마다 시 체가 늘비하고 시체 썩는 냄새가 진동했다. 그들은 초근목피를 찾아 골짜기로 기어오르다가 힘이 부쳐 아사한 것이다. 어사가 손수 죽사발을 들고 목숨이 남아 있는 사람들을 먹이려 했으나 그들은 숟가락 들 힘조차 남아 있지 않았다.

설상가상으로 제주 전역에 호열자(콜레라)가 창궐하여 제주 백성의 3분의 1이 목숨을 잃었다.

김만일의 산마장도 가뭄과 태풍으로 극심한 피해를 입었다. 하늘이 비를 내려주지 않아 메마른 땅에서는 야초들이 뙤약볕에 타죽었고 가을에 불어온 태풍으로 인해 풀뿌리조차 뽑히고 표토가 비바람에 쓸려가 버려 초원에는 바위가 해골처럼 드러나 있었다. 그러나 김만일로서는 거기에 신경 쓸 계제가 아니었다.

김만일은 의귀리 곳간에 쌓아둔 양식을 대부분 풀어 말 등에 바리바리 실어 재해를 입어 굶주리는 여러 마을에 속속 보냈다. 그리고 김만일은 아내와 더불어 의귀리 집, 넓은 마당에 가마솥을 걸고 죽을 끓여 허기져서 찾아오는 이들에게 손수 퍼주었다.

김만일은 세상 사람들이 다 기아에 허덕이는데 자신만 호의호식하면서 배를 두드리고 사는 사람은 아니었다. 김만일은 천재지변이 날 때마다 자신이 말을 팔아 벌어들인 곡물을 아낌없이 풀었고 수시로 찾아드는 굶주린 사람들에게 양식을 나누어주곤 했다.

7년간의 왜란, 그리고 곧바로 이어진 7년간의 흉년으로 인하여 산마장의 초원도 황무지가 되었다. 초원에서 뛰놀던 말들이 한라산으로 도망갔다. 김만일은 목장에 있는 말들을 모두 풀어 주면서 말들에게 절규했다.

"어서들 가라. 한라산에는 나무들에 기생하는 넝쿨도 있고 어린 나무도 있다. 넝쿨 잎을 따먹고 나무껍질을 벗겨 먹으며 겨울을 나거라. 그리고 내년 봄 초원에 새싹이 푸릇푸릇 나면 돌아오너라."

겨울이 아무리 혹독해도 봄은 찾아오기 마련이다. 산마장의 넓은 초원에 새싹이 파릇파릇 돋아나자 한라산으로 사라졌던 말들이 하나하나 나타나기 시작했다. 겨우내 웅크리고 있던 김만일은 뛸 듯이 기뻐했다.

돌아온 말을 점검해 보니 2,000마리가 넘었다. 산마장의 말은 야생마의 후예인데다가 해발 400 내지 700m에서 자란 말이라 추위에 강하고 험난한 산을 오르내리며 먹이를 구하는 데 어려움이 없었던 모양이었다. 그러나 한라산에 올라가 되돌아오지 않는 말들도 많았다.

김만일은 테우리들을 동원하여 곶자왈과 계곡을 훑으며 집 나간 말들을 찾으러 다녔다. 가시덤불에 끼어 미처 빠져나오지 못하고 앙상한 시체로 나뭇가지에 걸려있는 놈들도 있고 계곡의 웅덩이에서 썩어가고 있는 시체도 있었다. 그러나 한라산 산허리를 주름잡으며 뛰어다니는 말들도 있어 많은 말을 구해 올 수 있었다.

김만일은 산야를 누비며 계곡을 휘돌던 중 산마장의 조상인 거루를 내내 머리에 떠올렸다. 그리고 오동팔과 더불어 보낸 세월,

특히 산마장을 일구던 추억이 그의 머릿속을 주마등같이 스쳐갔다. 오동팔이 어린 만일에게 말을 태워주던 일, 테우리로 데리고 있으면서 말 다루는 법을 가르쳐주던 일, 해박한 지식을 갖고 있어 말의 역사를 일러주던 일, 야생마에 대하여 귀띔을 해주던 일, 야생마의 씨인 거루를 아끼고 만일과 더불어 산마장의 기초를 닦던 일들을 김만일은 되씹어보고 있었다.

그때 불현듯 오동팔 영감이 가끔 되뇌던 말이 생각났다.

"어린 손자놈이 하나 있긴 한데…."

참, 오동팔 영감에게는 아들과 손자가 있다고 하지 않았던가. 아들은 육지로 갔는지 바다에 빠져죽었는지 감감무소식이고 홀로 남은 며느리가 대정현의 어디선가에서 손자를 키우고 있다고 오 영감이 말하지 않았던가.

김만일은 달렸다. 대정현을 향하여 달렸다. 내가 왜 그 사실을 까마득하게 잊고 있었단 말인가? 김만일은 그동안 잊고 있었던 자신의 무심함을 탓하면서 애꿎은 말에게 채찍을 가하고 있었다.

김만일은 수소문 끝에 대평리 바닷가 언덕에 오동팔의 며느리가 살고 있다는 사실을 알게 되었다. 다 쓰러져가는 초막집에는 아무도 없었다. 아이들 소꿉장난감 같이 단촐한 살림도구가 가지런히 놓여있는 걸 보니 사람이 살지 않는 집은 아닌 성싶었다.

김만일은 툇마루에 앉아서 기다리고 있었다. 해가 뉘엿뉘엿 서쪽 박수기정으로 지고 있을 무렵 호호백발의 할머니가 기다시피하며 언덕을 올라오고 있었다. 60이 넘은 나이에 물질을 하고 나서 태왁을 질질 끌며 집에 돌아오고 있는 것이다.

"누구요?"

할머니는 지친 음성으로 모기소리를 내고 있었다.

"오동팔 어른의 가솔을 찾아왔습니다만…."

"시아버님은 수십 년 전에 집을 나가서서 돌아오지 않으셨지요. 아마도 어디선가 객사하셨을 거외다. 내 손으로 묻어준 적이 없으니 까마귀밥이 된 지 오래일 거외다."

할머니는 땅바닥에 주저앉아 몇 수의 전복을 망사리에서 끄집어내며 한숨 섞인 소리로 혼잣말처럼 중얼거렸다.

"바다가 웬수지요. 시어머니는 물질하다 물귀신 되고 남편이란 것은 바다에 나가 영 돌아오지 않지. 이 늙은이는 바다 속에 들어가 죽으려 해도 용왕님이 떠올리는지 죽어지지도 않는구려. 이 늙은이에게서 무얼 빼먹을 게 있는지 관가에서는 전복을 잡아다 바치라고 성화라오. 이 누추한 곳을 찾아온 댁은 누구시오? 관가에서 왔으면 저 몇 마리 전복이나 가지고 어서 가시오. 하늘도 무심하시지. 벼룩의 간을 빼먹으러 때맞춰 오셨는가?"

"그런 게 아니고…."

김만일은 오동팔에 대한 이야기를 소상히 말해주고 오동팔이 며느리와 손자를 찾으러 나설 참에 불의의 사고를 당해 목숨을 잃은 일을 얘기했다.

그 할머니의 외아들, 오동팔의 손자는 서광리의 국마목장(7소장)에서 테우리로 일하면서 가뭄에 콩 나듯 어머니를 뵈러 온다고 한다.

　김만일은 목장으로 달려가 김만일의 손자를 만났다. 그는 오충선(吳忠善)이라 했고 30세 초반이었지만 장가조차 들지 않았다.

　김만일은 월라봉 기슭 웃뜨르에 수만 평의 땅을 사서 목장을 일구고 암말 100마리와 준마의 씨수마 10마리를 주어 오충선으로 하여금 키우게 하였다. 얌전한 색시도 간택하여 장가도 들여주었다.

　김만일의 배려로 오충선이 갑자기 목장주가 되었다는 이야기를 듣고, 자기도 따라서 해보겠다는 청년들이 김만일을 찾아와 씨수마를 얻고자 하는 경우도 있었다. 김만일은 그들의 열의와 진정성을 눈여겨보고 말을 놓아먹이겠다는 목장 후보지를 손수 방문하여 씨수마뿐만 아니라 몇 마리의 암말까지도 선뜻 내주기도 하였다. 그러나 단지 욕심 때문에 찾아오는 젊은이는 가차 없이 내쫓았다.

　오충선은 준마 생산에 전념했다. 말은 늘어갔고 오충선은 준마 양성에 남다른 정성을 기울였다. 그는 목장으로부터 대평 포구로 통하는 말길을 내어 자신의 말을 상인에게 팔기도 하였다.

광해군

1608년 2월, 광해군이 등극했다.

광해군은 즉위하자마자 큰 고민에 쌓였다. 그에게는 할 일이 산적해 있었다. 왜적과의 길고 지루한 싸움이 끝난 지 8년, 아직 강토는 왜적이 할퀸 상처가 그대로 남아 있고 도성을 비롯하여 지방 군현의 성곽이 무너져 방치되어 있었다. 엎친 데 덮친 격으로 가뭄은 계속되고 전국에 전염병이 만연하고 있었다.

명나라는 나라를 지켜준 은혜를 갚으라며 조선에 은(銀)과 말을 꾸준히 요구하고 있었다. 조선의 모든 은 광산이 까뒤집어졌고 강화도, 대부도, 진도에 있는 말과 제주의 국마목장에 얼마 남지 않은 말이 명나라로 보내졌다. 김만일의 산마장에서도 산마

1,000마리가 전쟁 직후 끌려갔다.

광해군은 궁궐을 새로 짓는 동시에 대동법(大同法)을 제정했다. 전쟁으로 많은 토지들이 유실되고 이 틈을 이용해 관리들은 토지를 늘려가는 통에 유랑민이 속출했다. 광해군은 이전에 가구 단위로 세금을 걷던 제도를 토지 단위로 걷도록 하고 토지를 가지지 않은 사람도 농사를 짓게 하는 대동법을 실시하려 했다. 이는 유사 이래 처음으로 시도되는 세금정책이었다. 그러나 토지를 많이 가지고 있는 관리들이 악다구니로 몰려 반대하고 나섰다. 결국 대동법은 대소신료들의 끈질긴 반대에 부딪쳐 경기도 일부에 한해서 실시하는 것으로 축소되었다.

광해군이 무엇보다 신경 쓰는 일은 만주 여진족이 강성해지고 있는 것이었다. 여진족을 통합하여 후금을 세운 누루하치는 가볍게 볼 상대가 아니었기 때문이다.

임진왜란이 발발하자 광해군은 왕자의 몸으로 평안도와 함경도 등지를 돌아다니며 의병을 모집하여 왜군과 싸웠었다. 그가 북방에 있으면서 직접 목격한 것은 북쪽 만주에 무서운 세력이 태동하고 있다는 것이다. 누루하치가 만주에 후금을 세우고 여진족을 통합해 나가고 있었다.

누루하치의 군사는 대부분이 기마병이었고 그들이 타는 전마는 철기(鐵騎)라 불릴 정도로 기동력과 파괴력이 과히 천하무적이라 할 만했다. 여진족은 말 잔등에서 태어나서 말 잔등에서 자란다는 말이 있듯이 말을 다루는 솜씨가 뛰어났다.

세력이 강해진 누루하치는 임진왜란 때에 선조에게 원군을 보내겠다고 제안한 적이 있었다. 그들이 조선반도에 들어오면 조선은 왜, 명, 후금의 각축장이 되는 터라 선조는 많은 고민 끝에 그 제안을 거절한 바 있었다.

욱일승천하는 여진족의 사정을 꿰뚫어보고 있는 광해군은 임진왜란에서 혁혁한 공훈을 세운 역전의 노장들을 다시 불러 평안도와 함경도에 배치했다. 의병 출신 곽재우 장군을 다시 일으켜 함경도 절제사로, 북변에서 뼈가 굵은 이수일 장군을 평안병사로 보냈고 체구는 작으나 지략이 뛰어난 정충신 장군을 최북방 만포진 첨사로 보내 국경을 방비하게 했다. 또 그의 이름만 들어도 누루하치가 벌벌 떤다는 박엽(朴燁) 장군을 의주 부윤으로 보내 성곽을 쌓게 했다.

평안도, 함경도의 북변을 지키는 이들 장군들은 하나같이 누루하치가 만주를 종횡무진 달리면서 동쪽으로는 동해까지 이르고 서쪽으로는 요서까지 넘보고 있는 실상에 대하여 끊임없이 장계를 올렸다. 반면에 그들은 우리 변방의 나약한 군졸, 불평만 늘어놓는 백성, 허술한 성곽 그리고 녹슨 무기, 전마가 없고 기병도 없는 변방의 사정을 개탄해 마지않았다.

광해군은 누루하치가 이끄는 오랑캐들이 조선 땅으로 치고 들어오는 악몽을 꾸면서 잠을 설치곤 했다.

"왜적이 쳐들어왔을 때는 백성들이 산으로 숨으면 됐다지만 북쪽 오랑캐가 쳐들어오면 조선 8도 어디에도 숨을 곳이 없도다."

광해군의 고뇌를 이해하는 신하는 거의 없었다. 그들은 누루하치를 좀도둑 정도로 치부했고 오랑캐라 부르며 비웃었다. 변방을 지키는 장수들의 장계를 대하면서는 원래 장군들이란 허풍을 떨면서 자신의 위세를 뽐내는 자들이라며 가소롭게 여겼다. 신하들은 북쪽 오랑캐 뒤에 막강한 명나라가 있는데 걱정할 게 무어냐며 임금의 우려를 한갓 기우로 여겼다.

신하들은 명나라를 신주 모시듯 떠받들었고 명나라의 은혜를 저버려서는 안 된다고 줄기차게 주장했다. 신하들은 사색당파로 나뉘어 서로 물고 뜯는 데만 정신이 팔려 있었다.

광해군은 북로남왜(北虜南倭), 즉 북쪽에는 오랑캐가 있고 남쪽에는 왜가 있는 현실을 직감했다. 그는 신료들의 반대에도 불구하고 우선 철천지원수인 일본과 화친을 맺었다. 언제 재발할지 모르는 일본을 묶어두고 북쪽 오랑캐에게만 전념하자는 것이다.

광해군은 신하들에게 늘 말하였다.

"생각컨대 우리나라의 병력으로는 아무 것도 할 수 없소. 한편으로는 저들을 달래고 한편으로는 스스로 힘을 키우는 것만이 최선책이오. 이는 반드시 병행되어야 할 일이오."

그러나 신하들은 후금을 얕잡아보면서 현실에 안주하려 했다. 광해군은 외로움에 떨었다. 그는 경연을 열어서 신하들을 만나려고 하지 않고 혼자서 궁리에 빠졌다. 신하들의 늘 하는 소리가 명나라를 하늘처럼, 부모처럼 모시자는 것이니 경연을 열어 그 귀찮은 소리를 들어 무엇 하겠는가? 그들에게 백성은 안중에도 없었다.

광해군은 끊임없이 첩자를 보내 후금의 정세를 염탐했다. 그는 첩자를 통해 누루하치가 천하통일을 꿈꾸고 있는 야망을 감지했고 그들의 군대가 천하무적임을 파악했다. 바야흐로 조선은 일촉즉발의 위기에 놓일 것을 광해군은 예견했다.

질풍노도같이 밀려오는 기마병을 막는 데는 보병이나 궁검을 가지고는 조족지혈에 불과하다. 말을 놀라게 해 줄 화포가 있어야 하고 그 말들과 맞설 우수한 전마가 있어야 한다. 그는 화포와 거기에 쓰일 염초를 제조하여 북방에 보냈다. 그러나 조선에는 말이 없다. 목장의 말은 명나라에서 휘더듬어 가져간 터였다.

임금은 김만일을 떠올렸다. 그는 제주의 산마장에서 준마를 키워 임진왜란 때에 조정과 의병들에게 전마를 보내지 않았던가.

임금은 병조판서 박승종(朴承宗)과, 오랫동안 평안도 관찰사로 있다가 귀임한 이시발(李時發)을 침전으로 불렀다. 신하를 침전으로 부르는 것은 은밀한 논의를 하기 위한 것이다. 그들은 북방정책에 관한 한 광해군과 생각을 같이 하는 사람들이었다. 임금이 탄식을 하며 말했다.

"후금의 기세가 하늘을 찌를 형세가 되었도다. 짐이 역관들을 시켜 염탐해 보니 그들은 중국대륙을 넘보고 있는 것이 분명하도다. 우리 조선이 명나라와 가깝게 지내니 그들은 우선 후미를 치기 위하여 압록강을 건널 계획을 꾸미고 있음이 분명하다. 짐은 이에 대비하여 함경도와 평안도의 절제사로 하여금 군사를 훈련시키며 성을 쌓거나 보수하게 하고 화포를 만들어 성벽에 늘어놓도록 했도다. 그렇다 해도 후금의 철기는 천하무적이라 우리가 맞서서 싸우기에는 역부족이로다. 성을 쌓는 일은 미봉책에 불과하다는 것을 짐이 왜 모르겠는가? 적이 쳐들어오면 당장에는 적과 들판에서 맞서지 않고 청야작전(淸野作戰)을 펴서 평야와 곡창을 불태우고 일단 성으로 피하고 있다가 후미에서 공격하자는 것이로다. 그러나 한편 생각해 보면 그 작전으로는 어림도 없다. 성 안에서 얼마나 버틸 수 있겠는가? 그들이 성 안의 군사들을 도외시하고 서울로 치달으면 과연 막을 자가 누구인가?

아! 바야흐로 우리나라가 바람 앞의 촛불의 형국이로다. 이를 염려하여 짐은 한잠도 못 이루는데 신하들은 태평연월을 구가하며 아직도 조선이 위급하면 명나라가 지켜줄 것이라고 철석같이 믿고 있다. 그러나 명나라도 그 운이 다한 듯하도다. 지금으로서는 누루하치를 달래는 수밖에 아무런 대책이 없구나. 그럼에도 저들이 쳐들어온다면 어찌한단 말인가?"

임금은 이시발에게 시선을 옮기며 물었다.

"경이 근년에 염초를 많이 만들고 많은 성곽을 수리한 사실을 짐은 이미 들어 알고 있도다. 경은 변방에 있으면서 우리의 국경 방비책이 얼마나 취약한지를 알고 있었을 것이다. 경이 보고 느낀 바를 허심탄회하게 말하라."

"만약에 북방의 오랑캐가 쳐들어온다면 그 길목은 의주와 만포일 것이옵니다. 지금 의주는 박엽이, 만포는 정충신이 지키고 있습니다. 그들은 후금의 누루하치가 그 이름만 들어도 벌벌 떠는 맹장들입니다. 그러나 그들이 의주와 만포를 지킨다 해도 압록강 유역을 빙 둘러 장성을 쌓지 않는 한 후금의 기병을 막을 도리는 없사옵니다."

임금이 갑자기 자리에서 벌떡 일어났다.

"맞서서 싸울 수밖에 없지 않은가? 그러기 위해서는 말이 필요하다. 오랑캐의 말과 대적할 전마와 기마병이 필요하단 말이다. 당장 제주의 김만일을 불러 올려라."

김만일이 제주를 떠나 급히 달려서 임금을 독대했다. 임금이 김만일을 내려다보며 물었다.

"경은 왜란 때에 조정에 500마리의 말을 헌납했고 경의 아들을 200마리의 전마와 더불어 전장에 보내 왜적을 쳤도다. 그것도 모자라 경은 자식처럼 아끼는 수천 마리의 말을 도살하여 각종 무기와 식량을 만들어 보냈도다. 그 후 명나라의 끈질긴 요구로 1,000마리의 산마를 올려 보냈도다. 짐이 그 고마운 뜻을 어찌 잊으랴? 지금쯤 산마장의 현황은 어떠한고?"

김만일이 황공해 마지않으며 대답했다.

"신의 목장에는 임진년까지만 해도 말이 10,000마리를 능가했습니다. 그 말들은 대부분 준마였습니다. 그러나 전쟁이 끝났을 때 신에게 남은 말은 1,500마리에 지나지 않았습니다. 다행히 그 중 200마리의 종마는 잘 보존되어 있었사옵니다. 그 후 우량마 번식에 각고의 노력을 기울여 다시 10,000마리로 불려 놓았사옵니다. 그 중에 전마로 쓸 수 있는 말은 2,000마리가량 됩니다."

임금은 감격에 겨워서 눈물까지 글썽였다.

"과연 경은 나라의 보배로다. 경은 이 시점에서 나라가 처한 위급함을 읽고 나라의 장래를 예견하는 선견지명을 갖고 있도다."

임금은 김만일을 가만히 뜯어보며 말했다.

"종마를 제외한 수말들을 짐에게 팔겠는가?"

"신은 전하의 백성이며 신의 목장 또한 전하의 땅이니 신이 키우는 말 또한 전하의 것입니다. 나라가 어려운 지경인데 어찌 신에게 말을 사신다고 하십니까? 전하의 것이니 언제든지 전하께 드리겠습니다. 다만 암말은 생산의 수단이니 드릴 수가 없습니다."

임금은 껄껄 웃었다.

"어찌 황금알을 낳는 어미말을 달라고 하겠는가?"

임금이 사복시 도제조 심희수(沈喜壽)를 불러 지시했다.

"경은 남몰래 조운선을 제주에 띄우라. 그리고 전마 2,000필을 죄다 끌고 오도록 하라. 암말과 아마(兒馬)는 절대 끌고 와서는 안 된다. 그리고 말 한 필당 쌀 20석 또는 목면 1동(同)의 값을 쳐 주도록 하라. 김만일이 목면 대신 미곡을 원한다면 미곡으로 대체하여 보내라. 수말인 아마가 세 살이 되면 그때그때 징발하라. 그 말들을 북변에 보내 군사들과 더불어 훈련을 시킴으로써 기마병을 양성하도록 하는 것이 바람직한 일이로다."

무명 1동은 약 50필에 해당하며 한 필은 약 10마, 또는 40자가 된다. 어른의 한 벌 옷을 짓기 위해서는 3 내지 4마가 들어가니 무명 한 필을 가지면 한 가족의 옷감을 마를 수 있는 분량이다. 따라서 수말 한 마리의 대가로 50가구가 한 철의 옷을 해 입을 수 있고 경우에 따라서는 100가구가 옷을 해 입을 수 있다.

심희수가 불평을 늘어놓았다.

"김만일은 조선의 백성이고 말을 방목한 목장은 조선의 땅인데 대가를 지불하는 것은 지나친 배려인 듯합니다."

"짐은 많은 생각 끝에 이와 같은 결정을 내린 것이로다. 제주에는 목면이 나지 않아 백성들이 입을 옷이 없고 제주의 땅은 척박하여 굶어죽는 사람까지 생기는 실정이로다. 또한 김만일에게, 그대는 조선의 백성이고 그대가 말을 방목하는 땅은 국유지라면서 대가를 치르지 않는다면 그가 어찌 흥이 나서 말, 특히 전마를 키우겠는가? 짐의 말대로 실천하라. 김만일의 산마장에서는 어느 누구도 대가없이 말을 반출해서는 안 된다. 수말이건 암말이건 망아지건 간에 짐의 하교 없이 말을 빼올 수는 없는 일이로다. 그런 일이 발생할 경우 지위 고하를 막론하고 엄중히 처벌하겠노라."

광해군은 제주에서 전마가 올라오는 족족 서울에 남겨두지 않고 북변에 보내 조련을 시키고 아울러 기마병을 양성했다.

그러나 산마장이 아닌 국마목장은 황폐해 있었다. 7년 전쟁 동안 말을 도살하여 식량과 무기를 보내야 했기에 그랬고 7년의 가뭄과 태풍, 그리고 전염병으로 많은 말들이 죽었기 때문이다. 조정에 말을 실어보내기보다는 목장을 복구하고 흩어진 테우리들을 모으는 일이 급선무였다. 국마목장이 제 자리를 찾고 말의 수가 늘자 사복시에서는 농마와 운송용 말을 국마목장에서 공급하도록 했다.

조운선이 말을 실으러 올 때마다 배에는 쌀과 면포가 가득 실려 있었다. 말 값을 미리 쳐서 보낸 것이다.

제주에는 땅이 척박하고 비가 와도 물이 금방 빠져버리기 때문에 벼를 생산할 수 없어 백성들은 쌀을 구경하기조차 어려웠다. 더러 제사에 쓰기 위하여 심는 산디(밭벼)는 메지고 물기가 없으며, 말라서 거북이 등껍질처럼 갈라진 밭에 듬성듬성 자라는데 쭉정이가 반이나 되었다. 제주 사람들은 보리와 조를 주식으로 했지만 그것도 자급자족하기에는 턱없이 모자랐다. 쌀밥을 먹어본다는 것은 꿈에나 있을 수 있는 일이었다.

제주의 토질은 목화가 싹트고 자라기에 적합하지 않아 무명이 생산되지 않고 베의 원료인 삼 또한 잘 자라지 않아 사람들은 베옷조차 입을 수 없었다. 임진 목사의 아들 백호(白湖) 임제(林悌)는 〈남명소승(南冥所乘)〉에서 '여자는 치맛자락이 없어 다만 삼 새끼로 허리를 동이고 한 자 정도의 벳조각으로 새끼의 앞과 뒤를 꿰매어 음부만 가릴 뿐' 이라 했고 김상헌은 〈남사록(南槎錄)〉에서 남자들은 겨울에도 '명석과 도롱이를 걸치고 있다' 고 썼다. 반면에 제주의 기생들은 양마(良馬)를 사러온 육지의 상인들에게서 받은 비단옷을 입었다고 김상헌은 썼다.

조운선에서 부려지는 쌀가마니와 면포의 엄청난 묶음을 사람들은 꿈을 꾸듯 바라보고 있었다.

가령 말 500마리를 사가기 위하여 말값을 면포와 쌀로 반반씩 지급한다면 면포는 250동, 즉 7,500필이며 쌀은 5,000석인 것이다.

배에 가득 실은 면포와 쌀을 수십 명의 인부들이 달려들어 하역하고 있을 때 제주의 백성들은 구름처럼 모여 그 광경을 바라보며 환호성을 질렀고 어떤 이들은 눈물까지 흘렸다.

김만일은 쌀과 면포를 나누어 대부분을 국마목장과 관가에 보내고 나머지를 의귀리 자신의 집으로 실어가도록 했다. 김만일은 물건들을 나눠보내면서 말했다.

"내가 이렇듯 말을 키워 돈을 번 것은 제주라는 천혜의 땅이 있고 제주 사람들이 있었기에 가능한 것이었다. 백성들이 헐벗고 굶어죽을 판인데 내 곳간과 광의 물건들이 무슨 소용이란 말이냐? 사람으로 태어나 가진 것을 움켜쥐고 손을 펴지 않으면 어찌 사람이라 할 수 있는가? 내 광에는 한 해에 쓸 면포만 있으면 족하고 내 곳간에는 한 계절 먹을 쌀만 있으면 그만이다. 욕심을 부려 그냥 쌓아두면 좀이 슬고 쥐가 갉아먹을 뿐이다. 많이 풀어 적선하라."

김만일의 집에는 광마다 면포가 그득하고 곳간마다 쌀가마니가 천정에 닿아있다. 집에 쌓아두면 두는 대로 쓸 데가 있게 마련이다.

의귀리 만일의 집에는 쌀과 무명을 얻으려는 사람들이 밀물처럼 몰려왔다. 김만일은 창고를 활짝 열어 제켰다.

　　어느 날은 머리를 빡빡 깎은 사람 둘이 찾아왔다. 그들은 늙수그레한 스님들로 완전히 거지행색이었다.

　　"저희들은 보우(普雨) 큰스님의 제자로 저는 보현(普玄)이라 하옵고 이 아이는 제 아우입니다. 명종 때에 제주에 귀양 오신 후 참살 당한 보우 큰스님이 묻힌 곳을 찾고자 제주에 건너왔습니다. 저희는 30년간 한라산을 이 잡듯 샅샅이 뒤졌으나 찾지 못하고 이렇게 떠돌이중이 되고 말았습니다. 조그만 암자라도 지어주시면 제주에 재앙을 막아달라고 부처님께 기도하며 여생을 바치겠습니다."

　　"아, 스님들이 정녕 보우대사의 제자들입니까? 보우 큰스님은 문정왕후의 도움을 얻어 불교를 개혁하고 아울러 불교중흥을 위해 애쓰시다가 유생들의 반발로 제주에 유배되셨고 유배 온 지 몇 개월 만에 제주 목사 변협에게 참살당하셨지요. 그때 제 나이 16살이었지요. 왜란 때에 승병을 일으키신 서산대사와 사명대사가 다 그 분의 제자가 아닙니까? 사명대사는 승병을 이끌고 평양을 탈환하셨으며 울산에 주둔한 왜병들을 맞아 싸우셨지요. 더욱이 그 분은 왜란 후 왜국에 건너가 3,500명의 포로를 데리고 돌아오셨지요. 최근에 입적하셨다고 들었습니다. 마땅히 작은 절이나마 지어드리겠습니다."

　　김만일은 사재를 털어 그 스님에게 절을 지어주었고 공양을 아끼지 않았다. 그밖에 김만일은 제주에 여러 절을 짓는 일에 보탬을 주었다. 그러나 그 절들은 숙종 때에 제주 목사로 부임한 이형상에 의하여 불타버렸고 몇 절에만 김만일의 송덕비가 남아 있다고 하나 이 또한 땅에 묻혀버렸다고 한다.

제주에는 죄를 짓고 쫓겨 온 중들이 많았다. 민속신앙이 뿌리를 내린 제주에서 그들은 신도를 모을 수도 없고 발붙이기도 어려워 대부분의 사람들이 유리걸식하고 있었다. 그들은 김만일을 찾아와 절을 지어달라고 통사정하는 일이 잦았으나 김만일은 사람을 알아보는 혜안을 가지고 있었기 때문에 돈만 바라고 거짓말을 하는 사람들은 그냥 쫓아버리곤 했다.

김만일은 가난한 이들에게 베풀었고 무위도식하는 젊은이들에게 일자리를 제공했으며 향교, 서당 등 학교 건설에 많은 돈을 쾌척하였다.

임금은 김만일의 산마장에서 사들인 전마를 서울을 거치지 않고 곧바로 당시 평안도 관찰사로 있는 박엽 장군에게 보냈다. 박엽은 매우 용맹스럽고 군사훈련에 엄격했으며 단학(丹學)에 일가견을 가지고 있던 사람이었다. 만주를 횡행하던 누루하치도 박엽의 이름을 들으면 오금을 떨었다고 한다.

10년간 김만일이 북방에 보낸 말은 3,000마리에 이르렀다. 박엽은 말을 조련하고 기마병을 훈련시켜 요로에 배치하고 있었다.

김만일이 준마를 키우고 있다는 사실은 이미 조정에 모르는 사람이 없었다. 고관대작들은 김만일의 준마에 침을 흘리고 있고 호의호식하는 한량들은 준마를 타고 으스대거나 사냥을 즐기고 싶어 했다. 위에 선을 대야 출셋길이 열리는 세상인데 제주에 부임하는 관리들이 원칙과 법을 지킬 리는 만무한 것이다. 더욱이 절해고도 변방에서 행해지는 일들을 임금이 어찌 알랴.

누구의 지시인가? 임금이 그만큼 말렸음에도 김만일 목장의 말을 점검하여 끌고 오겠다며 점마별감 양시헌(梁時獻)이 제주로 떠났다. 그는 먼저 제주목에 들러 군관과 수십 명의 병사들을 이끌고 의귀리 김만일의 집을 찾아왔다. 광해군 10년 9월이었다.

수십 명의 병사들을 이끌고 나타난 양시헌을 김만일은 의심의 눈초리로 바라보고 있었다. 병사들은 말을 이끌어가는 격군이 아니고 갑옷을 입은 군인이라는 점이 우선 수상쩍었다. 평소 같으면 격군을 김만일이 댔는데….

양시헌이 거만을 떨면서 재촉했다.

"어명이오. 수말 1,000마리를 내놓으시오."

김만일이 대꾸했다.

"어명이라면 어찰은 가져오셨소?"

양시헌이 우물쭈물하는 사이 김만일은 손자 려(礪)에게 눈짓을 보냈다. 려는 산마장으로 급히 달려가서 종마를 포함하여 수말은 모조리 한라산으로 쫓아버렸다.

"어명이라는데 어찰이 무슨 소용이란 말이오. 어서 산마장으로 안내하시오."

양시헌은 죄인을 잡으러 온 포도대장처럼 위세가 등등했다.

69세의 노인인 김만일은 둘째아들 대성(大聲)으로 하여금 산마장을 관리하게 하고 자신은 의귀리 자택에서 기거하고 있었다. 큰아들 대명은 임진왜란 때 육지에 나가 큰 공을 세운 후 전라도의 수령으로 있었다.

"목장에는 종마 외에는 수말이 없소이다."

"그렇다면 종마라도 내놓으시오."

"이 양반아, 종마를 내놓으라니 정신이 있는 거요. 우리 목장은 임금께서 특별히 보살피는 곳이오. 종마는 생산의 근원이거늘 어찌 그런 행패를 부린단 말이오. 종마 또한 한 마리도 내 손안에 없소, 한라산으로 쫓아 버렸소. 그나저나 종마를 내줄 순 없소."

"초원에 암말이 수두룩하구나. 그렇다면 암말이라도 내놓으시오."

"암말의 반출은 단 한 마리라도 금하라는 임금의 엄명이 계신 것을 모른단 말이오. 당신은 도대체 누구요? 임금이 보낸 사람은 아닌 듯한데…."

"말로 통하지 않는 답답한 늙은이군. 저 자를 묶어라."

"나는 이렇듯 촌부로 살지만 한때 종2품의 무관을 지낸 사람이오. 지금은 현직에 있지 않지만 품계는 유지하고 있소. 그런데 함부로 나를 체포하다니…?"

"종2품의 동지사가 현직에 있지 않으면 이빨 빠진 호랑이에 불과하다. 저 늙은이를 묶지 않고 뭣들 하느냐?"

대성과 그의 아들 려가 뜯어 말렸다.

"저놈들도 묶어서 관가로 끌고 가라."

양시헌은 김만일, 대성, 손자 려를 제주목의 감옥에 가두는 한편 테우리들을 협박해서 암말 1,000마리를 배에 싣고 있었다.

김만일의 고명딸 갑순은 집안에서 창틈으로 아버지와 오빠 그리고 조카가 당하는 모습을 가슴을 조이며 엿보고 있었다. 그녀는 제주목의 감옥까지 쫓아갔다. 처음에 그녀는 억울한 사정을 목사에게 호소할 생각을 하고 있었다. 그러나 목사조차도 양시헌의 말을 거역하지 못하는 모습을 보고 다른 방도를 궁리하고 있었다.

갑순은 남장을 하고 격군(格軍)에 지원했다. 격군은 말과 더불어 조운선에 타서 말을 보살피며 경우에 따라서는 목적지까지 말을 몰고 가는 일꾼으로 곁군이라고도 불렀다. 16세의 갑순은 목장에서 나서 목장에서 자란 터라 말 다루는 솜씨가 뛰어났다.

조운선은 무사히 나주에 닿았고 도착한 말은 대기하고 있던 육지의 견마꾼(牽馬軍)에게 인도되었다.

갑순은 걸었다. 무작정 걸었다. 자신 아니면 연로하신 아버지가 감옥에서 세상을 떠날 것 같았고 오빠와 조카는 뭇매를 맞을지 모르는 일이었다. 갑순은 비럭질을 해가면서 서울로, 서울로 걸었다.

한 달이나 지났을까. 갑순은 구사일생으로 서울에 도착했다.

그녀는 아버지가 전날에 박승종 대감을 만났다는 이야기를 들은 지라 그를 찾아가기로 마음먹었다. 박 대감은 좌의정이 되어 있었다.

갑순은 솟을대문을 두드렸다. 문지기가 문을 열고 거지꼴을 한 갑순을 살펴보더니 얼굴을 찡그리며 대문을 쾅 닫고 들어가 버렸다. 아무리 두드려도 소용없는 일이었고 나중에는 문을 두드릴 힘조차 남아 있지 않았다. 며칠을 굶었는지 모른다. 옷은 누더기에 갓은 찢어지고 머리는 산발인, 거지 중에 상거지였다. 갑순은 그 자리에서 정신을 잃었다. 해가 인왕산 너머로 뉘엿뉘엿 지고 있었다.

박승종이 자기 집에 당도하여 대문 앞에 쓰러진 갑순을 보고 혀를 끌끌 찼다.

"찬밥이라도 한 덩이 주어서 보낼 것이지."

가마꾼이 갑순을 툭툭 찼다. 눈을 뜬 갑순은 박 대감을 보자 눈물부터 주르르 흘렸다.

"쇤네는 제주도 김만일의…."

"뭐라고 했느냐? 김만일 대감에게 무슨 일이 있느냐?"

그러나 갑순은 다시 실신했다.

"이 아이를 어서 집으로 들여라. 우선 미음이라도 먹이고 목욕시켜 내게로 보내라. 김만일 대감에게 무슨 변고가 있는 게로구나."

박승종 대감 앞에 읍을 하고 다소곳이 앉은 젊은이는 의외로 여자였다. 여종들이 갑순을 목욕시키고 곱게 단장까지 해주었다.

"네가 여인의 몸으로 이 먼 서울까지 불원천리하고 찾아오다니. 억울한 사정이 있는 모양이로구나. 자초지종을 말하거라."

갑순이 아뢰는 이야기를 들은 박승종은 황당한 일에 입을 다물지 못했다.

"입궐 채비를 서둘러라. 아직 궐문이 닫히지 않았을 게다."

박승종은 늦은 시간이지만 임금을 독대했다. 임금은 노발대발했다.

"이 나라에 법도도 없고 위계질서도 무너졌도다. 김만일은 종2품인 중추부동지사의 실직에 있었고 선대에 개국공신의 칭호를 받은 사람의 자손이며 더구나 70의 고령이다. 점마별감 따위가 그와 자식들을 감옥에 처넣을 수가 있단 말인가? 또 짐은 제주에서 암말 한 마리라도 내오지 못하도록 수차에 걸쳐 엄명했거늘 감히 누가 짐을 능멸한단 말인가? 그 양시헌이라는 자를 누가 점마별감으로 임명했으며 짐이 근자에 당분간 김만일의 목장에서 말을 반입하지 말라고 일렀거늘 짐의 명령을 어기고 짐을 속인 자가 누구란 말이냐? 그 양시헌이란 자를 즉시 체포하여 의금부에 가두고 김만일 부자를 즉시 방면하라. 한 시가 급하니 제주로 파발마를 보내도록 하라."

임금은 분기탱천하여 부르르 떨기까지 하였다. 임금은 그 일이 상궁 김개똥의 짓이라는 사실을 금방 눈치챘다. 김개똥은 임금의 총애를 받고 있는 궁녀로 만조백관 위에서 무소불위의 권력을 휘두르며 매관매직을 일삼고 뇌물을 받아 챙기고 있었다.

　양시헌은 전라도 남원 사람으로 진도의 말목장을 오가며 말장사를 하던 중 김개똥에게 말 여러 마리를 바쳐 벼슬을 얻은 자였다.갑순은 좀 더 머물면서 서울 구경을 하고 가라는 박승종 대감의 배려를 물리치고 급히 제주로 향했다.

만주원정

    누루하치가 이끄는 후금의 세력은 날이 갈수록 맹위를 떨치고 있었다. 그러나 다행히도 광해군의 양다리 걸치기 정책으로 조선과 후금 사이에는 살얼음판 같은 평화가 유지되고 있었다. 그러나 명나라와 후금 사이에는 일촉즉발의 전운이 감돌고 있었다.

    광해군 10년 4월, 급기야 후금이 명나라에 선제공격을 감행했다. 명과 후금의 교역지인 무순성을 후금이 하루아침에 점령한 것이다. 후금의 전마는 크기와 덩치가 몽고마보다 크고 다리가 길고 강인하여 철기(鐵騎)라고 불렀고 그 기마대를 팔기군(八旗軍)이라고 불렀다. 후금은 철기가 막강했지만 전술도 절묘했다.

    후금의 팔기군이 흙먼지를 일으키며 무순의 절벽같이 까마득

한 성벽을 향하여 돌진하고 있었다. 명나라 군사들은 후금의 군사들이 아무리 막강하더라도, 철기가 하늘을 나는 비마라 한들 이 높은 성벽을 넘으랴싶어 성루에서 멀뚱히 바라보고만 있었다. 먼저 기마대가 질풍같이 달려와 성 밑에 모래자루를 쌓고 뒤로 빠졌다. 곧 이어서 다음, 다음의 기마대가 그 위에 모래자루를 쌓는다. 그 높이가 얼추 성벽의 높이와 맞먹을 즈음 기마대가 성벽을 넘어 일제히 공격한다. 무순성은 삽시간에 함락되고 말았다.

명나라는 즉시 50만 명의 원정군을 편성하고 조선에 원병을 요청해 왔다. 광해군은 난처했다. 이때까지 공들인 후금과의 근린 관계가 깨어질 판이었다. 원병을 요청하는 공문이 황제가 보낸 것이 아니고 병부의 책임자가 보냈다며 그리고 조선이 큰 전쟁을 치룬지 얼마 되지 않을뿐더러 군사도 무기도 남아 있지 않다고 하면서 광해군은 시간을 끌었다.

광해군은 조선의 군사가 멀고 먼 요서까지 원정을 하여 지친 인마로 명나라 군사와 합류하기보다는 압록강 유역에 주둔하여 후금의 배후를 위협하는 것이 명나라를 위해서도 백번 낫다고 명나라에 훈수를 두었다.

그러나 명의 사신들보다 물정 모르는 내부의 조신들이 더 설쳤다. 이때가 명나라의 은혜를 갚을 수 있는 적기라고 그들은 주장했다. 그들은 미적거리는 임금을 조롱했다. 광해군 편에 선 사람들은 박승종, 윤휘, 임연, 강홍립 등 소수의 사람들뿐이었다.

광해군은 결국 만주원정이 피할 수 없는 길이라고 판단했다.

광해군은 김만일에게 그동안 조련시킨 말 수천 필을 보내도록 하교했다. 그 말은 공짜가 아니고 나중에 반드시 보상하겠다는 약속도 했다. 광해군 10년 6월, 2,000마리의 말이 조운선에 실려 제주에서 서울로 떠났다. 이제는 신하들이 더 조바심을 냈다. 그들은 김만일의 산마장을 한라산까지 샅샅이 뒤져서 1,000마리를 더 뽑아내야 한다는 것이었다. 그러나 광해군은 윤허하지 않았다. 나중에 더 위급한 상황이 발생할 수 있으니 1,000마리는 남겨두어야 한다는 것이었다. 신료들의 닦달에 임금은 200마리를 추가로 올려 보내도록 했다.

명나라로부터 사신이 뻔질나게 드나들었다. 빨리 원군을 보내라는 임무를 띤 자들이다. 조선도 사신을 간단없이 보냈다. 광해군은 가급적 원군을 보내지 않을 생각에 사신을 보내 시간을 끌고 있었다. 드디어 명 황제로부터 정식으로 원군을 보내달라는 자문(咨文, 국가 간의 외교문서)이 왔다.

신하들은 더욱 성화였다. 황감하게도 명 황제가 친서를 보낸 마당에 이제야말로 재조지은(再造之恩) 즉 임진왜란 때 도와준 은혜를 갚아야 된다는 것이었다. 광해군은 짜증 섞인 목소리로 말했다.

"명나라의 은혜는 갚을 만큼 갚았노라. 우리는 전국의 은광을 까뒤집어 은을 캐서 보냈고 개성인삼을 모조리 보내는 한편 군민을 동원하여 산삼을 캐다 바쳤도다. 제주도 국마목장과 다른 섬에서 기르는 말들도 꼬리에 꼬리를 물며 명나라로 떠났도다. 더

이상 어찌 하란 말인가?"

그러나 비변사, 사헌부, 사간원의 모든 관리들은 명나라에서 왜란 때 원병을 보냈으니 우리도 원병을 보내는 것이 부모의 나라에 보답하는 길이라며 벌떼같이 달려들었다.

광해군은 외로웠다. 너무나 외로웠다. 저들, 공리공론만 외쳐대는 저 신하들, 당파를 지어 서로를 물고 뜯는 저들이 명나라라면 사족을 못 쓰고 한 목소리를 내는 저들이 정녕 이 나라의 신하들이란 말인가?

광해군은 즉위한 이래 일본의 조총을 수입하여 병사들을 훈련했고 일본으로부터 장검 제조기술을 배워오게 했으며 화포를 제작하여 북방의 성곽에 비치했다. 또한 제주도 김만일의 산마장을 특별히 아껴 전마 생산을 독려하고 그 말들을 육지로 올려와 조련하게 하였다. 그래서 조선은 막강한 군사력을 보유하기에 이르렀지만 이는 승승장구하는 후금의 세력 앞에서는 어림도 없는 군사력임을 광해군은 너무나 잘 알고 있었다.

백 사람이 흰색을 검은색이라고 주장하면 검은색으로 일컬어지듯이 광해군의 선견지명은 어리석고 고집 센 임금의 몽니로 치부되고 있었다. 광해군은 결국 명나라의 빗발 같은 독촉과 신료들의 거듭되는 상소에 손을 들고 말았다.

광해군 10년 11월, 광해군은 강홍립(姜弘立)을 도원수로, 김경서를 부원수로 임명하여 만주 원정을 단행했다.

출정에 앞서 광해군은 강홍립을 침전으로 불렀다. 광해군은 시종 침통한 표정을 지으며 술잔을 연거푸 기울이고 있었다. 광해군은 강홍립에게 술잔을 권하면서 말했다.

"짐이 왕자 때부터 군사훈련을 시키고 무기를 개발한 것은 왜국의 재침에 대비하기 위해서는 아니었노라. 짐은 새롭게 일어나 무섭게 성장하는 북쪽 오랑캐를 염두에 두고 있었도다. 그러나 이 지경에 이르러 그동안 갈고 닦은 군사와 무기, 더욱이 저 오랑캐와 필적할 만한 전마를 멀리 만주로 보내려니 마음이 쓰리고 아프도다. 무기가 전장의 구렁텅이에 빠져 녹슬고 짐의 백성이 개죽음을 당하고 우리의 전마가 오랑캐의 손으로 넘어가 말머리를 돌려 조선으로 들이닥칠 생각을 하니 참으로 비통하도다."

"전하, 너무 심려하지 마옵소서. 만주에 도착하면 선제공격을 단행하여 우리의 실력이 만만치 않다는 것을 명나라와 후금에게 보여주고 다음에 선봉을 명군에게 양보하면서 뒤로 빠지는 작전을 수행하겠습니다. 비록 이기고 돌아올 수는 없더라도 원군으로써 명분을 쌓고 인명피해를 최대한 줄이겠나이다."

"명분을 쌓는다는 것은 우리의 용맹을 보이고 승전을 거듭하여야 하는 것이고 반면에 인명피해를 줄이는 방법은 비겁하게 후퇴하거나 항복하는 일밖에 도리가 없는 것이로다. 만의 하나 명군이 패퇴하면 무모하게 앞장서지 말고 형세를 보아 향배를 정하라. 짐은 멀리 있어 전황을 알 길이 없으니 경이 알아서 조치하라."

"전하의 깊은 뜻을 혜아려 모시겠나이다."

임금은 한참을 묵묵히 앉아서 먼 하늘을 바라보더니 다시 입을 열었다.

"조총을 빼앗기면 다시 만들면 되지만 전마는 하루아침에 생산하여 양성할 수 없음이야. 지금 경은 조선의 전마를 전부 끌고 떠나는 것이니 그 전마를 잃으면 나라를 보존할 길이 없도다. 병사들, 짐의 백성들도 마찬가지이지만 반드시 전마를 살려서 돌아오라. 그리고 거듭 말하노니 짐은 멀리 있어 전황을 알 길이 없다. 경은 반드시 형세를 보아 향배를 결정하라. 알아들었는가?"

광해군은 사세위급하면 항복해도 좋다는 언질을 주고 있는 것이다. 그러나 그 후의 일을 생각해서 전마만큼은 조선으로 돌아와야 한다는 것이다.

강홍립은 임금을 독대하고 나오면서 소매로 눈물을 훔쳤다. 전쟁이 두려워서 우는 것도 아니요 장차 자신이 불귀의 객이 될까봐 우는 울음도 아니었다. 지정학적으로 강대국의 틈바구니에 놓인 조선의 형국을 생각하며 울었고 신료들은 배를 두드리며 안이한 생각을 하고 있는데 혼자서 고민하고 고군분투하는 임금이 안쓰러워서 울었고 조선의 군사들이 멀고 먼 만주 벌판에서 까마귀밥이 되거나 오랑캐의 종이 될 처지를 생각해서 울었다.

도원수 강홍립은 보무도 당당히 서울을 출발하였다. 많은 백성들이 연도로 나와 우리 군대의 무사귀환을 축원했다. 그러나 백성들의 마음 한 구석에는 어두운 그림자가 도사리고 있었다. 조선군의 파병은 단군 이래 처음 있는 일이지만 그 파병이 명나라의 은혜를 갚는다는 명분이지, 나라를 지키거나 영토 확장을 위한 출진은 아니기에 온 나라가 흥분할 일은 아니었다.

강홍립은 평안도 절도사 김경서(金景瑞)를 부원수로 삼았고 김응하를 좌영장으로, 이일원을 우영장으로 임명했다. 김경서는 임진란 때 평양을 탈환하는 등 혁혁한 공을 세운 김응서(金應瑞)의 개명한 이름이다.

하삼도(충청, 전라, 경상도)에서 징집한 5,000명의 군사가 서울에 집결했고 김경서가 황해, 평안도의 군사 5,000명을 거느리고 의주에서 합류하기로 했다. 군수물자와 군량미를 나르는 치중대 3,000명이 뒤를 따랐다.

원정군은 조총을 쏘는 포수(砲手)가 3,500명, 활을 사용하는 사수(射手)가 3,500명, 기마병이 3,000명이었다. 3,000명의 치중대가 소와 달구지를 끌며 맨 뒤에서 천천히 움직였다.

광해군은 일본과 화친을 맺는 조건으로 다량의 조총을 수입했고 일본에 포로로 잡혀가서 조총 제작에 종사한 사람들을 시켜 조총을 만들게 하였으며 조총병을 양성하여 훈련을 시키고 있었다. 명나라는 조선의 조총병에 대한 기대가 사뭇 컸기 때문에 조총병을 파견할 것을 특별히 부탁한 터였다. 기마병이 타고 있는 전마는 전적으로 김만일 목장에서 사들인 말로 광해군은 그동안 평안도에서, 그리고 김만일을 시켜 기마병을 끊임없이 훈련시키고 있었다.

원군이 압록강을 건넜다. 때는 겨울철이라 만주의 날씨는 혹독하고 칼바람이 불었다. 눈이 오면 바로 얼어붙어 원병들은 동토의 땅을 행진해야 했다. 뒤따르는 치중대는 느리기만 하여 군사들은 추위와 허기로 악전고투하고 있었다. 그러나 한라산을 넘나들던 말은 산악지대도 거뜬히 올랐고 목까지 차는 강을 수없이 건넜다.

강홍립은 명나라 장수 교일기(喬一琦)가 따라붙으며 빗발치듯 행군을 재촉하는데도 불구하고 이 핑계 저 핑계를 대며 가급적 시간을 끌었다. 석 달 만에 강홍립은 기진맥진한 군사들을 이끌고 명나라의 일진(一陣) 10만 대군과 합류했다. 명과 조선의 연합군은 모월 모일을 정하여 총공세를 펴기로 하였다. 조선군은 중위에 있었다.

총공세를 펴기로 한 전날 성급한 교일기는 후금군을 얕잡아보고 오로지 공을 세우겠다는 일념에서 공격에 나설 태세였다. 교일기는 중위에 머물고 있는 강홍립에게 동참할 것을 재촉했다.

"적이 강 건너에 도착하여 아직 전투태세를 갖추지 못한 것 같소. 오늘 우리가 선공하여 기선을 제압한다면 뒤따라오는 적군이 혼비백산하여 꽁무니를 뺄 거요. 공격을 서두릅시다."

그러나 강홍립은 움직이지 않았다.

"우리는 아직 적의 동태를 파악하지 못했소. 적병이 적게 보이는 것은 속임수일지도 모르오. 어차피 내일 총공세를 펴기로 했으니 기다려봅시다. 이제 막 도착한 우리 조선군사는 허기에 지쳐 있소. 하루쯤 쉴 겸 해서 말입니다."

"조선군에게 공격명령을 내리시오."

교일기는 기세등등했다. 자신이 마치 조선군의 총사령관인 것처럼 굴었다. 강홍립은 꼼짝도 않고 버티고 있었다. 그때 좌영장 김응하가 답답한 듯 나섰다.

"그렇다면 우리 좌영이라도 진격하게 허락해 주시오."

"그것도 허락할 수 없소, 때를 기다려봅시다."

좌영장 김응하는 막무가내로 고집을 부리며 교일기를 따라 공격에 가담했다. 그는 활부대를 이끌고 있었다. 처음에는 교일기와 김응하가 이끄는 조명 연합군이 승세를 잡는 듯했다. 김응하의 활부대가 앞서 나가 화살을 날리자 후금의 기마병이 주춤거리는가 싶더니 뒷걸음질치고 있었다. 이때다 싶어 명나라 군사들이 보 터지듯 쏟아져 나갔다.

그때 갑자기 불어 닥친 서북풍이 아군의 진영에 흙먼지를 날렸고 바람을 좇아 질풍같이 달려온 30,000명의 후금 팔기군이 조·명연합군을 짓밟았다. 김응하는 적의 화살을 온몸에 맞으면서도 버드나무에 의지하여 최후의 일각까지 싸우다 장렬한 최후를 마쳤고 3,500명의 활부대가 몰살을 당했다. 팔기군은 내친 김에 명나라의 10만 대군을 처참하게 도륙했다. 군사를 몽땅 잃고 강홍립의 진영으로 도망 온 교일기는 절벽 아래로 몸을 던졌다.

강홍립은 나머지 군사들을 이끌고 산속으로 피했다. 이제 후금과 최후의 접전을 남겨두고 있었다. 그러나 다 이긴 싸움에서 후금의 군사들은 아군의 진영으로 접근하지 않았다.

누루하치는 머리를 굴리고 있었다. 첫째 명나라를 멸하고 천하통일을 이루려는 마당에 배후에 위치한 조선과 원수지간이 되어 조선이 거치적거린다면 좋을 것이 없을 것이었다. 둘째 누루하치는 제주에서 자란 강인한 전마를 살려 후금의 전선에 배치하고 싶었고 조선에서 제작한 조총과 조총병을 손에 넣고 싶었다.

후금의 누루하치는 통역관 하서국(河瑞國)을 아군의 진영에 보내 항복을 권했다. 강홍립은 명군이 전멸한 상황에서 명분 없는 싸움을 할 필요가 없다고 판단했고 평안도에 오래 머물면서 후금의 정세를 잘 아는 김경서가 얼른 눈치채고 이에 동의했다. 물론 우영장, 이일원 등 반대하는 장군들도 있었다. 강홍립은 후금의 권유에 따라 백기를 들고 투항했다.

강홍립은 조선과 후금은 아무런 원한 관계가 없으며 단지 명나라가 조선을 도와 왜적을 물리친 은혜에 보답하기 위하여 원군을 끌고 온 것이라며 파병의 불가피성을 주장하였다. 강홍립은 후금에서 극진한 대접을 받으면서도 후금의 정세를 계속해서 광해군에게 비밀서신으로 알리곤 하였다. 광해군에게 보내는 비밀서신이 발각된 김경서는 먼 오랑캐 땅에서 형장의 이슬로 사라졌다.

광해군은 비록 조선의 많은 군사들을 잃었지만 급한 대로 조선에서의 전화(戰禍)를 막을 수 있어 안도의 한숨을 쉴 수 있었고 천하통일을 꿈꾸고 있는 누루하치는 명나라를 공격함에 있어 뒤를 묶어둘 수 있어 다행이라고 생각했다.

그러나 광해군의 마음은 허탈했다. 나라를 지켜야 할 군사는 사라져 버렸고 10년 동안 공들여 키운 전마도 북쪽 땅으로 가 버렸고 애써서 만든 조총도 후금의 손아귀에 들어갔다. 주위에 믿고 맡길 만한 장군들도 없다. 다만 조정에는 일마다 나서서 왈가왈부하는 신료들만 우글거리고 있다.

광해군은 기다렸다. 강홍립이 3,000마리의 말을 끌고 돌아오기만을 기다렸다. 강홍립 또한 누루하치에게 조선으로 돌아가게 해달라고 간청했다. 그러나 누루하치는 묵묵부답이었다. 조정의 대신들은 강홍립이야말로 매국노라며 그의 가족을 잡아 가두자고 성화였다. 광해군은 듣지 않았다.

김만일은 강홍립이 누루하치에게 항복했다는 소문을 듣고는 자신이 키운 전마들이 후금에 남아 있는 군사들과 더불어 영 돌아올 수 없는 현실을 안타까워하면서도 나중에 쓸 데가 있으니 1,000마리의 전마를 남겨두라고 한 임금의 혜안과 원려(遠慮)에 놀라움을 감추지 못했다. 김만일은 아들들을 불러 앉히고 말했다.

"성상께서는 이미 이런 형국을 예단하고 우리 목장에서 더 많은 말을 끌어오자는 신하들의 건의를 물리치고 말을 남겨두신 것이야. 서둘러야겠다. 현재 우리나라에는 여기 말고 어디에도 전마가 없다. 말은 국력이거늘 한시도 이 나라에 말이 없으면 아니된다. 성상의 상심이 얼마나 크실까? 지금 우리 목장에 전마로 쓸 만한 말이 1,000마리는 넘는다. 내가 직접 500마리의 말을 가지고 서울로 떠나야겠다."

광해군 11년 가을, 50척의 배가 황포 돛을 휘날리며 조천항을 출발하고 있었다. 그 중에 15척은 말을 실은 조운선이고 다른 배에는 기마병들이 타고 있었다. 이들 기마병은 광해군이 전국적으로 실시한 무과시험의 일환으로 제주도에서 뽑은 무사들이었다. 보통의 경우 말을 진상할 때는 육지의 항구에서 견마꾼이 대기하고 있다가 말을 인수하여 몰고 가지만 이번 경우는 달랐다. 나주에 도착한 김만일은 기마병들과 더불어 말을 직접 타고 서울로 향하여 당당히 활보했다. 여기에는 우리 조선에 아직도 전마가 살아있음을 과시하자는 의도도 있었다.

숭례문을 들어설 때였다. 연도에 남녀노소 불문하고 사람들이 꾸역꾸역 모여들었다. 그들은 처음에 만주원정에서 돌아오는 말이라고 생각했다. 그러나 제주에서 오는 말이라는 것을 알고 더욱 환호성을 질렀다.

기별을 받은 영의정 박승종이 광화문 앞에서 기다리고 있었다. 김만일은 기마병과 말들을 쉬게 하고 박승종 대감을 따라 궁궐에 들어가서 임금을 알현했다. 광해군은 뛸 듯이 기뻐했다.

"전하, 신 김만일 문후 올립니다."

"경이 직접 500필의 말을 몰고 오다니. 이는 가뭄에 내리는 단비 같고 황폐한 사막에 터진 샘물 같도다. 조선에 제주가 있고 제주에 경과 같은 빼어난 인재가 있음은 조선의 복이며 짐의 보람이로다. 경은 일찍이 이 나라에 병화가 닥칠 것을 예견하고 은밀하게 용종(준마)을 생산하여 전마를 양성했도다. 임란시에는 친히 아들에게 말을 딸려 왜적과 싸우게 하였도다. 경은 전마뿐만 아니라 말을 잡아 살코기는 건마육을 만들고 힘줄은 활을 만들고 가죽은 각종 군수품을 만들어 보냈도다. 짐이 왕업을 이룬 이후 경은 짐의 뜻을 알고 전마를 생산하고 훈련시켜 보냈으니 그 수가 3,000을 넘었도다. 바야흐로 나라가 위급한 지경에 이르매 경은 짐의 하교가 없었음에도 친히 500마리의 말을 이끌고 짐을 찾아왔도다. 그윽이 생각하건대 경이야말로 백성들의 본보기며 신료들의 으뜸이라. 짐이 장차 경에게 큰 상을 내릴 것이로다. 경은 당분간 서울에 머물면서 짐의 국정운영에 자문하도록 하라.”

“신은 한라산에서 말똥 냄새를 맡으며 사는 한갓 무식한 촌부에 지나지 않습니다. 다만 송구스러울 따름입니다.”

임금이 김만일을 침전으로 불러들였다. 왕세자와 영의정 박승종, 도승지 한찬남이 자리를 같이 했고 교자상에는 진수성찬이 배설되어 있었다.

“무릇 임금과 왕자는 궁궐을 떠나 멀리 행차하는 일이 좀처럼 없도다. 그러나 짐은 왕자 시절에 난리를 만나 조선 8도를 횡행하였도다. 그러나 절해고도인 탐라에는 가본 적이 없구나. 탐라는 멀리 떨어져 있어 왕화가 미치지 못하고 풍광과 풍습이 육지와 매우 다르다는 것만 알고 있다. 경은 이 자리를 빌려 제주 백성의 사는 현실과 애로를 허심탄회하게 말하라.”

김만일이 차분한 어조로 말을 늘어놓기 시작했다. 임금을 혹 만나면 제주의 참상을 꼭 고하겠다고 벼르던 일이 눈앞에 닥친 것이다. 이런 기회에 어떻게 침묵할 수 있겠는가.

"제주도는 먼 옛날 화산이 폭발하여 생긴 섬입니다. 섬 가운데 한라산이 높이 솟아있고 한라산을 두른 숲에는 기화요초가 철철이 피고 지며 열대과일과 약초들이 자라고 있으며 바다에는 각종 물고기가 뛰놀고 있습니다. 그러나 제주도의 토질은 화산회토라 비가 온 후 물이 금세 빠지는 척박한 땅입니다. 제주에서 수확하는 곡식은 제주 백성이 먹고 살기에는 태반이나 부족합니다. 평년에도 절반 가까운 사람들이 굶주리고 있는 실정입니다. 더욱이 해마다 어김없이 찾아오는 태풍 때문에 농작물의 피해가 극심한 해가 자주 찾아옵니다. 그럴 때 조정에 구황을 요청하지만 조정에서는 요청한 구휼미가 많으니 적으니, 어디에 있는 창고를 풀어 보낼 것인가 하며 시간을 끌다가 구휼미가 제때 도착하지 않아 굶어죽는 사람이 부지기수로 생깁니다. 조정에서는 평년에도 작황을 보아 제주에 늘 진휼미를 보내야 하며 특히 태풍이나 가뭄의 피해가 있을 경우에는 구휼미를 보내는 시기를 절대 놓쳐서는 아니 될 것입니다. 제주의 백성도 전하의 백성입니다."

임금은 김만일의 말에 심각한 표정으로 귀를 기울이고 있었다.

"제주의 땅은 비록 멀리 있으나 짐의 땅이요 백성은 짐의 백성이로다. 도대체 조선의 신하들은 의론이 많고 일을 처리하는 것이 늦어서 탈이로다. 짐이 반드시 조치할 것이니 말을 계속하라."

김만일이 말을 계속했다.

"다음으로 제주에 부임하는 수령들의 타락과 부패에 대하여 말씀드리겠습니다. 그들은 제주에 부임하자마자 백성의 교화나 선정에는 관심이 없고 제주의 특산물을 착취하여 사리사욕을 채우거나 상관에게 뇌물로 바치기에 혈안이 되어 있습니다. 특히 그들은 목장의 좋은 말을 빼다가 사적으로 육지의 고관들에게 보내고 있습니다. 관리의 부패는 나라를 망치는 일인 줄 알고 있습니다."

김만일이 말을 계속했다.

"제주 사람에게는 대문 없고 거지 없고 도둑이 없는 삼무(三無)의 풍습이 배어 있습니다. 그러나 중앙이나 지방의 관아에서는 도둑들, 심지어는 죄를 지은 스님까지도 제주로 보내고 있습니다. 그들이 제주에 와서 무슨 일을 하겠습니까? 그들은 한라산에 숨어들어 산적이 되고 있습니다. 특히 말 도둑이 되고 있습니다. 세종 때에 그들을 색출하여 평안도 등지로 보내 농사를 짓게 한적이 있지만 지금도 도둑을 제주로 보내는 일이 자행되고 있습니다. 바야흐로 제주에서는 대문을 만들어 걸어 잠가야 하고 거지를 쫓아버려야 할 처지에 놓여 있습니다. 선처하여 주시옵소서."

광해군은 제주의 참상을 들으며 눈시울이 붉어졌다. 김만일은 용기백배하여 다음 말을 이어갔다.

"제주도의 국마목장에는 수시로 점마를 실시합니다. 2, 3년마다 점마별감이 들이닥쳐 점마를 하기도 하고 제주 목사나 판관이 시도 때도 없이 점마를 실시하고 있습니다. 그들은 농사철은 아랑곳없이 자신들의 입맛에 맞춰 아무 때나 백성을 동원합니다. 그때마다 수천 명이 동원되기 때문에 농사에 실기하기가 일쑤입니다. 따라서 파종시기를 놓치거나 다 익은 곡식을 제때에 거두지 못하여 농작물이 밭에서 썩어가고 있습니다. 농번기를 피하여 점마할 것을 농민들이 호소하지만 수령들은 막무가내입니다. 적절한 조치를 내려주십시오."

"짐이 곧 신료들과 의론하여 특단의 조치를 취하겠노라."

며칠 후 어전회의가 열리는 자리에서였다. 임금의 특명으로 김만일도 참석했다. 임금은 김만일을 불러 앞자리에 세우고 신료들에게 큰 소리로 말했다.

"조선 개국 이래 제주도의 말은 점점 왜소해지고 있었도다. 이는 조정에서 깊은 생각 없이 준마만을 뽑아 올렸기 때문이다. 그런데 여기 김만일은 산마를 얻어 꾸준히 종자개량을 하여 준마를 만들기에 이르렀도다. 그는 종마 중 몇 마리를 국영목장에 보내 거국적으로 종자개량을 하는데 크게 기여했도다. 그는 왜란 때에 전마를 대가 없이 쾌척하여 왜적을 물리치는데 큰 공을 세웠도다. 이에 선조는 그에게 중추부동지사를 제수하였고 헌마공신을 봉작하여 공신의 반열에 기록하였도다. 짐이 왕업을 연 이후 그는 끊임없이 전마를 육성하여 올려 보냈도다. 그러나 안타깝게도 그 전마는 만주원정에서 돌아오지 못하였고 조선에는 전마가 전멸한 상태로다. 이를 분히 여겨 그는 전마 500필을 끌고 바다를 건너와서 진상하였도다. 그 공훈을 어찌 잊으랴? 이에 짐은 김만일을 오위도총부 도총관에 임명하고자 하노라. 경들의 생각은 어떠한가?"

오위도총부는 중앙군사조직으로 의흥위, 용양위, 호분위, 충좌위, 충무위로 구분되며 임금을 수호하고 도성을 지키며 필요한 경우 지방군을 장악하기도 하는 최고로 정예화한 군사조직이며 일당백의 무사 수백 명이 충원되고 있었다.

좌중이 술렁거렸다. 이윽고 사헌부와 사간원에서 임명의 부당함을 사뢰었다.

"도총관은 정2품의 관직으로 영의정, 좌의정, 우의정의 3정승 바로 밑의 품계에 해당하는 최고의 자리입니다. 자고로 그 자리는 문관의 원로대신, 국구(國舅, 임금의 장인)가 추대되거나 나라에 큰 공을 세운 최고의 무관을 앉혔습니다. 도총관으로 말하자면 만인이 우러러보는 최고 영예의 자리이며 내외의 병화가 있을 때 임금과 종묘사직을 지키는 막강하고 위엄을 갖춘 자리입니다. 그러한데 변방에서 말을 키우던 촌로를 그 자리에 앉히는 것은 천부당만부당합니다. 물론 김만일이 수천 마리의 전마를 바친 공로는 높이 살 만합니다. 그에게는 미곡이나 면포로 보상하였으니 그것으로 족한 줄로 압니다."

임금이 역정을 내며 대꾸했다.

"과연 이 나라의 대신들은 임란 시 선조가 북으로, 북으로 몽진할 때 몇이나 따라갔는가? 전화의 와중에서 백성들은 의병을 조직하여 싸웠는데 대신들은 무엇을 했는가? 짐이 후금의 세력이 만만치 않다고 경고하며 군사를 키울 때 경들은 우물 안 개구리처럼 넓은 세상을 보지 못하고 무사안일하게 당파싸움이나 일삼지 않았는가? 과연 나라의 만년대계를 내다보며 율곡처럼 나라의 후환을 걱정한 신하가 있었는가? 김만일은 비록 바다 밖, 절해고 도에 살지만 말이 국력임을 진즉 깨달아 전마를 양성했고 기마병 을 훈련시켰도다. 도성에서, 오위도총부에서 김만일이 할 일이 왜 없는가? 경들은 멀리도 말고 조금 앞을 내다보라. 명나라의 50 만 대군이 한순간에 후금 팔기군의 말발굽에 밟혔고 강홍립이 후 금의 위세에 눌려 항복했도다. 우리의 전마는 저들의 것이 되었 고 저들이 그 전마의 말머리를 돌리게 하여 쳐들어온다면 과연 나라가 온전하겠는가? 그들과 맞서 싸우는 것은 사마귀가 앞발을 들어 수레바퀴를 멈추려한 당랑거철(螳螂拒轍)의 형국이요 계란으 로 바위 깨기이다. 그 지경에 이르면 조선은 마치 참새 알이 태산 에 눌리는 격이라. 짐은 혼자서 밤잠을 못자며 고민했도다. 짐은 이 시점에서 종묘사직을 지켜 후대에 부끄럼이 없는 임금이 되어 야 한다는 막중한 책임감을 느끼며 떨고 있도다. 결론적으로 말 하면 우리가 화포를 더 만들고 전마를 더 양성하고 기마병을 더 늘려 훈련시키는 것이 최선책이로다. 정녕 그 일의 적임자는 김 만일 외에 아무도 없도다. 더욱이 김만일은 개국공신 김인찬의 후손이니라. 또 김만일은 무과친시에 당당히 합격했고 제주의 변 장으로 있다가 왜구가 남해안을 점령하여 노략질을 할 때 방답진 첨절제사로 왜구를 무수히 짓밟아 죽였도다. 김만일은 선조 때 종2품의 반열에 올랐는데 임금의 권한으로 겨우 한 품계를 올리 는데 무슨 말이 많은가? 너무 번거롭게 논하지 말라."

김만일이 머리를 조아리며 말했다.

"신은 산촌에서 낳고 산속에서 자란 야생마입니다. 도성은 낯설기만 합니다. 궐문 앞에 서면 오금이 저리고 대궐의 문설주만 보아도 가슴이 오그라듭니다. 신은 대소신료들의 관명과 성명을 기억하지 못하여 국사를 더불어 의론할 처지도 못됩니다. 더욱이 신은 병법과 진법을 배우지도 못했으며 수천의 군사를 통솔할 능력도 없습니다. 사람을 다루는 것은 말을 다루는 것과는 사뭇 다를 것입니다. 영을 거두어 주옵소서."

그러나 광해군은 고집을 꺾지 않았다. 김만일은 광해군 12년 9월 정2품의 오위도총관으로 임명되었다.

김만일이 도총관으로 부임하고 보니 오위도총부의 휘하 장군들은 꿔다 놓은 보릿자루처럼 무능하고 나태했으며 병사들의 기강은 무너져 있었다. 그도 그럴 것이 용맹한 장수들은 만주로 가서 영 돌아오지 않았고 나머지 장군과 병사들도 북변으로 보내져 만약의 사태에 대비하고 있었기 때문이다.

김만일은 우선 기마훈련부터 실시하였다. 제주에서 데려온 기마병들은 임금에게 건의하여 무과 친시에 시취하게 하고 기량이 뛰어난 사람들을 오위도총부에 채용하기로 했다.

조선 초부터 오위에는 제주의 청년들이 많았다. 다른 병사들은 농번기에는 귀향을 하는 터라 멀리 제주에서 온 사람들을 쓰기가 용이했기 때문이다.

김만일의 마음은 콩밭에 가 있었다. 그는 제주의 산마장에서 뛰노는 자신의 말들이 눈에 어른거려 잠을 이룰 수가 없었다. 신료들도 그와 어울리려 하지 않았다. 만일은 도총관의 자리가 바늘방석 같았다.

김만일이 도총관의 자리에 앉은 지 석 달이 되었을 때 임금을 독대했다.

"신은 이미 늙어 군사훈련을 시키기에는 체력이 달리고 아는 바도 없어 도총관의 직을 수행하기에는 역부족입니다. 이쯤에서 물러가 제주에서 말을 키우면서 여생을 보내고 싶습니다. 청허 바랍니다."

임금이 극구 만류하였지만 만일은 끝까지 사양하였다. 임금은 만일의 사직을 허락하면서 도승지를 불렀다.

"김만일의 7대조이며 제주도 입도조인 김검룡에게 훈련도감을, 조부 휘보에게 정3품의 참의를, 부친 이홍에게 종2품의 참판을 추증하라. 아울러 장자 대명은 임란 시에 혁혁한 공을 세운 바 있으니 보성 군수(종4품)에 보임하라. 차자 대성에게는 용양위(龍驤衛) 부사직(副詞直, 종5품)을 제수하고 절충장군으로 대우하여 당상에 오를 수 있도록 하라. 그리고 손자 려에게 제주의 변장을 삼고 무겸선전관으로 임명하여 그로 하여금 조정과 제주를 수시로 왕래하면서 왕명을 받들도록 하라."

김만일에게는 너무나 큰 선물이었다. 돌아가신 조상에게 벼슬을 추증하는 것은 가문의 영광이고 아버지의 공이 아들과 손자에게 미치는 예는 흔한 일이 아닌 것이다.

간옹 이익

광해군 11년 초여름이었다. 한라산 기슭에는 신록이 만연하고 초원에는 푸른 잎사귀 사이로 들꽃이 봉오리를 터뜨리고 있었다. 그러나 강홍립 장군이 후금에게 항복했다는 소문이 제주도에도 알려지면서 제주 사람들은 무언가 잘못된 원군이라며 웅성거리고 있었다. 그러나 그 말들의 주인이었던 김만일은 오히려 담담했다. 말들이 살아남은 것만도 다행이라고 김만일은 자위하고 있었다.

만일은 이미 70줄에 들어선 터라 목장 일은 자식들에게 맡기고 의귀리 집에 머무는 일이 많았다. 만일이 사랑방에서 오수에 잠겨 있을 때 밖에서 인기척이 들렸다.

제주 목사 이괄(李适)이 말에서 내리고 있었다. 말끔하게 도포를 차려입은 중년의 선비 한 사람이 동행하고 있었다. 이괄 목사는 30대 중반의 나이로 기골이 장대하고 눈이 부리부리하여 장수다운 면모를 보이고 있었고 같이 온 선비는 귀공자 같은 얼굴에 온화한 미소를 머금고 있었다.

사랑으로 들자마자 이괄 목사는 동행한 선비를 소개했다.

"이 분은 사간원 정언으로 있던 중 바른 말을 하다가 제주에 유배 오신 어른이지만 학문이 높고 절개가 강한 분이라서 제가 존경해 마지않는 분입니다. 그래서 법도에는 어긋나지만 동몽교학(童蒙敎學)으로 모시고 제주의 아이들을 가르치도록 배려하였습니다. 인사를 나누시지요."

선비가 먼저 읍을 하며 자기소개를 하였다.

"저는 이익(李瀷)이라 하옵고 호(號)는 간옹(艮翁)입니다. 죄인 신분에 감히 어른을 찾아뵈오니 송구스러울 따름입니다."

김만일은 주안상을 내오라 하고서는 이익에게 다가앉았다.

"어쩌다 먼 제주로 귀양 오시게 되었는지 연유를 듣고 싶습니다. 저는 절해고도에 사는 늙은이라 조정의 일들이 낯설기만 합니다."

"저는 언관(言官)입니다. 따라서 조정의 여러 가지 정책이 잘못되어간다고 판단되면 그 사항이 설사 임금의 일이라도 비판하지 않을 수 없습니다. 저는 임금이 몇몇 신하들에게 휘둘려서 정사를 그르치고 있음을 개탄한 나머지 임금에게 상소를 올린 바 있

습니다. 임금이 경연을 열어 뭇 신하들과 대화를 나누기보다는
궁첩과 환관에 휘둘리고 있고 몇몇 간신들의 감언이설에 속아 태
아(太阿)의 칼자루가 간신들의 손으로 넘어간 상태라 사사로운 뇌
물이 횡행하고 민생의 곤궁함이 날로 더해가고 있는데 임금은 눈
앞에 닥친 재앙을 보지 못하고 있다면서 나라의 기강을 바로 세
울 것을 건의했습니다. 그런데 상소문 중에서 〈태아검〉이 특히
문제가 되었지요.”

김만일이 고개를 갸웃하며 물었다.

“이 촌부는 통 알아들을 수가 없습니다. 〈태아검〉이 무슨 뜻입
니까?”

이익이 부연설명을 했다.

“중국의 역사서인 『한서(漢書)』에서 인용한 것입니다. 구한말에
어린 황제가 왕망(王莽)이라는 신하에게 섭정을 맡겼다가 왕위를
찬탈 당하고 종국에는 한나라가 패망한다는 이야기입니다. 왕망
은 한나라를 폐하고 자신의 왕국 신(新)나라를 세웠지만 15년 만
에 망했습니다. 다시 한나라가 들어선 것이지요. 왕망에게 빼앗
기기 전의 한나라를 전한(前漢), 다시 들어선 한나라를 후한(後漢)
이라 부르지요. 〈태아검〉은 대대로 내려오는 한나라 황제의 보검
인데 그 칼자루를 신하에게 쥐어주고 황제는 칼끝을 잡은 것을
비유로 들었던 것입니다. 칼자루를 잡은 신하가 정치를 좌지우지
하고 임금은 거기에 끌려만 다니는 정국을 꼬집었던 것이지요.”

그쯤에서 이괄이 나섰다. 이괄은 광해군이 즉위한 사연부터 시

작하여 작금에 일어나고 있는 왕실과 정국의 혼돈스러운 정황에 대하여 장광설을 늘어놓았다.

　선조의 정비 의인왕비에게는 소생이 없었다. 그래서 후궁인 공빈 김씨의 둘째아들인 광해군이 왕위를 계승하게 되었다. 광해군의 형인 임해군은 성질이 광패하여 선조는 일찌감치 그를 제키고 임진왜란 시에 공이 큰 광해군을 세자로 책봉했었다.

　광해군이 즉위하자마자 임해군은 강화도 교동에 위리안치(圍籬安置)되었다. 이는 왕권유지를 위해서는 불가피한 조치였다. 중국에서 광해군의 왕위계승에 제동을 건 이유는 후궁의 아들이라는 것보다는 차자(次子)라는 것 때문이었다. 조선의 역사상 왕위계승에는 명나라의 사후승인을 받곤 했지만 이는 형식적인 절차에 불과했다. 그러나 임진왜란 때 조선을 도와주었다는 이유로 조선의 내정간섭에 입김이 세진 명나라는 계속해서 물고 늘어졌다.

　광해군은 남의 제사에 감 놓아라, 대추 놓아라 하는 명나라에 대하여 노골적으로 불쾌감을 드러냈다. 그렇지 않아도 임란이 끝난 후 전후복구도 안 된 형편인데도 인삼, 은 그리고 말까지 거두어가던 명나라였다. 명나라 사신은 강화도에 유배된 임해군을 만나게 해 달라고 떼를 썼다. 이미 광해군이 왕위에 올랐는데 어쩌란 말인가? 그런 와중에 임해군이 누구의 지시인지 모르지만 강화도 수령에게 살해를 당했다. 명나라 사신은 많은 뇌물을 바리바리 싣고 돌아갔고 왕위계승 문제는 일단락이 되었다.

의인왕비가 세상을 뜨자 이태 뒤 선조는 51세의 나이에 19세의 계비를 맞아들였다. 그녀가 인목왕비다. 당시 광해군은 29세였다. 인목왕비는 아들 영창대군을 낳았다. 광해군이 왕위에 오를 때 영창대군은 2살이었지만 엄연히 왕위계승권이 있는 적자(嫡子)였다.

선조 때 이후 조정의 대소신료들은 학문적 이념과 정치노선의 차이로 남인, 북인, 서인, 동인으로 나뉘어 정치공방에 불을 지폈고 서로 죽이고 죽는 사태까지 생겼다. 선조 말기에는 기왕의 세자인 광해군을 세우느냐, 어리지만 적자인 영창대군을 세우느냐를 두고 북인이 대북과 소북으로 나뉘었다. 선조가 적자 영창대군을 밀어붙이기에는 이미 기력이 쇠했던 터라 광해군이 왕위를 계승하면서 소북은 수면 아래로 가라앉았다.

추후 영창대군을 어떻게 처리하느냐가 광해군을 둘러싼 대북파, 즉 유희분(柳希奮), 이이첨(李爾瞻), 정인홍(鄭仁弘) 등의 고민이었다. 따지고 보면 적자가 엄연히 있으니 광해군에게는 정통성이 없는 형국이 되었고 나중에 누군가가 정통성을 주장하면서 반란을 일으킬 소지도 열려 있었다.

대북파, 특히 이이첨은 권력을 손아귀에 쥐고 전단(專斷)하면서 반대파를 철저하게 고립시켰고 눈엣가시인 영창대군을 제거하기 위한 구실을 찾고 있었다.

때마침 서자 출신이면서 학식이 높은 소위 강변칠우(江邊七友, 서양갑, 박응서, 이경준, 박치인, 박치의, 김평손, 심우영)가 반란을 꾀하다

잡히자 이이첨은 그들을 교묘하게 인목왕비의 친정아버지이며 영창대군의 외조부인 김제남(金悌男)과 연결시켰다. 김제남은 사형에 처해졌고 영창대군은 강화도에 유배되었다. 그런데 지방 수령이 왕명도 받지 않고 영창대군을 죽이고 말았다. 항간에서는 이이첨이 한 짓이라고 수군거렸다.

이런 와중에 사헌부 지평인 이익이 분연히 일어나 〈태아검〉을 빗대어 임금의 무능과 몇몇 신하들의 횡포로 영창대군이 죽임을 당한 데 대하여 항의했다. 이이첨과 광해군의 처남인 유희분은 이익을 잡아 가두고 배후를 대라며 취조를 해댔다. 임금이 생각할 때도 참을 수 없는 모욕이었다. 그러나 이익은 자신의 항변은 세간의 여론이라며 끝내 굽히지 않았다.

이익이 덧붙였다.

"그때 대북의 많은 논객들이 저를 탄핵했고 저는 무려 3년간 감옥에 갇혀 있으면서 일곱 번이나 취조를 받았지요. 임금으로 볼 때도 억장이 무너지는 일일 것이니까요. 임금은 칼끝을 쥐고 이이첨 등 신하가 칼자루를 쥐었다고 빗대니 그럴 만도 했겠지요. 죽을 고비를 겪었지만 영의정 기자헌(奇自獻) 대감이 뭐 대단치 않은 일 가지고 국력을 낭비하느냐며, 이는 언관으로서 당연히 할 수 있는 간언이라며 3년간 감옥에 갇혀있던 저를 풀어주도록 했지요. 그러나 나중에 인목대비를 폐모하여 경운궁에 유폐시킬 때 저는 다시 투옥되었지요. 이이첨 수하의 많은 사람들이 저를 사형에 처해야 한다고 게거품을 물고 상소를 했지만 좌의정 박승종 대감은 언관을 죽이는 일은 후대에 부끄러운 일이라고 만류하였지요. 그래서 여기 제주도에 귀양 온 것이지요."

김만일이 곰곰이 생각에 잠겨 있다가 물었다.

"그렇다면 임금의 치적이라 할 만한 일은 없나요?"

이익이 대답했다.

"임금은 왜란 시에 전국을 다니면서 백성들의 고초를 친히 겪었고 북쪽 변방의 사정도 파악할 기회를 가졌었고, 대동법을 시행하여 백성들의 세금을 감면해주려고 했지요. 임금은 명나라와 후금 사이에서 두 다리 걸치기 외교를 하면서 다른 한편으로는 군사력을 강화하기 위하여 무던히 애를 썼지요. 대신들이 따라주지 않아 고군분투하였지만…. 임금은 군비를 확보하고 많은 군사를 징발하여 훈련시켰지만 한편으로 왜란 시에 무너진 궁궐을 재건하고 더 많은 궁궐을 짓느라 백성을 힘들게 했기 때문에 백성들의 원성을 듣기도 했지요."

괄괄한 성격의 이괄 목사가 식식거리며 말을 가로막았다.

"임금은 임해군과 영창대군을 죽일 생각은 없었고, 단지 권력에서 멀리 떨어져 있게 하여 그들이 평생 호의호식하도록 조치했으나 수령들이 이이첨 등의 사주를 받고 그들을 죽였지요. 임금이 죽이지는 않았다 해도 밑에서 감히 임금의 동기(同氣)들을 죽인 것은 임금의 책임이지요. 더욱이 인목대비를 폐모(廢母)한 사실은 용서 못할 일이지요. 인목대비가 임금의 계모이고 임금보다

10살 연하라 하지만 어머니는 어머니예요. 이 일은 인류을 저버린 천인공노할 사건입니다. 누군가 나서서 이이첨, 유희분을 잡아 죽여야 합니다. 그래야 나라가 편안해집니다."

이익이 근심어린 얼굴을 하며 하던 말을 이어갔다.

"저는 상소문에서도 지적했지만 임금이 일개 궁녀와 몇 사람의 간신에게 끌려 다니는 현실을 꼬집었던 것입니다. 궁녀 김개똥은 임금의 은총을 한 몸에 받고 이를 빌미로 매관매직을 일삼고 뇌물을 챙겼으며 간신들은 감언이설로 임금의 판단을 흐리게 할 뿐만 아니라 왕명을 도용하여 장난질을 하고 있는 형편입니다. 임금의 재가도 없이 임금의 동기를 어찌 죽일 수 있습니까? 가까운 예로 양시헌이란 자가 어명이라며 대감을 가두고 여기 산마장에서 암말을 끌고 간 일 또한 왕명을 사칭한 것이 아니고 무엇입니까?"

이괄이 계면쩍게 웃으며 말을 받았다.

"그때 그 양시헌이라는 자가 어명을 받들고 왔다며 어찌나 기세등등하던지 목사인 제가 쩔쩔 맸습니다. 그의 말을 안 들으면 목사인 저까지 잡아갈 태세였으니까요."

이익이 호기심어린 얼굴을 하며 김만일에게 시선을 옮겼다.

"대감께서도 큰일 날 뻔하였습니다. 따님이 아니었으면 말입니다. 그 아버지의 그 딸인 듯합니다. 여인, 더욱이 처녀의 몸으로 아버지와 오빠들을 구하겠다고 먼 서울로 불원천리 찾아간 것은 장한 일이었지요. 따님의 무용담을 듣고 싶습니다."

그러자 이괄이 서둘러댔다.

"자자, 그 이야기는 나중에 듣고 우선 광활한 산마장이나 호쾌하게 달려 봅시다."

그들은 말을 타고 산마장으로 향했고 다시 산마장의 넓은 벌판을 달렸다. 구름 한 점 없는 오후였다. 바람은 잔잔하고 날씨는 온화했다. 평원에는 푸른 풀들이 바람에 하늘거리고 군데군데에 풀꽃들이 고개를 내밀고 있었다. 말들이 노니는 광경이 주마등처럼 스쳐 지나갔다.

그들이 한 곳에 이르니 수백 마리의 황우와 흑우들이 혹은 서서, 혹은 앉아서 되새김질을 하고 있었다.

"임진왜란 이후 소 또한 여러 마리 키우고 있답니다. 전쟁 통에 전국에 소의 씨가 마르다시피 되어 농민들이 크게 불편을 느끼고 있는 형편이라 산마장의 한 구석에 우목장을 만들어 황우와 흑우를 키우고 있지요. 황우는 주로 상인을 통하여 육지로 반출되지만 흑우는 국가의 여러 제사에 쓰이기 때문에 조정에서 사가거나 진상합니다."

이익은 소들이 한가로이 풀을 뜯는 모습을 바라보더니 문득 〈목동의 노래(牧童詞)〉라는 시 한 수를 지어 읊었다.

아침이면 골짜기에서 소를 치고 치고
저녁이면 산록에서 소를 치고 치네
아침마다 저녁마다 해를 거듭하니

산전에 눈 쇠똥은 냄새가 고약하나 거름이 되네

누가 그대 집에 소가 많지 않다 하였는고

송아지는 귀가 쫑긋쫑긋

앞마을, 뒷마을에 소가 많으니

서로서로 벗을 불러 함께 친다네

초원에 소들을 풀어 놓으면

풀 뜯는 놈, 물 마시는 놈, 자는 놈, 되씹는 놈

소 치는 아이들은 떼를 지어 몰려다니며

가끔은 도롱이에 벙거지 쓰고 건초를 날라 오네

해 저물어 돌아올 때까지 목동들은 팔뚝이 닳도록

들판에서 일을 한다네

소들은 비록 짐승이지만 알고 있는 듯

큰 무리를 아이들이 몰고 다닐 수 있네

……

바라건대 목동들아 좋은 꿈을 꾸게나

풍년 들어 넉넉하게 살아가는 꿈을.

朝牧牛牧牛村口谷 (조목우목우촌구곡)

夕牧牛牧牛山之麓 (석목우목우산지록)

朝朝暮暮年復年 (조조모모년부년)

爲冀山田甚硝薄 (위기산전심초박)

誰謂爾家牛不多 (수위이가우불다)

九寸其犉耳濕濕 (구촌기순이습습)

北隣南隣牛亦多 (북린남린우역다)

呼朋引類同爾牧 (호붕인류동이목)

亂入秋草麗不億 (난입추초려불억)

或降或飲眠且齕 (혹강혹음민차흘)

爾牧成群任優遊 (이목성군임우유)

或負其餱荷蓑笠 (혹부기후하사립)

日暮歸來磨以肱 (일모귀래마이굉)

各隨其人散阡陌 (각수기인산천맥)

牛雖畜物似有知 (우수축물사유지)

亦是群童能導率 (역시군동능도솔)

……

獨願牧人乃夢旐 (독원목인내몽조)

維旟年年豊足客 (유여년년풍족객)

　시를 읊는 중 도롱이를 입고 벙거지를 쓴 젊은이가 소떼를 몰
면서 이쪽으로 달려오는 모습이 눈에 들어왔다. 행색은 남자 같
은데 가는 허리를 보니 영락없이 여자였다.

　말에서 내려 일행에게 수줍게 읍을 하는 여인의 얼굴은 비록
햇볕에 그을려 구릿빛을 띠었으나 눈빛이 총총하고 코가 오똑한
데다 야물게 다문 입에는 요염한 미소가 흐르고 있었다.

　만일은 여인의 등을 다정하게 감싸 안았다.

"이 아이가 제 여식이랍니다. 저번에 감옥에 갇힌 가족을 구하고자 바다를 건넜던…."

이익은 김만일의 딸 갑순을 뚫어지게 쳐다보고 있었고 갑순은 이마에 와 닿는 눈길로 인하여, 수줍어서 얼굴을 돌렸다.

"제 여식이 들에서 낳아 들에서 짐승들과 어울려 살다보니 야생마 같아서 버릇이 없습니다. 이 아이가 어찌나 고집을 부리는지 소를 키우는 일을 저 혼자서 감당하다시피 하고 있습니다. 나이가 18세이니 시집갈 나이도 지났건만 근처의 남정네들에게는 눈길도 주지 않고 있어 걱정이랍니다."

이괄이 김만일과 갑순을 번갈아보며 말했다.

"따님이 아버지를 닮아 심지(心志)가 굳고 강인해 보입니다. 제주의 여인들이 남자보다 억세고 일을 더 잘하고 있다는 사실은 여기 부임한 이래 줄곧 겪어보고 있습니다."

그들은 목관을 향하여 천천히 말을 몰고 있었다. 이윽고 이괄이 김만일을 돌아보며 말했다.

"따님에게 내가 중신을 서지요."

"어디 마땅한 혼처가 있습니까?"

"때로 혼처는 가까이 있기도 합니다."

이괄은 이익을 턱으로 가리켰다. 이익이 흠칫 놀라며 말했다.

"저를 두고 하는 말입니까? 저는 이미 불혹의 나이로 접어들어 정기가 쇠했고 더군다나 제주까지 귀양 온 죄인이올시다. 더욱이 저는 임금을 비판하다가 미움을 산 죄인으로 언제 사약을 받을지 모릅니다. 그런데 김만일 대감은 임금의 신임을 두텁게 받고 있습니다. 이런 처지라서 김만일 대감과 따님에게 크게 누를 끼칠까 저어됩니다. 공적으로나 사적으로나 감당할 수 없습니다. 그 말씀은 안 들은 것으로 하겠습니다."

"이 대감은 상처한 지 오래 되었고 혈혈단신으로 제주에 내려와 외롭게 살고 있습니다. 남자의 정기가 어찌 그만 한 나이에 쇠하겠습니까? 선조는 51세에 재가하여 남매를 낳았습니다. 유배객이라 하지만 제주에서는 활동에 별로 제약을 받지 않으니 법도에 어긋남이 없습니다. 대정현에 유배 온 동계(棟溪) 정온(鄭蘊) 대감도 현지에서 첩을 두어 자식을 낳았습니다. 더욱이 첩실이 아닌 정실로 맞아들이는데 무슨 문제가 있겠습니다. 김 대감, 저의 중신을 수락하시겠습니까?"

"제가 사위와 연좌되어 불이익을 받는 일은 감내할 수 있습니다. 이 대감은 타의 귀감이 되는 곧은 선비이기 때문입니다. 그런 분을 사위로 삼는다는 것은 오히려 제게 광영입니다. 더욱이 제 딸이 첩이 아닌 엄연한 정실로 가는 것이고 제주에서 이만한 사윗감을 찾기란 눈을 씻고 봐도 없을 것입니다."

당일로 택일하고 이익과 김갑순은 조촐하나마 백년가약을 맺었다. 그들은 제주성 안에 있는 이익의 적거지인 어느 촌부의 사랑방에 신접살림을 차렸다.

이익과 결혼한 고명딸 갑순은 이듬해 아들 인제(仁濟)를 낳아 키우며 달콤한 신혼의 꿈을 꾸고 있었고, 이익은 서당을 열어 문하생을 길러내고 있었다. 많은 젊은이들이 그의 서당에 몰려들었다. 그의 제자 가운데 고홍진, 김진용 같은 걸출한 문인이 배출되었다. 이익의 장남 인실(仁實)은 아버지를 따라와서 제주에 머물면서 이익의 제자들과 어울리기도 하였다.

18

말들의 역습

　광해군은 강홍립의 비밀서신을 받아보면서, 후금으로 보낸 첩자들의 첩보를 들으면서, 그리고 북방을 지키는 여러 장군들의 장계를 읽으면서 후금이 당장은 명나라와 전쟁을 벌이고 있지만 빠른 시일 안에 조선을 침공할지도 모른다는 의구심을 가지고 있었다.

　광해군 13년(1621), 의주 부윤 정준이 올린 장계에 의하면 후금은 북쪽의 달단을 병합한 다음 다시 명나라의 50만 대군을 격파하고 명나라의 심양을 함락했다는 것이다. 후금이 만주의 주변국을 모두 흡수하여 대국을 이루었고 명나라를 크게 이겼다면 조선에도 그 힘이 미칠 것은 명약관화한 일이라고 광해군은 생각했다.

광해군은 세조 때 만주를 정벌하여 여진족을 발본색원했던 남이(南怡) 장군을 떠올렸다. 그때 다른 장군들의 반대로 여진 추장 보하토를 끝까지 추적하지 못하고 올라산성(고려의 옛도읍지 졸본)에서 철수했었는데 그의 후손 누루하치가 저렇듯 만주벌판에서 활개를 치며 천하통일을 획책하고 있지 않은가? 남이 장군이 20만의 양병을 주장했을 때 대신들은 콧방귀를 뀌며 그를 역적으로 몰아 잡아 죽이지 않았던가?

광해군은 율곡을 떠올렸다. 국방을 튼튼히 하고 군량미를 비축하고 군사훈련을 시키는 동시에 전마를 양성하자는 율곡은 대신들의 무함(誣陷)으로 초야로 돌아갔지 않은가? 사후약방문으로 나중에서야 선비들의 입에서 그가 10만 양병을 주장했었다며 그의 실용적인 사상을 되씹고 있지 않은가? 임금은 율곡의 〈만언봉사〉와 〈시무 6조〉를 읽고 또 읽었다.

광해군은 대소신료들의 반대에도 불구하고 후금과 맞설 대책을 표방하고 실천에 옮겨가고 있었다. 그는 우선 8도의 관찰사와 절도사에게 무과 초시를 대대적으로 실시하도록 하교하고 한꺼번에 10,000명의 무사를 선발하였다. 농민과 노비들도 무력과 용맹이 있는 사람들은 무과에 합격시키도록 하였다.

임금은 일만 명의 새로 뽑은 무사들을 점차적으로 평안도에 보내 평안도 관찰사 박엽으로 하여금 훈련에 돌입하도록 하였다. 새로 뽑은 무사들은 비록 무력은 있을지 모르나 병법과 무예에 능숙한 사람들은 아니었다. 박엽은 엄한 군율로 그들을 훈련시키면서 가혹한 형벌을 가했으므로 불평분자도 많았다.

광해군은 10,000명의 무사를 채용하기에 더하여 하삼도와 평안, 황해, 함경도에서 50,000명의 군사를 징발하여 만약의 사태에 대비하고 있었다.

군사가 만만인들 저 후금의 팔기군이 전광석화같이 밀고 들어올 때 전마가 없으면 어찌 나라를 지킬 수 있단 말인가? 광해군의 고민은 여기에 꽂혀 있었다.

광해군 13년 정월, 오위도총관직을 사임하고 고향으로 돌아온 김만일은 천천히 말을 몰아 자신의 산마장을 돌아보고 있었다. 만일의 나이 벌써 72세에 이르렀다. 아들 대성과 대길이 뒤따르고 있었다.

목장에는 약 3,000마리의 암말들이 아직도 건재하여 여기저기서 마른 풀을 뜯거나 뛰놀고 있었으나 수말들은 대부분 육지로 실려 나가 200여 마리의 종마, 300마리의 전마, 그리고 아직 4년도 채 되지 않은 아마(兒馬)들만이 남아 있었다.

만일은 상념에 젖어 지난 격동의 세월을 반추하고 있었다.

국력은 말, 특히 전마에 달려있다는 굳은 신념을 가지고 준마를 생산하기에 여념이 없던 50여 년의 세월, 아니나 다를까 나라는 임진왜란이라는 잔혹한 전쟁을 겪어야 했고 만일은 전장으로 전마를 보내는 한편 말고기와 부산물을 보내 국난을 극복하는데 기여하였다.

광해군 때에 이르러서는 임금의 원대한 뜻을 받들어 지속적으로 전마를 생산하여 보냈고 강홍립 장군이 만주원정을 떠날 때는 여기 산마장에서 키운 말이 만주로 떠났었다. 그러나 전마는 항복한 강홍립과 더불어 끝내 돌아오지 않았다. 김만일로서는 자식과 같은 말들이 저 만주의 동토에서 다른 나라의 전쟁에 끌려가 희생물이 되고 있다는 사실이 안타까울 뿐이었다.

김만일은 자신이 조정을 떠나기 전 임금을 알현했을 때 임금의 어음(御音)이 아직도 귀에 쟁쟁히 울리고 있었다.

"바야흐로 후금의 세가 일취월장하여 명나라를 크게 위협하고 있는 실정이로다. 힘없는 이 나라가 후금과 맞서기는 중과부적이라 지금으로서는 후금과 화친을 하는 것이 최선의 방책인데 신하들은 화친 얘기만 나오면 벌떼처럼 달려들어 반대하고 있으니 답답할 뿐이로다. 당장은 미봉책으로 용맹한 장수들로 하여금 북변을 지키게 하고 있어 약간 안심은 된다. 평안감사 박엽은 누루하치가 그 이름만 들어도 겁내는 사람이고 만포첨사 정충신(鄭忠信)과 의주부윤 정준(鄭遵)은 병법이 뛰어나고 충성심이 강하며 후금의 정세를 훤하게 들여다보고 있는 사람들이로다.

그러나 10,000여 병사를 만주원정에 보낸 후라 이 나라에 무기와 식량이 절대 부족하도다. 더욱 안타까운 것은 짐과 경이 의기투합하여 기르고 훈련시킨 전마가 만주에 가 있음이라. 이번에 경이 끌고 온 전마는 북변으로 보냈지만 유사시에는 더 많은 전마가 필요함을 경은 알았으리. 짐작컨대 경의 산마장에도 전마가 거의 남아 있지 않을 것이다. 경이 제주로 돌아가면 부디 더 많은 전마를 육성하기를 바라노라."

오위도총관의 자리를 떠나는 김만일은 이번이 임금을 뵙는 마지막 기회임을 알고 진언을 서슴지 않았다.

"전하, 현재 국변의 방비는 용맹하고 무예가 뛰어난 장수들이 맡고 있어 어느 정도 안심이 되지만 도성은 비어있는 것이나 다름없습니다. 오위도총관과 부총관은 문신이 겸직하고 있고 병조판서 장만(張晩)은 병을 핑계로 고향으로 내려가 있는 실정입니다. 유념하옵소서."

"허허허, 이 시점에서 나라를 지켜 만년대계를 세우는 것이 중요하지 짐과 사직의 안녕을 위하여 도성에 무장과 많은 군사를 둘 필요는 없을 것이로다."

김만일 노인은 아들 대성에게 목장의 관리를 맡기고 한가로운 노후를 보내고 있었다. 무겸선전관 겸 변장(邊將)의 직임을 받은 손자 려는 전마의 조련과 기마병의 훈련에 힘을 쏟고 있었다.

김만일은 주로 종마의 종자개량에 신경을 쓰면서 지내고 있었는데 암말들은 끊임없이 우량의 말을 생산하였기 때문에 쓸 만한 전마들이 속속 배출되고 있었다.

이렇듯 2년이 흘렀다. 김만일은 조정에서 어떤 일이 있는지, 국제정세가 어떻게 돌아가는지에 대하여 잊고 지냈고 조정에서 말을 보내라는 요구도 없었기에 태평성대려니 생각했다.

어느 봄날 만일은 의귀리 저택에서 오수를 즐기고 있었다. 그때 밖에서 인기척이 났다. 사위 이익이 말에서 내리고 있었다. 딸 갑순도 갓난아이를 안고 동행하고 있었다. 평소에 바위처럼 침착하던 사위의 얼굴에 서두르는 빛이 역력했다.

"온다는 기별도 없이 웬 일인가?"

사위가 불안한 기운을 여실히 드러내며 대답했다.

"유배가 풀려서 서울로 급히 돌아가야 하기에…."

"기쁜 일이로다. 그런데 왜 얼굴에는 불안한 기색인가? 귀임하는 길에 아내를 동반할 수 없으면 나중에 부르면 될 것인즉."

이익은 장인의 얼굴을 한참이나 처다보고 있었다.

"모르셨습니까? 나라에 반란이 일어나 광해군이 폐위되고 새로운 임금이 보위에 오른 것을 말입니다. 저는 덕분에 풀려났지만…."

"무에야? 소상히 말을 해 보아라."

이익이 말을 이어갔다.

"이귀(李貴), 김류(金瑬), 최명길(崔鳴吉), 김자점(金自點) 등이 반란을 일으켜 궁궐을 점령하고 광해군을 체포하였다고 합니다. 제주목사로 있던 이괄도 이 대열에 합류했다고 합니다. 그들은 선조의 서자요 광해군의 이복동생 정원군의 아들 능양군을 보위에 앉히고 광해군을 강화도에 위리안치하였다고 합니다."

"그렇다면 도성에는 피비린내가 진동하였을 것이 아닌가?"

"이이첨, 유희분, 정인홍 등이 참변을 당했고 박승종은 아들과 함께 자결했다고 합니다. 또한 평안감사 박엽과 의주부윤 정준에게는 중앙군을 보내 죽였다고 합니다.”

“새 왕권을 창업하기 위해서는 불가피한 조치인줄 모르나 박엽은 용맹스럽기가 범과 같고 정준은 후금의 정세를 훤히 알고 있는 사람인데 그들이 없는 국변은 성벽이 없는 성과 같아서 나라가 펀치 못할까 우려되네. 그 맹호와 같은 박엽 장군이 어찌 쉽게 당했다더냐?”

“용맹한 장수는 다 국경을 지키느라 밖에 나가 있고 도성은 비어있는 것이나 마찬가지였다고 합니다. 그러하니 고작 700명의 반란군이 도성을 지키는 군사들을 간단히 제압하고 궁궐로 진입할 수 있었던 것입니다. 박엽 장군은 이런 사실을 까맣게 모르고 있다가 어명을 듣고 나타난 도원수 한준겸(韓浚謙)에게 쉽게 결박을 당했다고 합니다. 그때까지만 해도 광해군이 자신을 체포하는 것이라고 여겨 순순히 무릎을 꿇었지만 그 어명을 내린 임금이 반정을 한 인조라는 사실을 알고 분통을 터뜨리며 죽임을 당했다고 합니다.”

“내가 도성이 너무 취약하다고 건의를 드린 바 있거늘. 그나저나 임금을 폐하고 새 임금을 앉히려면 힘만 가지고 되는 것이 아니고 명분이 있어야 하거늘….”

“명분은 첫째 광해군이 명나라에 대한 사대(事大)를 소홀히 하고 후금과 내통하였다는 것이고, 둘째는 궁궐을 신축 또는 중축하면서 국비를 낭비하고 백성을 도탄에 빠뜨렸다는 것이고, 셋째는 동생인 영창대군을 죽이고 인목대비를 폐모하여 인륜을 어겼다는 것입니다."

"계모도 어머니인 것을 폐모에 이르게 한 점은 광해군의 씻을 수 없는 과오라고 할 수 있으되 궁궐을 신축한 일은 핑계에 불과할 것이네. 광해군이 후금과 화친을 시도한 것은 그가 국제정세에 대한 혜안을 가졌기 때문이지. 기왕지사 새 임금이 들어섰지만 후금에 대한 경계를 소홀히 하면 이 나라에 무서운 변고가 있을까 심히 우려되네."

김만일은 비감에 잠겨 먼 하늘을 바라보며 입을 씰룩거렸다.

젊은 나이에 큰 전쟁을 만나 강토가 초토화되고 백성들이 아비규환 속에서 절규하며 죽어가던 참상을 직접 목격한 왕자. 당장에 왜적의 침입은 없다 해도 북쪽에서 무섭게 뻗어가는 세력을 경계하며 외롭게 고민했던 광해군.

아! 광해군. 그는 저 오랑캐와 맞서봤자 조선은 당랑거철의 신세임을 너무나 잘 알았기에 명나라와 후금 사이에서 양다리 걸치기 외교를 펼쳤고 자신과 가장 뜻이 통하는 강홍립 장군에게 항복해도 좋다는 언질을 주었었다. 그의 고민을 누가 알아차렸으며 누가 이해했단 말인가? 광해군은 결국에 저 오랑캐들이 조선에 쳐들어올 것이라는 확신 때문에 군사를 양성하고 전마를 양산하려는 계획을 밀고 나갔었다.

그러나 그는 쓰러졌다. 경륜을 가진 자들도 아니요, 우국충정을 가진 자들도 아니요, 강대국의 틈바구니에서 진정 나라의 안위를 염려하는 자들도 아닌 일개 지방 수령들, 그 작은 자들에 의하여 그는 묶인 몸이 되었고 임금의 자리에서 쫓겨나 피눈물을 쏟으며 강화도 교동으로 질질 끌려가는 신세가 되고 말았다. 비록 그가 영창대군을 죽였다지만 이는 왕권확립을 위한 불가피한 조치가 아니었을까?

태종은 왕권강화와 흔들림 없는 왕통을 유지하기 위하여 형제들을 죽였고 처남들에게 사약을 내렸으며 자식인 세종에게 왕위를 물려주면서 그 장인을 죽였다. 세조는 형제들을 죽이고 조카 단종의 왕위를 찬탈하고 그를 죽이기까지 했다. 광해군이, 아니 그의 신하가 영창대군을 죽인 것은 잔인한 처사였지만 왕통을 연년세세 유지하려면 불가피한 상황일 수도 있지 않은가?

광해군은 나라의 만년대계를 위하여 멀리, 너무 멀리 보았기에 바로 코앞에서 우글거리는 반역의 무리는 보지 못했던 것이다. 이제 정권을 쥔 자들은 국제정세에 어둡고 한 치 앞을 내다보지 못하기에 어미 치마꼬리를 잡고 늘어지는 아이처럼 망해가는 명나라의 꼬리를 잡고 늘어질 것이다.

나라와 나라 사이에는 친소(親疎)도 없으며 의리도 없으며 영원한 우방이란 있을 수 없다는 영원한 진리를 그들은 꿈에나 생각할 수 있을까? 광해군의 말처럼 조선은 큰 바위 밑에 깔린 참새 알이 아닌가? 이 나라는 장차 어디로 갈 것인가? 이 지경에 이르러 전마가 무슨 소용이란 말인가? 임금과 의기투합하여 말을 길러 나라를 구하고 그 대가를 받아 제주 사람들을 살리겠다는 꿈이 헛짓이었던가?

한참이나 묵묵히 생각에 잠겨 있던 김만일이 입을 열었다.

"언제 떠날 작정인가?"

"세월이 하 수상하여 배편이 되는 대로 서둘러 떠날 작정입니다. 서울로 돌아가되 관직을 맡아 출세할 생각은 추호도 없습니다. 제주로 돌아와 초야에 묻혀 살면서 후학을 가르치며 살고 싶습니다. 가는 즉시 몸과 마음을 추슬러 제주로 돌아오겠습니다. 뜻대로 되지 않고 왕명에 의하여 어쩔 수 없이 관직에 머물 수밖에 없다면 처자식을 불러올리겠습니다."

이익은 제주를 떠나기 전날 땅거미가 지고 있을 때, 아내의 손을 잡고 사라봉을 올랐다. 그들은 산 중턱에 자리를 잡았다. 마침 보름이라 둥근 달이 중천에 휘영청 떠오르고 있었다. 교교히 흐르는 달빛은 바다에 은가루를 뿌리고 있었다. 그들은 말없이 달만 올려다보고 있었다.

갑순이 먼저 입을 열었다.

"서방님과 보낸 5년은 꿈과 같은 나날들이었습니다. 지금 떠나시고 돌아오시지 않는데도 여한이 없습니다. 저는 서방님의 분신인 인제를 키우고, 인제의 얼굴을 들여다보면서 서방님을 느끼고 살 것입니다."

"우리의 사랑에 국경인들 있으며 바다인들 우리 사이를 갈라놓을 수 있겠소. 나는 서울에 당도하자마자 족쇄 같은 벼슬을 다 팽개치고 다시 제주로 돌아와 그대와 더불어 산천경개를 유람하면서 호연지기로 살고 싶소. 가는 듯 돌아오리라."

갑순은 남편의 얼굴을 찬찬히 뜯어보고 있었다.

"지금까지 제주에 부임을 했거나 귀양 온 서울의 선비들이 아내를 얻거나 첩을 두고 살다가 육지로 돌아간 뒤에는 다 나 몰라라 하며 불러올린 적이 없다고 들었는데 서방님도 마찬가지겠지요. 서방님이 저를 보러 제주로 되돌아온다는 흰소리를 저는 믿을 수가 없지요. 저를 불러올리거나 저를 찾으러 제주에 오시지 않아도 상관없습니다."

"아버지를 모시고 목장에서 보내시구려. 해를 넘기고 새봄이 오면 장인어른께서 선물로 주신 저 준마를 타고 목장으로 달려갈 것이오."

남편은 떠났다. 화북항에서 황포돛을 휘날리며 이익을 태운 배는 미끄러지듯 사라졌다. 갑순은 네 살의 아들 인제를 꼭 안고 배가 가뭇없이 사라지는 바다를 응시하고 있었다. 갑순은 울지 않았다.

돌아서 걸으면서 갑순은 남편이 영 돌아오지 않을 것이며 그렇다고 자신도 바다를 건너지 못할 것 같은 방정맞은 생각이 뇌리에서 떠나지 않아 머리를 절레절레 흔들었다. 설령 남편이 돌아오지 않는다 해도 남편을 그리며, 외아들을 키우며 굳세게 살겠다고 몇 번이나 다짐하며 갑순은 돌아섰다.

이익이 새 임금을 알현하자 그에게 정5품인 사헌부장령의 관직이 주어졌다. 그러나 벼슬도 마다하고 고향으로 발길을 돌렸다.

이익은 고향인 충주에 은거하고 있으면서 아내와 자식을 만나러갈 생각에 마음이 부풀어 있었다. 제주를 떠난 지 11개월, 20세의 큰아들 인실과 더불어 그는 제주로 떠날 준비를 하고 있었다. 그는 그동안 마구간에 매어둔 말을 초원으로 끌어내 단련을 시키고 있었다. 먼 길을 가자면 말의 다리를 튼튼하게 할 필요가 있었기 때문이었다. 너무 들떴는지 이익은 아차 실수로 달리는 말에서 낙마했고 말굽에 밟혀 목숨을 잃었다.

한편 갑순은 오매불망 남편이 돌아오기를 기다리고 있었다. 봄이 되고 남편이 돌아오겠다는 한 해도 지났다. 갑순은 반신반의하면서도 남편을 기다리며 밤을 지새웠다. 여름의 문턱에 인실이 목장으로 헐레벌떡 달려오는 모습이 보였다.

인실은 갑순을 보자 말에서 굴러 떨어지며 통곡을 했다.

"무슨 일이냐? 그분이 혹…?"

인실은 아버지가 꺼져가는 목소리로 그에게 남긴 유언을 들려주었다.

'내가 아내와의 약속을 지킬 수 없구나. 하늘도 무심하시지. 너는 제주에 가서 이 소식을 전하고 인제를 올려다가 키워라.'

"아니 된다. 이 아이는 아버지의 분신이며 유명을 달리한 우리 부부를 매어주는 끈이다."

그러나 갑순은 많이 생각했다. 남편의 유지를 받들고 아들의 출세를 위해서는 이별의 고통을 참아내야 한다는 결론에 도달했다.

인제는 서울로 올라가 형의 보살핌 속에 컸고 과거에 합격하고 정4품인 훈련원 판관을 지내다 제주로 돌아왔다. 이익은 제주 입도조로 제주에 많은 자손을 남겼다.

혁명에 성공하여 인조를 보위에 앉힌 반정세력들, 즉 김류, 이귀, 김자점, 최명길 등은 자신들이 좌지우지한 논공행상에서 일등공신이 되었고 혁명군의 총대장이었던 이괄을 이등공신으로 책정하고 평안도 북병사로 삼아 변방으로 밀어내고는 자신들이 정권의 핵심을 차지했다. 이는 이괄을 경계한 김류의 입김이 작용했기 때문이었다.

혁명군이 집결하여 거사를 단행하려 할 때 김류가 미적거리며 늦게 나타나자 이괄은 김류를 단칼에 베어버릴 태세였다. 김류는 그 일로 이괄을 고깝게 여기고 있었다.

이괄은 비록 논공행상에서 뒤로 밀리고 북방으로 보내졌지만 그는 광해군이 일찍이 변방으로 보낸, 그 박엽의 휘하에 있던 10,000명의 군사를 장악할 기회를 얻었다. 더군다나 그 중에 3,000명의 기마병이 주둔하고 있었다. 말하자면 광해군과 김만일이 의기투합하여 키우고 훈련시킨 3,000마리의 전마가 거기에 남아 있는 것이다.

이괄을 평안도로 보낸 반정세력들은 이괄이 군권을 장악한 무서운 존재임을 뒤늦게 깨달았다. 혁명군의 총대장이었던 이괄을 이등공신으로 홀대했던 그들은 인조의 만류에도 불구하고 서울에 머물고 있던 이괄의 외아들을 잡아 죽이고 금부도사를 영변으로 보내 이괄을 죽이려 했다. 금부도사가 도착하기 전에 아들이 변을 당한 일을 이괄이 먼저 알았기에 이괄은 역으로 금부도사를 목 베고 통렬히 일어섰다.

평안도 영변을 떠난 이괄은 체포되어 끌려가던 자신의 심복 평안도 순변사 한명련을 구하고 전마를 몰아 보름 만에 임진강을 건넜다. 아무도 이괄의 기마병을 막아설 자는 없었다. 인조는 급기야 도성을 비우고 공주로 몽진을 하였다.

도성을 점령하였으나 자만에 빠진 이괄은 도성을 탈환하려는 장만의 관군에게 선제공격을 가하다가 결국 패배하여 이천에서 웅거하던 중 부하에게 살해되었고 한명련도 전사했다.

도성으로 달려오던 한명련의 아들 한윤 등 이괄 휘하의 잔당은 말머리를 돌려 북으로 달렸고 압록강을 건너 후금에 귀순했다.

김만일이 애써 기르고 광해군이 북변에 배치했던 전마와 기병들은 강홍립을 따라 만주의 후금으로 가서 돌아오지 않았고, 다시 이괄의 잔당을 태우고 압록강을 건너고 말았다.

조선에는 중앙에도, 변방에도 전마가 없었다. 심지어 평안도 병마절도사로 발령받은 남이흥(南以興)은 국경을 지키는 최고사령관인데도 불구하고 임지로 타고 갈 역마가 없어 궐문 밖에서 서성거리며 며칠을 기다리다가 궁중에서 기르는 내구마(內廐馬)를 겨우 얻어 타고 평안도로 떠났다.

이괄의 난으로 혼쭐이 났던 인조와 조정의 혁명세력들은 변방을 지키는 장군들을 의심의 눈초리로 보고 있었다. 자라 보고 놀란 놈 솥뚜껑 보고 놀란다더니 조정에서는 변방에 주둔한 장군들에게 군사훈련을 못하게 막았다. 그들은 광해군이 징집한 수만 명의 군사들을 고향으로 돌려보냈고 심지어 무과시험에 합격한 10,000명의 무사들의 합격을 취소했다.

부원수 겸 평안 절도사인 남이흥이 당연히 변방을 지켜야 함에도 도원수 장만은 남이흥 장군을 철옹성인 영변에서 청천강 이남의 안주성으로 물러나 머물게 하였다. 그의 일거수일투족을 조정에서 한눈에 볼 수 있게 함이었다.

나라를 지키는 총대장이 변방의 요새인 의주와 영변을 피하고 더욱이 군사훈련을 시킬 수 없으니 병사들은 밥만 축내고 있었고 허벅지에는 군살만 늘고 있었다. 남이흥에게는 변변한 전마도 없었다.

인조 5년 1월, 30,000명의 후금군이 압록강을 건넜다. 강홍립과 이괄의 잔당들이 선발대가 되었다. 그들이 타고 간 조선의 전마들이 말머리를 돌려 그들이 자란 곳을 짓밟아 오고 있는 것이다.

안타깝도다! 적의 선발대는 조선 땅에서 자란 조선의 청년들이고 전마는 대부분 김만일의 목장에서 자란 말들이었다.

의주부윤은 싸워보지도 못하고 적의 칼날에 목이 달아났다. 후금군은 영변성을 거들떠보지도 않고 청천강을 건넜다. 아군은 워낙 중과부적인데다 훈련도 제대로 못 받고 전마조차 없는 터라 후금 철기군의 기세에 눌려 뒷걸음치고 있었다.

남이흥은 예하 군사들을 이끌고 안주성으로 들어가 옥쇄하였으나 청천강을 단숨에 건너고 성을 넘어 꾸역꾸역 몰려오는 적군을 감당할 수 없었다. 그는 다음과 같은 말을 남기고 화염 속으로 몸을 던졌다.

"강한 적을 만나 죽는 것이 진실로 장수의 본분이지만, 조정에서 나로 하여금 마음대로 군사를 훈련하지 못하게 하였으니 이것이 한스러울 뿐이다."

평양감사 윤훤과 황해감사 정호서는 성문을 열어주고 줄행랑을 쳤다. 도원수 장만은 해주에서, 그리고 개성에서 어떻게든 후금군과 접전을 벌이고자 하였으나 군사들은 흩어지고 혼자만 남아 민가에 숨어 버렸다. 후금군은 8일 만에 임진강에 이르렀다. 임금은 부랴부랴 강화도로 몽진하고 소현세자는 전주로 피신하였다.

만포 첨사로 있다가 병환으로 쉬고 있던 정충신이 불편한 몸을 이끌고 함경도로 말을 몰았다. 그 쪽에 주둔하고 있던 군사들을 이끌고 후금군을 측면공격하기 위함이었다. 그러나 그들에게는 전마도 없을뿐더러 군량미조차 없어 굶주리고 있었다. 정충신이 이 사실을 조정에 고하면서 절규했다.

남해 현령으로 있던 남이흥의 아들 남두병(南斗柄)은 아버지가 분사했다는 소식을 듣자 복수의 일념으로 단기(單騎)로 평안도로 달렸다. 그는 정충신과 더불어 의병을 일으켜 영변산성으로 들어갔다. 영변산성은 북·동·서 3면이 절벽이고 남쪽으로만 완만하여 적군의 후미를 공격하기에 좋은 성이었다. 그는 농가에 들어가 분탕질을 일삼는 후금군을 공격하여 혁혁한 전과를 올렸다.

싸워보지도 못하고 임금이 도망갔다는 이야기가 김만일의 귀에도 들어왔다. 김만일은 하늘을 올려다보며 한탄했다.

"내가 평생을 바쳐 키워 만주로 보낸 말들이 거꾸로 내 나라를 치기 위하여 북쪽으로부터 달려왔고 내 나라 백성이 내가 키운 말의 발굽에 밟혀 죽다니…. 이건 내 말들의 역습 아닌가? 말들의 전쟁 치고는 너무나 안타깝고 괴로운 일이로다. 고금동서를 막론하고 세상에 이런 불행한 일이 있을 수 있단 말인가?"

김만일이 일손을 놓고 망연히 앉아 있을 때 점마별감이 들이닥쳤다. 전마 200마리를 가지러 왔다는 것이다. 점마별감은 서두르고 있었다.

"겨우 전마 200마리로 저 무지막강한 후금군과 맞서 싸우겠다는 것입니까?"

김만일은 고개를 세차게 흔들었다. 점마별감이 말이 필요한 사정을 늘어놓았다.

"질풍노도로 달려오던 후금의 군사들은 임진강을 넘어 서울에 들어오지는 않았지요. 그들은 황주에 버티고 앉아서 가끔 임진강변에 나와 날쌘 말을 타고 달려 시위를 하면서 여차하면 강을 건너 서울을 함락하겠다고 으름장을 놓고 있지요. 후금은 강홍립을 강화도로 보내 화전(和戰)을 요청해 왔습니다."

"그들의 위세라면 조선을 멸망시키는 것은 식은 죽 먹기일 텐데 무슨 꿍꿍이가 있는 것입니까?"

"아마도 후금은 우리나라와 명나라가 끈끈하게 맺어있는 끈을 끊어 버림과 동시에 명나라를 치기 위하여 귀찮은 배후를 묶어 두자는 심산인 것 같습니다."

점마별감은 더듬더듬 말을 이어갔다.

후금의 대장 아민(阿民)은 임진강 북녘에 군사를 배치하고 자신은 황주에 머물면서 강홍립을 인조가 피신해 있는 강화로 보냈다. 도성은 비어 있었다.

조정의 대신들은 고양이 앞의 쥐 신세가 되어 강경책은 생각조차 할 수 없는 처지였다. 후금은 조선이 명나라와의 외교관계를 그대로 유지하면서 조선과 후금이 형제의 의를 맺자는 것, 후금이 곧 철수하여 압록강을 건널 것, 다음에 양국이 서로 압록강을 넘지 않을 것을 골자로 하는 화의를 맺었고 백마와 흑우를 잡아 하늘에 고했다.

그러나 저들은 압록강을 건너 돌아가지 않았다. 후금의 아민은 아직도 조선에 남아 있는 명나라 장군 모문룡을 잡아 죽이고 아울러 왕자 홍타시(후에 태종)에게 바칠 전마 200마리를 받아가겠다는 것이다. 후금을 압록강 밖으로 내보내기 위해서는 그들이 요구한 전마를 그들의 아가리에 틀어넣는 것이 급선무였다.

"어명인데 어찌 거절할 수가 있겠습니까마는 내가 부국강병을 위하여 키운 전마가 만주원정을 떠나더니 말머리를 돌려 우리나라로 쳐들어왔고 자신이 자란 땅을 짓밟아 버렸습니다. 이번에 보내는 말이 또다시 우리나라를 치는 오랑캐들을 태우고 오지 않는다는 보장이 어디 있겠습니까?"

그렇지만 어느 영이라고 거절할 수 있단 말인가? 김만일은 전마 240마리를 급히 챙겨 보냈다. 조정에서 200마리를 요구했지만 운송 도중 고실되는 말이 있을지 모르기 때문에 240마리를 보냈다.

그는 목장을 떠나는 말들을 배웅하며 눈물을 철철 흘렸다. 다른 때 같으면 말을 육지로 보내면서 보람과 긍지를 갖곤 했지만 이번에는 분하고 억울한 마음이 가시지를 않았다.

김만일은 밤이면 악몽에 시달리곤 했다. 검은 구름이 북쪽으로부터 몰려와 하늘을 가득 메우더니 구름은 수천 마리의 말로 변하여 만일 앞으로 돌진하는 꿈이었다.

후금이 물러가고 임금이 강화에서 환궁하니 도성에는 어승마도 없고 전마는커녕 파발마나 운송마도 남아 있지 않았다. 비변사에서는 의론이 분분했다.

어떤 이는 말했다.

"김만일의 말이 무려 10,000마리나 된다던데 그 말들은 이 나라에서 낳아 이 땅에서 나는 풀을 먹으며 자랐고 조선의 땅 한라산 주위의 절반을 차지하고 있으니 김만일이 말을 키운 것은 모두 국가의 은혜인 바 그 10분의 9를 가져와도 불가할 것이 없는데 2,000마리를 가져오는 것이 무에 문제입니까?"

그러나 비변사에서는 의론 끝에 1,000마리를 가져오자며 임금의 재가를 받으려 했으나 임금은 400 내지 500마리를 가져오도록 조정했다.

인조 6년 김만일이 500마리를 올려 보냈다. 임금은 매우 기뻐하면서 김만일에게 종1품의 숭정대부를 서훈했다. 숭정대부는 문신에게 주는 최고의 명예직으로 가문의 영광이었다. 그러나 79세의 김만일 노인은 이에 감격하지도 않았고 자랑으로 여기지도 않았다. 이번에 조정에 보낸 말은 나라를 지킬 전마가 아니었고 김만일이 자발적으로 보낸 말도 아니었을 뿐만 아니라 김만일이 말을 바쳐 벼슬을 산 격이 되었으니 흥이 날 리가 없는 것이다.

정묘호란 이후 조선이 후금과 형제의 의를 맺었다지만 조선의 대소신료들과 유학자들, 심지어 백성들까지도 후금을 형제처럼 생각하는 사람들은 아무도 없었다.

명나라는 수만 년, 수천 년의 뿌리를 간직한 전통과 학문과 인의예지(仁義禮智)의 나라인데 반하여 저 만주의 오랑캐인 후금은 배운 것이 없고 인륜조차 모르는 좀도둑의 후예이며 짐승의 무리라고 조선은 생각하고 있었다. 그들이 억지로 목덜미를 눌러 고개를 숙였으나 정녕 가슴은 숙이지 않았다. 그러나 조선은 그들과 힘으로 맞서는 일은 감히 생각할 수 없었다. 저 엄청난 덩치의 코앞에서 조선은 칼을 갈 수도 없었고 말을 달릴 수도 없었다. 그

저 명나라가 문득 일어나 권토중래하기를 막연히 기대하고 있는 형국이었다.

광해군이 명나라를 배신했다는 명목을 반정의 한 구실로 삼았던 인조와 그를 둘러싼 조정의 대신들은 혹 반란이 있을까 두려워 선조 태생인 왕자와 그 자손들 수십 명을 귀양 보냈고 지방의 모든 진영에 군사훈련을 중단시켰다. 군사들이 할일 없이 무위도식하는데 전마가 무슨 소용이란 말인가?

19

말이여 말이여

김만일의 산마장에는 조정에서 전마를 보내라고 채근하는 일도 없었고 종1품의 김만일에게 수령들도 감히 말을 채 가겠다고 기웃거리는 일도 없었다.

김만일 노인은 아들들과 손자들에게 목장 일을 넘겨주고 유유자적 목장을 돌며 노년을 보내고 있었다. 그러나 김만일 노인은 종마에 대하여는 친자식 이상으로 각별한 관심을 보여 그들의 등과 배를 쓸어주고 갈기를 훑어주고 머리를 안아주곤 하였다.

김만일이 80세 되던 해 봄이었다. 보성 군수로 있던 아들 대명이 세상을 떴다는 기별이 왔다. 김대명은 약관의 나이에 고종후의 격서에 감동하여 오직 나라를 구하겠다는 우국충정으로 바다를 건넜고, 200마리의 전마를 몰아 전장을 누볐다. 그는 전후 보성군수를 지냈고 나이 들어 전라도 병마절도사 휘하에 출입하면서 자문을 맡고 있던 중 세상을 하직한 것이다. 그가 죽자 보성군의 인민들은 전적비를 세워 그의 공을 기렸다. 김만일은 아들을 먼저 저 세상으로 보낸 참척(慘慽)의 아픔으로 괴로워했다.

인조 10년(1632), 김만일이 덜컥 자리에 누웠다. 다리에 힘이 빠지고 몸이 천근같이 무거운 걸 보니 쉽게 자리를 떨치고 일어날 것 같지는 않았다.

임종을 경각에 두고 있을 때 둘째아들 대성, 셋째아들 대길, 딸 갑순, 손자 려가 둘러앉아 아버지의 마지막 모습을 지켜보고 있었다. 갑순이 옆에는 열 살 난 그녀의 아들 인제도 무릎을 오그리고 앉아 투명한 눈으로 할아버지를 응시하고 있었다.

김만일의 후원으로 절을 지어 불사를 열고 있는 보현 스님도 찾아왔고 오동팔의 손자 오충선도 소식을 듣고 달려왔다.

김만일 노인은 맑은 눈으로 주변을 찬찬히 둘러보다가 딸 갑순과 외손자 인제에게 시선을 고정시켰다.

"얘야, 나를 일으켜다오."

83세의 노인은 반쯤 몸을 일으켜 베개에 상반신을 기대면서 갑순을 온화한 눈으로 뜯어보고 있었다.

"혼자된 몸으로 꿋꿋하게 살아가고 있구나. 소들, 흑우와 황우는 키울 만하더냐?"

"흑우가 50마리, 황우가 100마리를 넘습니다, 아버님."

노인은 외손자 인제를 가까이 불러 손을 잡아주면서 딸에게 시선을 옮겼다.

"인제가 많이 컸구나. 그래 이 아이를 서울의 제 형 인실에게 보낼 결심은 섰느냐?"

"30살이 된 인실이 과거에 급제하여 조정에 출입하면서 동생을 올려다 키우겠다고 성화입니다. 여기 제주도, 더욱이 산간에서는 글을 가르치기 어려운 처지라 서울로 보내기로 마음을 굳혔습니다."

"그래야겠지. 선비의 자식은 선비의 대를 이어야지."

김만일 노인은 오동팔의 손자 충선을 가까이 불렀다.

"네 할아버지가 내게 베풀어준 은혜는 각골난망(刻骨難忘)이라 지금도 뼈에 사무치는구나. 네 할아버지가 아니면 지금의 내가 어찌 있었겠는가? 그래 말들은 잘 키우고 있겠지?"

"대정의 난드르 위 월라봉의 정상까지 목장을 넓혔습니다. 수백 마리는 됨직하고 어른께서 분양해 주신 장대한 씨수마와 그 씨로 인하여 준마를 생산하고 있으며 이는 주변의 자랑거리입니다."

보현 스님이 합장을 하며 다가앉았다.

"제주는 무속신앙으로 인하여 불자가 많지 않으나 대인의 불사공양으로 인하여 부처님의 감화가 온 제주에 퍼지고 있습니다. 부디 극락왕생하소서."

김만일은 마지막 숨을 거두기에 앞서 자식들에게 담담하게 유언을 남겼다.

"지금은 우리나라의 형편이 폭풍전야와 같다. 북쪽에는 강한 적이 있어 그들이 마음만 먹으면 단숨에 우리의 강토를 짓밟을 수 있다. 그러나 조정의 대신들은 아직 미몽에서 깨어나지 못하고 당파싸움만 일삼고 있다. 그들은 명나라가 우리를 지켜줄 것이라고 철석같이 믿고 있다. 그러나 중국의 사정은 여기 제주에서 더 잘 알 수 있다. 후금에게 밀려 쫓기는 명나라로서는 제 코가 석 자라 우리를 도와줄 여력이 없다. 현재 우리의 국경에는 군사, 특히 기병도 없고 전마도 없다. 그러나 어느 때쯤인가 조정에서 여기 산마장에서 키운 전마를 보내라고 요청할 것이다. 그때를 대비하라. 종마를 지켜라. 종마를. 그렇지 않으면 우리 산마장의 말들 역시 국마목장의 말처럼 왜소해질 것이다."

김만일은 아들들로 하여금 자신의 등을 받쳐 눕히도록 하더니 마지막 숨을 몰아쉬며 희미한 음성으로 마지막말을 토했다.

"대명은 저 세상 사람이고 그 자식들은 육지에 머물고 있어 목장 일을 배우지 못했다. 그러니 대성아! 네가 종사(宗社)를 주관하라. 그러나 산마장은 우리 집안의 공동목장임을 한시도 잊어서는 아니된다. 내 자식들아! 적선지가(積善之家)는 필유여경(必有餘慶)이라. 아무쪼록 이웃에 선행을 베풀어라. 그래야 집안이 잘 되느니라."

김만일은 83세를 일기로 세상을 하직하였다.

김만일은 조선의 개국공신 김인찬의 8세손이며 입도조 김검룡의 7세손이지만 가문이 퇴락하여 평범한 농민으로 살아오던 한미한 가정에서 태어났다. 그러나 그의 꿈은 한라산만큼이나 크고 높았다.

그는 아무도 밟아보지 못했고 밟을 생각조차 못한 한라산 기슭의 고원으로 달려갔고 거기서 단 한 마리의 준마를 얻어 일만 마리의 대목장으로 만들었다. 그는 말의 종자를 끊임없이 개량하여 몽고마를 능가하고 대원마와 어깨를 겨룰 대마를 다량으로 번식시키는데 성공했다. 그의 말은 준마요, 용마요, 마왕이었다. 아니 김만일 자신이 마왕이었다.

그는 정녕 대자연의 광활한 대지에서 홀로 10,000여 마리의 산마를 키웠고 대자아의 활연한 호연지기로 활달한 삶을 살았다.

흔히 말하기 좋아하는 이들은 김만일이 말을 바쳐 벼슬을 얻었고 자신의 가문을 빛냈을 뿐 제주와 제주 사람을 위하여 무엇을 했는가라며 비아냥거리기도 하지만 그가 준마의 씨를 보존하고 끊임없이 개량하면서 전마를 생산하여 국난에 대비한 일은 그의 꿈의 실현이며 말과 전쟁의 역사에 길이 기록될 쾌거이다. 또한 그가 광해군 때에 말의 대가로 받은 미곡과 면포를 제주 사람들에게 쾌척한 일은 제주 사람들이 잊어서는 아니 되는 은공이다.

인조 14년(1636) 병자년 겨울, 청나라의 10만 대군이 압록강을 건너 파죽지세로 밀고 내려왔다. 김만일이 세상을 뜬 지 4년이 된 해였다. 청군은 10일 만에 서울 도성을 점령하였고 인조는 남한

산성으로 피신했다. 소위 병자호란이다.

누루하치의 아들 태종은 국호를 후금에서 청(淸)으로 바꾸고 천하통일을 목전에 두고 있었다. 그는 조선이 힘도 없고 군사도 미약하면서 그의 청나라를 아직도 버릇없는 오랑캐이며 좀도둑에 지나지 않는다고 멸시하고, 꺼져가는 명나라를 부모처럼 생각하는 미몽에서 깨어나지 못하는 자세에 대하여 손을 봐줄 생각이었는지 모른다.

결국 인조는 남한산성으로 피신하여 45일도 못 버티고 삼전도에 내려와 무릎을 꿇고 청 태종에게 항복했다. 역사상 유례없는 치욕이었다. 더욱이 소현세자와 봉림대군(후에 효종), 그리고 친명파 대신들이 청군에게 에워싸여 청나라로 끌려갔다.

항복한 인조는 왕의 권위도 떨어지고 영도 서지 않았다. 백성들은 이 치욕에 치를 떨고 있는데 대신들은 친명과 친청으로 서로 패가 갈려 싸우고 있었다. 조정대신들은 무엇이 두려웠든지 강화에 위리안치한 폐주 광해군을 서둘러 제주로 이배했다.

광해군은 제주에서 포졸들의 감시를 받으며 쓸쓸한 여생을 보내고 있었다. 이제 그에게는 과거에 대한 회한도 없으며 삶의 의욕도 사라지고 단지 죽지 못해 사는 신세가 되었다.

광해군이 66세 되던 해, 그러니까 폐위된 지 18년에 제주 목사로 부임한 이시방(李時昉)이 푸짐한 음식을 마련하여 광해군을 찾았다. 전에 없는 일이었다. 더군다나 그는 광해군을 권좌에서 몰아낸 이귀의 둘째아들이었다.

"나는 나라와 백성에게 죄를 짓고 인륜을 저버린 중죄인이오. 임금의 신하가 나를 찾아오다니요. 그대에게도 화가 미칠 수 있으니 냉큼 돌아가시오. 혹 내가 실낱같은 목숨이나마 붙어 있는지 살피러 왔다면 이제 보았으니 어서 돌아가시오."

"임금께서는 해마다 잊지 않으시고 옷과 음식을 보내드렸습니다. 그런 마당에 오늘 제가 찾아뵙는 것이 무슨 죄가 되겠습니까?"

"폐주에게 목숨을 붙어있게 해주신 것만도 임금의 하해 같은 은혜임을 알고 있소. 그러나 고해 같은 삶을 빨리 마감하는 게 내 소원이오. 아마도 나는 해를 못 넘길 것 같소. 하지만 마지막 소원이 있다면…."

"말씀하시지요."

"나는 세상사에 아무 미련도 없지만 단 한 가지 소원이 있다면 김만일이 일궜다는 산마장과 그의 묘소를 은밀히 다녀오고 싶소."

"본시 제주에 유배 온 사람들은 그 행동거지가 다른 곳에 비해 비교적 자유로웠지요. 그러나 목사가 나서서 주선할 일은 아니지요. 남몰래 나귀 한 마리를 올레 앞에 매어 둘 테니 알아서 하시지요. 지키는 포졸도 폐한 지 오래되었으니 말입니다."

광해군은 허름한 나그네 차림을 하고 혼자서 나귀를 타고 산마장을 향해 떠났다. 길을 물어도 그를 의심하는 사람은 없었다. 그는 밭일하는 농부들에게서 새참을 얻어먹으며 백성들의 사는 모습도 보았고 허기지면 나무열매를 따먹고 어두우면 산모퉁이에서 자면서 며칠을 걸려 산마장에 이르렀다. 그는 끝없이 넓은 산마장을 가로지른 후 김만일의 묘소를 찾았다. 광해군은 묘소에 하염없이 앉아 있더니 혼잣말을 하며 일어섰다.

"나는 사람의 왕노릇을 하다 낙마(落馬)하여 지옥으로 떨어졌으나 공은 말의 왕노릇을 하다 용마(龍馬)를 타고 하늘에 올랐구려."

광해군은 이듬해 쓸쓸히 세상을 떠났다.

병자호란 이후에는 청나라의 철저한 내정간섭으로 군사를 키울 수 없었으니 제주의 국마목장이 붕괴일로에 들어선 것은 불을 보듯 뻔한 일이었다. 더욱이 제주 목사 등 수령들은 말을 강제로 탈취하거나 싼 값으로 사들여 자신들의 고향집에 실어 나르고 윗사람들에게 상납하기에 혈안이 되었다. 김만일이 떠난 산마장도 수령들의 손이 뻗치지 않을 리는 없어 준마의 수가 날이 갈수록 줄어들었다.

수십 년 끌어온 혹독한 전쟁의 와중에서도 고관대작의 부인들은 말고기의 맛에 매료되고 있었다. 수령들은 이때다 싶어 말을, 수말이건 암말이건 닥치지 않고 탈취하여 고관들에게 뇌물로 바쳤다. 후에 현종은 말고기를 먹지 말라는 칙령을 내렸지만 그래도 말고기에 대한 선호는 수그러들지 않았다. 영조는 보다 못하여 '말고기는 질기고 누린내가 나며 말고기를 먹으면 재수가 없다'는 소문을 퍼뜨리게 했다.

1649년, 10년 동안 청나라에 인질로 잡혀갔다 돌아와 청나라에
대하여 복수의 일념에 불타있던 소현세자는 귀국한 지 일 년도
못되어 의문의 죽음을 맞이했다. 효종이 인조의 뒤를 이어 왕위
에 올랐다.

　　효종 또한 청나라를 향하여 복수의 칼을 갈고 있었다. 때는 병
자호란을 일으켜 조선의 항복을 받은 청 태종이 급사하고 그 아
들 세조가 6세에 등극하여 10년이 지난 시기였고 명나라와 산해
관에서 대치하면서 전쟁은 소강상태에 접어들고 있었다.

　　효종은 즉위하자마자 초야에 묻혀있는 송시열(宋時烈), 송준길
(宋浚吉), 김집(金集), 권시(權諰), 이유태(李惟泰)를 불러올렸다. 그들
은 충청오현(忠淸五賢)이라 불리는 현자들이고 백성들의 존경을
받는 선비들이었으나 관직에는 관심이 없는 사람들이었다. 그들
은 조정에 출사하기를 한사코 거부하였으나 효종이 삼고초려(三
顧草廬)의 마음으로 그들을 통사정하고 설득하는 바람에 하찮은
벼슬에 앉는 조건으로 조정의 한 구석에서 임금을 돕기로 했다.

　　그들은 초야에 묻혀 있었으나 지난 50년 동안, 말하자면 임진
왜란, 정유재란, 정묘호란, 병자호란을 거치는 기간 외적들이 할
퀴고 간 땅, 나락으로 떨어진 절망감, 찢겨진 상처, 구겨진 민족
의 자존심을 회복할 때가 이르렀음을 절실히 느꼈다. 또 그들은
국제정세를 훤히 내다보고 있었기에 명과 청이 대치하고 있는 이
시점을 청나라에 복수하여 민족의 긍지를 되찾을 수 있는 좋은
기회라고 생각하고 있었다.

그들, 아니 이 나라의 백성들은 민족의 아픈 상처를 치유해줄 위대한 영도자를 목마르게 갈구하고 있었다. 효종은 그들 충청오현과 의기투합하여 북벌을 단행할 생각을 하고 있었다.

　청나라는 시도 때도 없이 한꺼번에 여러 사신들을 떼거지로 보내 조선 조정의 일거수일투족을 감시하고 내정간섭을 하고 있었다.

　효종은 청 사신들과 청을 따르는 대신들의 눈을 피해 충청오현을 비밀리에 만나 북벌의 판을 짜고 있었다.

　드러내놓고 국경지대를 강화할 수 없는 터라 효종은 오현의 건의를 받아들여 궁궐을 지키고 임금을 호위하는 금군(禁軍)을 200명에서 1,000명으로 늘리기로 했다. 임금이 왕권과 신변보호를 강화하겠다는데 청나라 사신들도 이견을 달 수 없는 일이었다.

　금군의 무사로는 서얼(庶孼)이나 양천(良賤)을 가리지 않고 무예가 출중한 사람이면 선발하였고 심지어 감옥에 갇힌 불량배 중에서도 뽑았다. 금군을 지휘할 별장으로는 정묘호란 때 안주에서 분사한 남이흥의 아들 남두병(南斗柄)을 특채했다. 그는 비록 학문이 짧으나 효용과 충성심이 강하고 청나라에 대한 원한을 가슴에 담고 있었다.

　임금은 금군의 확대개편을 단행하고는 금군별장 남두병을 침전으로 불러들였다. 송시열 등 오현이 먼저 와 있었다.

　"짐이 심양에 잡혀있는 동안 직접 보고 느낀 것은 말, 특히 전마의 위력이었도다. 저 북쪽의 오랑캐들이 만주를 통일하고 명나라를 넘보며 세계제패를 노리는 것은 오로지 기마대인 팔기군에 힘입기 때문이로다. 한 마리의 전마가 100명의 보병보다 낫다는 뜻이로다. 반면에 우리나라가 선대에 두 번에 걸쳐 오랑캐들의 침입을 받았고 드디어 항복한 것은 우리나라에 전마가 없고 기병이 없기 때문이로다. 짐이 이제 1,000명의 금군을 뽑아 훈련시키고 있지만 전마가 없으면 모두가 허사로다. 군사들은 목소리만 클 뿐 결국에는 말발굽에 밟혀죽고 만다는 것은 불을 보듯 뻔한 일이로다. 그래서 짐은 장차 전마양성에 힘을 쏟을 것이다. 금군 모두에게 전마를 보급하고 기마병으로 훈련시킬 예정이로다. 짐은 더 많은 군사를 징집하고 훈련하여 반드시 북벌을 단행할 것이로다. 1,000명의 금군이 도성에 머물고 있다 해도 명령만 떨어지면 압록강까지는 열흘 안에 도달할 것이다. 이에 수만의 군사가 뒤따른다면 우리는 파죽지세로 만주를 달려 심양까지 갈 수 있다. 국치의 원한을 갚는 날이 머지않았도다."

효종의 얼굴은 횃불을 삼킨 사람처럼 벌겋게 달아오르고 있었다.

나아가 효종은 어영청(御營廳)을 설치하여 21,000명의 군사를 양성하여 하삼도에 배치하였다. 어영군의 식량을 국고에서 대기에는 나라의 살림이 턱없이 부족했다. 그래서 효종은 그들의 생활비를 대기 위하여 군사 1인에 3인의 재력이 있는 보인을 딸려주었다. 어영군을 북변이 아닌 하삼도에 배치한 것은 일본의 재침에 대비하기 위한 것이라며 청나라에게 눈속임을 하기 위한 것이었다. 효종은 송시열의 추천을 받아 어영대장으로 이완(李浣)장군을 특채했다.

후에 효종은 훈련도감을 설치하여 10,000명의 군사를 양성했으며 지방에는 속오군(예비군) 10만 명을 두어 수시로 훈련을 시켰고 그들에게는 세금을 면제해 주었다.

효종 2년, 효종은 강원도 관찰사로 있던 이원진(李元鎭)을 제주목사로 임명하여 인조 때 거의 붕괴되다시피 된 제주 목장을 재편성하는데 힘을 기울였다.

"경을 제주 목사로 제수하노라. 지금까지는 제주 목사에 정3품의 관리를 임명했지만 사안이 워낙 중차대한지라 종2품의 관찰사를 역임한 경을 목사로 임명하는 일에 서운하게 생각하지 말지어다. 경은 부임하는 즉시 국마목장을 개편하고 특히 김만일 가의 사람들을 다독거려 전마 생산에 주력하라. 또한 현지에서 전마를 조련하는 한편 기마병을 양성하라. 제주의 목장이 활기를 띈다는 사실을 청나라에서 눈치 채면 그들의 손이 거기에도 미칠 것이다. 그러하니 명심할 것은 제주의 말에 대하여는 철저하게 비밀에 붙여야 하며 목장과 말에 관한 한 비밀로 장계를 올리도록 하라."

제주 목사로 부임한 이원진은 목장 조직을 세종 때로 복원했고 우도에 추가로 목장을 개설하여 11소장을 만들었다.

이원진 목사는 이에 그치지 않고 만약에 청나라가 제주로 직접 쳐들어올 경우에 대비하여 서쪽 해안에 차귀진(遮歸鎭)을 설치하고 제주성에도 세병헌(洗兵軒)을 두어 군사훈련을 시켰다.

　제주의 국마목장이 붕괴일로에 있을 때에도 김만일의 유언에 충실하여 셋째아들 김대길과 손자 김려가 맡아서 종마를 보존하고 전마로 쓰일 준마를 증산하는 데 힘을 기울여 왔었다.

　효종은 특히 김만일 가(家)의 산마장을 주목했다. 전마를 길러서 임진왜란, 만주원정 그리고 정묘호란 때 크게 기여한 산마장을 효종은 잊을 수가 없었다. 효종은 산마장에서 키우고 있는 전마를 들여다가 금군에게 나누어 주었다. 오현이 민폐를 끼쳐서는 안 되는 일이라고 건의함에 따라 적절한 대가가 지불되었다. 김만일 가 사람들은 김만일 공(公)의 선견지명에 혀를 내둘렀다.

　효종은 산마목장을 김만일의 자손들, 경주 김씨 가문의 사람으로 종6품의 산마감독관을 임명하고 이를 자손들이 세습케 하였으며 산마감독관은 종문회의에서 정하도록 하였다. 한편 산마감독관은 3년마다 어승마와 전마 200마리를 공납하도록 정했다.

　초대 산마감목관은 김대길로 정해졌다. 김대길은 성은에 보답하기 위하여 효종 9년에 잘 길러 훈련시킨 전마 200필을 조정에 헌납했다.

　김만일 가에서는 2,000만 평이 넘는 산마목장을 효율적으로 관리하기 위하여 녹산장(鹿山場), 상장(上場), 침장(針場)으로 나누어 친족끼리 관리하기로 했고 선별된 양마를 관리하기 위하여 갑마장을 따로 설치했다. 대록산을 중심으로 서쪽의 물영아리오름까지를 녹산장, 동쪽의 좌보미오름까지를 상장, 북쪽의 바농오름까지를 침장이라 불렀으며 준마를 선별하여 키우는 목장을 따라비 오름 쪽에 따로 두어 갑마장이라고 불렀다.

귀신의 장난인가? 북벌의 준비를 마무리하고 진군의 시기를 조율하고 있던 효종이 갑자기 죽었다. 충청5현 중 송시열을 제외하고 네 사람의 현자들이 울면서 초야로 돌아갔다. 그토록 원대하고 치밀했던 효종의 북벌의 꿈은 산산조각이 되고 말았다.

효종에 이어 왕위에 앉은 현종은 아버지 효종이 징집하여 훈련시킨 군사들을 집으로 돌려보냈고 막강한 군사조직이었던 금군, 어영청, 훈련도감을 대폭 축소하였다.

현종 때에도 산마목장은 그대로 유지되고 3년마다 200마리의 말이 조정으로 실려 갔다. 그러나 당시에는 제주도에 여러 차례 기근이 발생하여 사람뿐만 아니라 마소들도 병에 걸려 죽는 숫자가 늘어갔다.

조정에서는 말이 전염병으로 죽는 것을 피하고 말을 수송하는 문제를 해결하기 위하여 제주도가 아닌, 육지에서 가까운 섬으로 종마를 옮겨가도록 조치했다. 제주도 국마목장과 산마목장의 많은 종마가 강화도, 대부도 등으로 실려 가는 바람에 종마의 숫자가 줄어들 뿐만 아니라 우량의 종자가 자취를 감추기 시작하였다.

심지어는 조정의 기강이 무너지고 사색당파가 서로 싸우고 하급관리들이 줄을 대는 형국이라 조정의 관리들이 제주의 수령에게 선을 대어 준마를 끌어다 윗사람에게 뇌물로 주는 일이 성행

했고 어떤 관리들은 국마목장에서 얻거나 사들인 말을 끌고 와서 산마목장의 준마와 바꾸어가는 일이 벌어지기도 하였다. 따라서 제주의 말들은 그 종자가 점점 왜소해지고 있었다.

우량의 종마가 줄어들고 있었지만 산마감목관과 종문의 피나는 노력으로 조정에 공납하는 말들은 보다 우량한 준마가 상당히 남아 있었다.

숙종 28년(1702), 제주 목사 이형상(李衡祥)은 결책꾼 2,602명, 구마꾼 3,720명, 목자와 보인 214명 도합 6,536명의 농민을 풀어 산마목장의 점마를 실시하여 약 4,500마리의 마필수를 확인하였으며 화공으로 하여금 점마하는 광경을 그리게 하였다. 바로 〈탐라순력도〉이다.

그것까지는 좋았으나 이형상은 산마감목관이 부하를 혹독하게 다룬다며 김만일 가의 세습을 폐하고 정의현감으로 하여금 산마목장을 관리하게 했다.

김만일의 자손들은 조상이 물려준 땅에서 쫓겨날 수밖에 없었다. 그렇게 10년이 흘렀다. 목장의 말들은 하루가 다르게 말라가고 죽어가는 말들이 속출했으며 좋은 말들은 어디론가 사라지고 왜소한 말들만 남아 있었다. 김만일의 자손들이 씨를 받아가며 특별히 관리하던 종마는 흔적조차 사라지고 수말 중에서 힘센 놈이 종마 노릇을 하고 있었다.

경주 김씨 종문에서 이러한 현실을 보다 못해 김세화를 서울로 올려보내 하소연을 하게 했다. 김세화는 서울에 도착하여 신문고를 울렸고 임금인 숙종을 독대하여 자초지종을 고했다.

김만일 가, 경주 김씨 종문은 고종 때에 세습을 폐할 때까지 240년간 산마감목관을 세습했고 총 83명이 산마감목관을 지냈다. 그들 중에는 제주도가 기근을 만나 백성들이 굶주릴 때 식량을 나누어 구휼한 이들도 꽤 있었다.

영조 때 산마감목관 김우천과 아들 김남헌은 쌀 1,500석을 관가에 바쳐 굶주린 제주 사람들을 구휼하게 했다. 이에 감격한 영조가 김남헌을 불러 어의를 벗어주었다고 한다. 그래서 김만일과 그 자손들이 살던 마을이 의귀리(衣貴里)라는 설도 전해진다.

세월이 지나면서 산마목장의 말은 국마목장의 말과 비등하게 되었고 대원마도 아니고 몽고마도 아닌 제주마로서의 독특한 특징을 가진 말의 종(種)으로 정착되기에 이르렀다.

오랜 세월 제주에서 혈통을 이어온 제주마(濟州馬)는 체질이 강건하며 말굽이 치밀하고 견고하여 암석이 많은 제주에서 살아가기에 적합하고 나아가서 산악지대가 많은 조선반도에서도 쉽게 적응했다. 조선의 백성을 닮았는지 제주마는 성질이 온순하며 끈기가 있고 생존력이 강하다.

세월은 변하여 문명의 이기(利器)가 발달하면서 말이 곧 국력이라던 시대도 지나가고 있었다. 전쟁터에 나가 싸우던 말의 이야기는 전설로만 남겨지고 있었다. 아! 말이여! 전마여!

참고문헌

- 『고려사』
- 『조선왕조실록』
- 유성룡 저, 김문수 옮김, 『징비록』, 돋을새김, 2009
- 권남, 『응제시주』
- 이긍익, 『연려실기술』
- 오기 저. 김경헌 옮김, 『오자병법』, 홍익출판사, 1998
- 김상헌, 박용후 역, 『남사록』, 제주도교육문화원, 1976
- 임제, 박용후 역, 『남명소승』, 제주문화, 1989
- 제주문화원, 『탐라지』, 2004
- 제주문화방송, 『탐라록』, 1986
- 이덕무, 박제가, 백동수 저, 임동규 옮김, 『무예도보통지』, 학민사, 1996
- 정약용, 정해렴 역, 『임진왜란과 병자호란』
- 이이 저, 강세구 옮김, 『만언봉사』, 꿈이 있는 세상, 2007
- 김한규, 『요동사』, 문학과 지성사, 2004
- 임기중, 『연행록 연구』, 일지사, 2002
- 이덕일, 『사화로 보는 조선역사』, 석필, 1998
- 이성무, 『조선왕조사』, 수막새, 2011
- 신동준, 『조선의 왕과 신하, 부국강병을 논하다』, 살림, 2007
- 강효석, 김성주 역주, 『쉽게 풀어쓴 대동기문』, 국학자료원, 2001
- 고경명선생기념사업회, 『정기록』, 1987
- 이영권, 『제주사』, 휴머니스트, 2005
- 변승규, 『제주도약사』, 제주문화, 1992
- 제주도, 『한국의 영산 한라산』, 1994
- 제주도 한라산생태문화연구소, 『한라산 이야기』, 2006

- 고은, 『제주도』, 일지사, 1976
- 이형상, 『탐라순력도』, 숙종28년
- 남도영, 『제주도목장사』, 한국마사회, 2001
- 장덕지, 조승철, 『마(馬)의 이해』, 늘, 2000
- 장덕지, 『제주마이야기』, 제주문화, 2007
- 강민수, 『제주말 연구』, 열림문화, 1998
- 강민수, 『제주마』, 제주대출판부, 2005
- 이원조, 『탐라지초본』, 제주교육박물관, 2008
- 최강현, 『기행가사자료선집』, 국학자료원, 1996
- 최형국, 『조선시대기병의 전술적운용과 마상무예』, 역사실학회, 2009
- 조일환, 『한국전통무술과 정착무술의 실제』, 문예마당, 2001
- 제주문화원, 『옛사람들의 등한라산기』, 2000
- 한명기, 『광해군』, 역사비평사, 2000
- 제주유맥600년사편찬위원회, 『제주의 유학관련자료와 시문선』, 2000
- 제주대 열대농업생면과학연구소, 『제주축산사』, 2007
- 임동권 외, 『한국의 마민속』, 집문당, 1999
- 농촌진흥청, 『제주목축문화』, 2011
- 경주 김씨 제주도종친회, 경주 김씨 익화군 제주파세보, 2005
- 권무일, 『남이』, 평민사, 2011

헌마공신 김만일과 말 이야기

1판 1쇄 발행일	2012년 12월 20일
1판 3쇄 발행일	2015년 7월 10일
2판 1쇄 발행일	2023년 12월 15일

지 은 이	권무일
만 든 이	이정옥
만 든 곳	평민사

서울시 은평구 수색로 340 〈202호〉
전화 : 02) 375-8571   팩스 : 02) 375-8573
http://blog.naver.com/pyung1976
이메일   pyung1976@naver.com

등록번호   25100-2015-000102호

ISBN   978-89-7115-835-7   03800

정   가   15,000원